위스키 로드

이기중 지음

세계 위스키 여행
이기중 교수와 함께 떠나는

위스키 로드

차례

I. 스코틀랜드, 아일랜드 위스키 여행

첫 잔은 글래스고에서
12

위스키의 성지, 아일라섬을 가다
17

아일라섬 일주를 꿈꾸다
24

수천 가지 위스키가 있다고?
29

대낮에 위스키와 한판 붙다
35

아일랜드 행 페리를 타려 했는데……
43

위스키와 함께라면 '이보다 더 좋을 수가!'
48

브룩라디 증류소의 첫번째 위스키 투어
53

무모한 도전
61

'스모키한 위스키 삼총사'를 만나다
66

이럴 땐 위스키 한 잔이 큰 힘이 된다
74

칼릴라 증류소의 달콤한 초콜릿 테이스팅
78

또 다른 무모한 도전
88

바닷가 카페에서 위스키 한 잔
96

하늘길로 오반을 가다
100

하일랜드의 풍광을 만끽하며 스카이섬으로
107

그래서 탈리스커 위스키 맛이 강한 거였구나!
115

스코틀랜드 땅끝마을 존 오그로츠를 가다
119

산 넘고 물 건너온 기분이라고 할까?
126

스코틀랜드 최북단 증류소, 하일랜드 파크 증류소를 가다
131

오크니섬을 떠나 다시 인버네스로
136

'스카치위스키 박람회장' 스페이사이드로!
141

대대로 내려오는 쿠퍼리지 장인들
144

크라이겔라키에서 위스키 술판을 벌이다
148

마무리는 퀘익바에서
156

꿩 먹고 알 먹고, 맥캘란 증류소 탐방
160

스페이사이드의 다운타운, 아벨라워와 더프타운
167

아벨라워에서 밤늦게 위스키 한잔
175

'위스키 라인' 기차를 타다
179

아일랜드, 오랜만이야!
186

세계에서 가장 오래된 올드 부시밀스 증류소
188

벨파스트에서 아이리시위스키에 푹 빠지다
193

드디어 400년 된 술집에서 밥을 먹다!
204

10년만의 코크 여행
208

아이리시위스키 백화점, 미들턴 증류소
215

아이리시위스키를 맛보려면 이곳으로!
220

아이리시위스키와 낯선 사람들과의 즐거운 만남
228

아이리시위스키의 새로운 희망, 딩글 증류소
237

에든버러에서 가볍게 위스키 한잔
246

스코틀랜드에서 가장 작은 증류소? 애드라도
249

에든버러 하이스트리트에서 닭을 품은 돼지고기와 위스키 한잔
258

《엔젤스 셰어》의 촬영지, 딘스톤 증류소를 가다
261

잠시 위스키 체험을 하고 싶다면 스카치위스키 익스피어런스로
269

에든버러 외곽에서 새로이 만난 스카치위스키
276

위스키 여행의 끝, 글렌고인 증류소
281

글래스고에서 낮술 한잔
285

위스키 여행 마무리는 다시 포트 스틸에서
290

위스키여, 안녕!, 스코틀랜드여, 안녕!
294

Ⅱ. 미국 위스키 여행

겨울에 떠난 미국 위스키 여행
300

7대를 이어오는 짐 빔 증류소
303

켄터키 첫날밤은 버번위스키와 함께
315

맥주와 위스키를 한 곳에서, 버번 타운 브랜치
320

세 번 증류한 버번위스키, 우드포드 리저브
328

와일드 터키에서 독상을 받다
336

장밋빛 사랑 이야기가 감미로운 포 로지스 증류소
345

여긴 뭐든지 크네, 버펄로 트레이스 증류소
353

이곳은 뭐 하는 곳이지?
360

헤븐 힐 버번의 홍보관, 헤븐 힐 버번 헤리티즈 센터
366

'핸드메이드의 정신'을 지켜나가고 있는 메이커스 마크
372

옛 루이빌 '위스키 거리'에 있는 에번 윌리엄스 체험관
379

루이빌 시내에서 칵테일 한 잔
385

삼대代로 이어지는 신생 증류소, 엔젤스 엔비
391

가장 오래된 테네시 증류소, 조지 디켈
399

테네시 위스키를 전 세계에 알린 잭 대니얼스 증류소
405

중부 테네시의 크래프트 증류소, 레퍼스 포크
412

옛 문샤인의 전통을 이어가는 서던 프라이드 증류소
416

가족사에 취하고 싶은 넬슨스 그린 브라이어 증류소
422

실험정신이 돋보이는 코사이어 증류소
428

———

에필로그
434

I. 스코틀랜드, 아일랜드 위스키 여행

첫 잔은
글래스고에서

7월 중순, 스코틀랜드 최대 도시이자 서부지역의 거점(동부에는 수도 에든버러가 있다)인 글래스고^{Glasgow}는 한국과 마찬가지로 한여름 날씨였다. 더웠다. 게다가 시차 때문인지 정신이 혼미하여 먼저 쉬고 싶다는 생각부터 들었다. 하기야 만 24시간 만에 한국 인천에서 러시아 모스크바로, 그리고 영국 런던을 거쳐 글래스고까지 왔으니 그럴 만도 하잖은가. 하지만 여행 첫날부터 축 처져 지낼 수만은 없다는 일종의 결기가 쉬고 싶은 마음을 지긋이 눌렀다. 숙소에 대충 짐을 풀고 밖으로 나왔다. 그리고 몇 시간이나 걸었을까. 마실 나온 기분으로 따로 목적을 정하지 않고 여기저기 돌아다니다 보니 다리도 아파오고, 어느덧 해도 넘어가고 있었다. 이 말은 내게는 '술 마시기 좋은 시간이 되었다'는 뜻이기도 하다. 한국에서는 보통 "술시"가 되었다고 하는, 바로 그 시간이다.

1 글래스고 중심가의 포트 스틸 위스키 바
2 포트 스틸 위스키 바의 내부 모습

오첸토샨 쓰리 우드   스코티쉬 파이

　나는 글래스고 다운타운에 있는 포트 스틸Pot Still을 찾아갔다.
포트 스틸은 영어로 '단식單式 증류기'라는 뜻이다. 위스키 애호가
라면 그 의미에 고개를 끄덕이며 "술집 이름 한번 그럴 듯하네."
라고 말할 듯한 상호다. 첫 잔으로 오첸토샨 쓰리 우드Auchentoshan
Three Wood를 시켰다. 그리고 스카치위스키의 짝꿍 안주라고 할 수
있는 스코티시 파이Scottish pie도 한 개 달라고 했다. 그러고는 드디
어 맛을 보았는데 오첸토샨 쓰리 우드는 로랜드Lowland 위스키답
게 맛이 가볍고 부드러워 첫 위스키로 잘 맞았고, 바삭한 식감의
스코티시 파이 역시 위스키에 정말 제격인 안주였다. 그런데 일반
사람들 관점에서 보면 사실 스코티시 파이는 좀 불만스러운 안주
일 수 있다. 맛이 조금 밋밋한 데다가 양도 많다고 볼 수 없기 때문
이다. 하지만 나는 이런 단출하면서도 풍미가 강하지 않은 안주

를 좋아한다. 그래야 온전히 위스키 맛에 집중할 수 있으니까. 아닌 게 아니라 바 한쪽 벽에 "파이 한 조각과 위스키 한 잔, 오! 좋네 A pie and a dram ya beauty"라는 문구가 적혀 있었다. 이걸 보니 위스키를 아는 사람들은 모두 나와 비슷한 생각을 하고 있는 것 같다는 동질감이 일었다.

두번째 위스키는 주라 슈퍼스티션 Jura Superstition 으로 골랐다. 이 위스키는 프로모션을 진행중이라 한 잔에 2.5파운드라고 했다. 그러니까 우리 나라 돈으로 4,000원이 채 안 되는 셈이다. 주라 슈퍼스티션은, 내 미감에 의하면 내일의 여행길을 암시하는 맛이라고나 할까? 스파이시 spicy 하면서 피티 peaty 한 맛이 느껴졌다. 여하튼 두 위스키의 풍미는 확연히 달랐고, 이런 개성이야말로 바로 위스키의 본래 면목이며 매력이라는 것을 다시 한 번 느꼈다. 그러니 나 같은 위스키 여행자도 생겨나는 것이리라.

두 잔으로는 아쉬워 한 잔만 더 하기로 했다. 이번에는 아이리시 위스키 Irish Whiskey 가 좋을 것 같아 바텐더에게 털러모어 듀 Tullamore Dew 를 한 잔 달라고 했다. 술이 나와서 마셔보았더니, 역시나 아일랜드를 대표하는 블랜디드 위스키 blended whiskey 답게 첫맛이 아주 부드러웠다. 물론 모든 아이리시위스키들이 이런 풍미를 가지고 있는 것은 아니지만, 털러모어 듀처럼 3회 증류를 통해 만들어진 블랜디드 아이리시위스키는 대체로 가볍고 경쾌한 맛이 특징이다.

여행 첫날인 오늘은 가볍게 위스키 석 잔으로 이번 여름 위스키 투어의 운輪을 떼기로 했다. 내일부터는 스코틀랜드와 아일랜드 이곳저곳을 후회 없이 돌아다니며 스카치Scotch와 아이리시Irish, 그 심원하고 심대한 세계에 푹 빠져보려 한다. 그러면 위스키가 내 삶에서 더욱 친근하고 진중한 벗처럼 느껴질 것 같다. 내가 기대하는 것은 그것이다.

위스키의 성지,
아일라섬을 가다

스코틀랜드 서쪽, 아일랜드 사이에 위치한 아일라섬Islay Island은 싱글 몰트 위스키single malt whisky의 성지聖地다. 나 역시 싱글 몰트 위스키를 마시면서 알게 된 곳이다. 무라카미 하루키의 『만약 우리들의 언어가 위스키라면』을 읽고 한때 아일라섬에 푹 빠진 적도 있었고, 매번 아일라 위스키를 마실 때마다 언젠가 꼭 한번 가봐야지 했는데 드디어 오늘 아일라로 떠나게 된 것이다.

글래스고 공항을 떠난 비행기는 한동안 바다 위를 날았다. 무라카미 하루키는 스코틀랜드 서쪽 바다에 떠 있는 크고 작은 섬들의 모습을 "마치 천상天上에 사는 누군가가 기세 좋게 붓을 휘둘러 먹물 방울을 흩뿌려 놓은 듯하다."고 적었다. 그의 말대로 스코틀랜드 서쪽 해안은 전형적인 피오르 지형이고 그 앞바다에는 35개의 유인도와 44개의 무인도가 여기저기 흩어져 있으며, 이를 통칭

하여 '이너헤브리디스 제도諸島, Inner Hebrides'라고 부른다. 아일라섬도 그 가운데 하나다.

글래스고에서 아일라섬까지는 비행기로 45분밖에 걸리지 않았다. 게다가 짐도 국내선이라 금방 찾을 수 있었다. 가방을 끌고 공항 안쪽으로 들어가자 배웅을 나온 렌터카 여직원이 내게 손짓을 한다. 나는 그녀로부터 렌터카에 관한 몇 가지 주의사항을 듣고 계약서에 서명을 했다. 그러자 그녀는 "저기 밖에 차가 있고요, 반납은 포트 엘렌Port Ellen 항구 앞에 대충 세워놓으면 됩니다. 그럼 좋은 여행 하세요!"라면서 내게 차 열쇠를 건네주고는 어디론가 사라졌다.

이제 차를 몰고 공항을 빠져나오면 여행이 시작될 터였다. 그런데 뜻밖에도 이게 그리 만만치 않았다. 문제는 내가 수동기어가 딸린 자동차를 빌렸다는 것이다. 물론 수동으로 운전을 해본 적은 있었다. 너무 오래전이었다는 게 문제다. 먼 옛날 군대 시절에 수동으로 1종 면허를 따고 한동안 차를 몰았던 적이 있다. 하지만 그 후에는 미국이라는 도로교통의 천국 같은 곳에서 줄곧 자동기어로 운전을 해왔으니 수동기어를 보는 순간 난감할 수밖에 없었다. 게다가 스코틀랜드 자동차는 우리 나라와 운전석이 반대편인 오른쪽에 있다. 이 사실을 모르고 있던 건 아니었지만 막상 운전석에 앉으니 상당히 당혹스러웠다.

나는 잠시 머리카락을 긁적거리며 이리저리 궁리하다가 '에라 모르겠다. 해보자!' 하는 심정으로 페달을 하나씩 건드려 보았다. 그런데 페달이 세 개라 헷갈린다. "가만있자. 어떤 게 클러치고, 어디가 브레이크지?" 다시 옛 기억을 더듬어가면서 두 발을 움직여 보았더니 다행히도 조금씩 기어 작동법이 머릿속에 떠오르기 시작했다. "음, 그렇지, 오른쪽이 액셀러레이터고, 가운데가 브레이크였지. 그러면 액셀러레이터와 브레이크는 오른발로, 그리고 클러치는 왼발로 밟으면 되네." 수십 년이 지나고도 내 몸이 옛 동작을 기억하고 있는 게 매우 신기했다.

한동안 기어를 위아래로 옮겨가며 조작법에 적응을 하고 보니 "이제 밖으로 나가도 될 것 같은데." 하는 생각이 들었다. 바로 시동을 걸었다. 그러고는 1단에서 2단 기어로 바꾸면서 주차장을 빠져나왔다. 사실은 '기어서 나왔다'는 표현이 더 어울릴 것 같은 아슬아슬한 출발이었다. 그리고 이내 큰길로 나가서는 3단, 4단으로 기어를 올리고 달리기 시작했는데 "어! 어!" 하는 사이 자동차가 도로를 벗어나 풀밭으로 들어가는 게 아닌가! 나는 급하게 브레이크를 밟았다. 계속 기어 손잡이에 신경을 쓰느라 미처 앞을 보지 못했던 것이다. 이마에서, 아니 온몸에서 진땀이 났다. 그리고 차에서 내리고 싶었다. 하지만 그 상황에서는 다시 달리는 수밖에 다른 선택지는 없었다.

나는 다시 마음을 가다듬고 일단 아일라섬의 다운타운이라고 할 수 있는 보모어^{Bowmore}로 가보기로 했다. 가는 길은 출발지였던 비행장에서 미리 확인해 두었는데, 그냥 한 쪽 방향으로 내달리면 될 듯했다. 사실 비행장에서 보모어 마을까지는 자동차로 5분밖에 걸리지 않는 거리다. 하지만 수동기어에 손과 발이 익지 않은 지금 내게는 아주 멀게만 느껴질 뿐이다.

보모어는 생각보다 그리 크지 않았고, 지나다니는 사람도 그다지 많지 않았다. 여행을 제법 다녀봤지만 이렇게 한적한 마을은 참으로 오랜만이란 생각이 들었다. 나는 일단 선착장 앞에 차를 세웠다. 그러고는 잠시 바닷가 쪽으로 가보았더니 해안가 왼편에 '보모어 증류소'라고 적힌 커다란 글자가 눈에 들어왔다. "아하! 증류소가 바로 바다 앞에 있구나! 그래서 보모어 위스키에서 바다 내음이 난다는 말이 있었던 거였구만!" 증류소를 눈앞에서 보고 있으니 지금껏 마셔왔던 보모어 위스키 맛의 내력이 한순간에 정리되는 듯하다.

그런데 그 상황에서 반드시 해결해야 할 일이 하나 있다는 걸 나는 깨달았다. 바로 숙소를 정하는 문제였다. 원래는 자동차로 아일라섬을 돌아다니며 며칠간 지낼 곳을 알아보려고 했으나, 적어도 오늘 밤은 보모어에서 지내야 할 것 같았다. 하지만 주변을 돌아보아도 호텔처럼 보이는 건 눈에 띄지 않았다. 게다가 마을 자체가 지나치게 한적하고 고즈넉해 보여서 어디를 가야 잠자리를 찾을 수 있는지 실로 막막하기만 했다. 다행히 자그마한 광장 한편에 관광안내소가 마련되어 있다는 걸 알게 되었다. 곧장 안으로 들어

1 보모어 마을의 선착장
2 보모어 증류소

보모어 마을의 다운타운

가 나이가 지긋해 보이는 여성에게 "위스키 여행을 왔는데요."라고 하면서 인사를 건넸다. 그런데 사실 이런 말은 할 필요가 없었다. 이건 마치 제주도에 가서 "바다를 보려고 왔는데요."라고 하는 것과 조금도 다를 게 없는 말이었으니까. 여하튼 위스키를 대표하는 섬에 와서 얼결에 위스키 때문에 왔다고 말해버린 것에 좀 쑥스러운 마음이 들어 나는 다시 그녀에게 "여기 근처에 하룻밤 묵을 데가 있나요?"라고 물어보았다. 그 순간 할머니 한 분이 꼬마 여자아이를 데리고 안내소 안으로 들어오셨다. 정말 이런 우연이 다 있을까. 할머니는 마을에서 게스트하우스를 운영하시는 분이었고 그날 묵을 사람을 찾을 겸 관광안내소를 찾은 것이었다. 어쨌든 나나 할머니나 서로 운때가 맞았다고 할 수 있다. 급히 숙소를 찾는 사람과 손님을 찾는 사람이 한적한 마을의 관광안내소에서 동일한 시간에 마주쳤으니.

할머니가 운영중인 게스트하우스는 관광안내소 지근거리에 있는 2층짜리 가정집이었다. 1층은 할머니와 어린 손녀가 거주하고, 2층을 게스트하우스로 활용하고 있다고 했다. 나는 위층을 휙 하니 둘러보고는 하자라고 할 게 전혀 없어 할머니에게 "하룻밤 묵겠습니다."라고 말했다. 껌딱지처럼 할머니 옆을 졸졸 따라다니던 손녀가 그제서야 수줍은 듯 미소를 지었다. 그 아이의 미소를 아일라섬의 미소라고 할까.

나는 잽싸게 짐을 풀고 밖으로 나갔다. 그리고 잠시 동네를 돌아볼 요량으로 다시 발걸음을 옮겨 광장 위쪽 언덕길로 올라가 보았다. 좀 전에 가까이에서 보았던 보모어 증류소가 생각보다 넓게 자리를 잡고 있고, 그 옆으로는 증류소에서 일하는 사람들이 거주하는 집들이 늘어서 있었다. 그런데 모두가 새하얗다는 게 인상적이었다. 그곳만 그런 게 아니라 마치 마을 사람들 모두가 건물 색깔을 흰색으로 칠하기로 약속이나 한 듯 마을 전체가 하얀 집과 건물들로 가득했다.

아일라섬 일주를
꿈꾸다

차가 있어서였겠지만 아일라섬을 한번 제대로 돌아봐야겠다는 생각이 들었다. "그럼 어디를 가면 좋을까?" 설렘과 기대 속에서 지도를 펼쳐 들여다보니 먼저 가보고 싶은 곳이 두 군데 눈에 들어온다. 바로 아일라섬 남쪽에 있는 포트 엘렌과 북동쪽에 위치한 포트 아스카익Port Askaig이다. 보모어는 그 중간쯤에 있는 곳이니 이 두 곳을 보고 나면 대충 아일라섬이 어떻게 생겼는지 머릿속에서 정리가 될 듯싶었다.

다시 수동변속 차를 몰려고 하니 다소 가슴이 콩닥거렸다. 그래도 '일단 가보자' 하는 마음으로 시동을 걸고 마을을 빠져나왔더니 다행히 다른 차는 별로 보이지 않고 계속 한적한 길이 이어졌다. 나는 일부러 양쪽 창문을 활짝 열고 달렸다. 그러다가 왼쪽을 슬쩍 보니 바다가 보이는 게 아닌가. "오! 좋은데!" 탄성이 절로 나

포트 아스카익으로 가는 길

왔다. 하지만 아직 풍광을 즐기기에는 일렀다. 오른쪽 좌석에 앉아
운전하는 것도 그렇고, 왼손으로 기어 조작하는 것도 영 어색했으
니까. 뒤에서 차가 다가오기라도 하면 무시로 가슴이 떨렸다. 아마
도 막 도로에 나선 초보 운전자들의 마음이 이랬을 것이다.

　포트 아스카익까지는 그리 오래 걸리지 않았다. 그런데 막상 와
서 보니 내 생각과는 많이 달랐다. 나는 내심 자그마한 어촌 마을
의 정취를 생각했는데, 달랑 배가 오고 가는 자그마한 선착장과 버
스 정류장만 있을 뿐이다. 그래도 아일라섬에서 다른 섬으로 이동
하려면 이곳 포트 아스카익에서 배를 타야 했다. 주라섬도 이곳
포트 아스카익에서 바로 5분 거리에 있다.

부나하븐 증류소로 가는 길

나는 차를 돌려 포트 앨렌 쪽으로 가보기로 했다. 그런데 얼마 지나지 않아 '부나하븐 증류소Bunnahabhain Distillery'라고 적힌 표지판이 눈에 들어왔다. 그렇다면 이곳을 먼저 가보는 것도 좋을 것 같아 차를 몰고 도로 안쪽으로 들어가보았다. 이내 몇 채의 집이 보이더니 넓은 초원이 펼쳐지고, 양과 소들이 한가로이 풀을 뜯어 먹고 있었다. 그 전형적인 시골 들판의 모습을 보고 있노라니 가슴이 뻥 뚫리는 기분이 들면서 나도 모르게 "룰루랄라!" 하는 콧노래가 나왔다. 게다가 도로 상에는 아무것도 없어 운전하는 마음도 아주 편했다.

그렇게 한적한 드라이브를 한 지 한 10분 정도 지났을까? 길 아래쪽에 부나하븐 증류소가 보이고, 그 너머로는 드넓은 바다가 펼쳐져 있었다. 저 앞에 커다란 주라섬도 눈에 들어왔다. 사실 어제 주라 위스키를 마시면서 "혹시나 주라섬을 볼 수 있을까?" 했는데, 지금 내 눈앞에 주라섬이 보란 듯 자태를 드러내고 있는 게 아닌가! 나는 "이건 사진으로 남겨야 해!" 하면서 잽싸게 가방에서 사진기를 꺼내 들었다. 그런데 아뿔싸 하필 배터리가 다 나간 것이 아닌가. "아, 이럴 수가! 주라섬의 풍광을 놓치다니!" 아쉬웠다. 하지만 내 눈으로 직접 아일라의 파란 바다를 보았다는 만족감이 이미 마음에 가득했고, 부나하븐 가는 길은 다음에 꼭 다시 와봐야겠다는 생각이 들 정도로 마음이 마뜩했다.

나는 아일라섬을 일주할 계획은 접기로 했다. 사실 운전만 부담

없이 무난하게 할 수 있으면 한 번에 아일라섬을 휙 돌아볼 수 있을 테지만, 지금으로서는 무리다. 일단 마음이 편치 않았다. 그래도 짧은 시간에 아일라섬의 반 정도라도 둘러본 것만으로도 꽤 만족스러웠다. 포트 엘렌 쪽은 내일 차를 반납하면서 보면 되리라는 생각이 들었다.

다시 조바심과 떨리는 마음으로 차를 몰았다. 그런데 갑자기 거센 빗발이 내리치기 시작했다. "아니 운전도 미숙한데 장대비라니!" 걱정이 태산이었다. 나는 잽싸게 와이퍼를 작동시키고 천천히 감속하며 달렸다. 그런데 5분 정도 지나자 비가 멈추고 살짝 해가 얼굴을 내미는가 싶더니 다시 비가 쏟아졌다. 그러고는 이내 비가 그쳤다. "아, 이게 뭐지?" 순간 매우 당황스러웠지만, 나는 이때다 싶어 부지런히 차를 몰아 보모어로 돌아왔다. 그리고 다시 나루터에 차를 세우고 나니 나도 모르게 "휴!" 하는 안도의 한숨이 새어나왔다. 어쩌자고 차를 빌려서 이 고생을 하는지 모르겠다는 생각이 뒤늦게 들었지만, 여하튼 반쪽짜리 아일라섬 일주는 하늘의 도움인지 무사히 마칠 수 있었다.

수천 가지 위스키가
있다고?

석양이 지는 저녁 시간이 되었으나 딱히 할 일이 없었다. 그래서 주인 할머니에게 "위스키 한잔 할까 하는데요."라고 운을 떼자 "보모어 호텔 바에 가면 수천 가지 위스키가 있어요."라고 말씀하시는 게 아닌가. '위스키가 수천 가지라고?' 나는 이 말을 듣고 반신반의하면서도 바로 밖으로 나와 보모어 호텔을 찾아갔는데, 바 분위기가 조금 이상하게 느껴졌다. 나는 바 안에 위스키가 널려 있을 줄 알았는데, 위스키 같은 것은 한 병도 보이지 않았던 것이다. 게다가 그곳을 찾은 손님들은 하나같이 맥주를 마시고 있고, 몇몇 사람들은 이미 거나하게 취해 있어, '이건 아닌데' 하면서 내가 잠시 머뭇거리고 있자 젊은 남자 하나가 다가왔다. 그가 내 행색을 살피더니 대뜸 "위스키 마시러 오셨나요?"라고 물어본다. 그래서 바로 그렇다고 대답하였더니 나보고 반대쪽으로 들어오라고 한다. 알

보모어 호텔 위스키 바에 진열되어 있는 위스키들

고 보니 이 집은 자그마한 쪽문을 사이에 두고 두 구역으로 나뉘어
있었다. 한쪽이 대중적인 술집이고, 다른 한쪽이 위스키 바였던
거다.

그런데 여전히 내가 품었던 기대에는 뭔가 못 미친다. 분명 할
머니 말로는 수천 가지 위스키가 있다고 했는데, 그 정도로는 보이
지 않았던 것이다. 손님도 나 혼자뿐이었고, '그래도 위스키 한 잔
은 해야지' 생각하면서 일단 자리를 잡고 앉았다. 그러고 나서 '혹
시 다른 곳에 위스키가 있는 건 아닌가?' 하며 여기저기를 두리번
거리고 있었는데, 어디선가 정장 차림의 노신사가 나타나더니 옆
방으로 들어와 보라고 권하는 것이다. 그를 따라가 보았더니 그가

보모어 다크스트 15

벽장을 열어서 그 안에 진열된 고급 위스키들이 보여주는 게 아닌
가. 한눈에도 대단해 보였다. "워우! 할머니가 말씀하신 게 바로 이
거였구만!" 그 모습을 보고 나니 갑자기 위스키가 확 당겨왔다. 그
러곤 다시 자리에 앉아 곰곰 생각해보니 나를 옆방으로 데리고 간
나이 지긋한 남자가 바의 주인이고, 조금 전에 나를 위스키 바로
안내해준 젊은 남자가 그의 아들인 것 같다.

첫잔은 보모어 위스키로 정하고, 젊은 남자에게 보모어 다크스
트Bowmore Darkest 15를 한 잔 달라고 하자 그는 먼저 물 한 잔을 테이
블에 올려놓고 바로 자그마한 튤립 잔에 위스키를 따라준다. 아일
라섬에서 마시는 위스키라! 설레는 마음으로 조심스럽게 잔을 들
어 코앞에 들이대자 셰리sherry의 달콤함과 스모키smoky한 향이 올
라오고, 이어 한 모금하자 "역시 스모키한 맛이 아일라 위스키가

맞네!"라는 말이 튀어나왔다.

그런데 여기서 '위스키가 스모키하다('피티peaty하다'라고 표현하기도 한다)'는 건 무슨 뜻일까? 혹시 바비큐의 맛? 아니면 훈제연어의 맛? 그런 건 아니다. 굳이 그 맛을 비유해서 표현하자면, 소독약이나 요오드를 떠올리게 하는 맛이라고 할 수 있다. 그래서 처음 스모키한 위스키의 맛본 사람들은 십중팔구 "이게 뭐야? 위스키에서 왠 소독약 냄새가 나지?"라고 생뚱한 반응을 보이게 마련이다. 그렇다면 이러한 위스키의 스모키한 맛은 어떻게 만들어지는 걸까? 그건 토탄土炭의 일종이라고 할 수 있는 피트peat(이탄泥炭. 한랭지에 서식하는 풀, 이끼, 관목 등의 식물이 오랜 세월 동안 땅속에서 충적되어 탄화된 것)와 관계가 있는데, 위스키의 주재료인 몰트malt(발아보리)를 만들 때 이탄을 태워 보리를 건조시키는 과정에서 몰트에 스모키한 풍미가 배어 나오고, 이러한 몰트로 위스키를 만들면 스모키한 맛과 향이 도드라지게 되는 것이다.

그렇다면 스카치위스키를 좀더 알고자 하는 분은 이런 의문이 들 것이다. 모든 스카치위스키가 피티한 맛을 가지고 있는 걸까? 그건 아니다. 오히려 그 반대로 피티한 맛이 강한 위스키는 그리 많지 않으나 아일라섬에서는 예로부터 피트를 사용하여 몰트를 만들어왔다. 그러니 아일라 위스키가 다른 지역 위스키에 비해 상대적으로 강한 개성을 가지며 돋보일 수밖에 없다. 하지만 그렇다고 해서 아일라섬에 있는 모든 증류소가 스모키한 위스키를 만드는

부나하븐 18과 드램 잔

것은 아니며, 스모키한 맛도 증류소마다 조금씩 서로 다르다. 보모
어의 경우는 마을 위치도 그렇고, 위스키도 딱 중간 정도의 피티한
맛을 지니고 있다.

다음 위스키는 부나하븐 18로 정했다. 그런데 이 위스키는 평소
마시던 부나하븐 위스키보다 숙성 연수가 더 오래되었는데도 그
리 비싸지는 않았다. 게다가 젊은 아들이 드램dram 잔으로 위스키
를 한 잔 가득 채우더니 덤으로 조금 더 따라주기까지 했다. 한 모
금 마셔보니 부나하븐 18에서는 셰리의 풍미와 함께 아주 미세하
나마 짭짤한 바닷냄새가 느껴졌는데, 이제 그 이유를 알 것 같았
다. 바닷가 숙성고에서 18년이란 긴 세월 동안 바닷바람을 맞았을
터이니까. 사실 말이 18년이지 사람으로 치면 성인이 다 된 나이다.
그래서 이런 위스키를 마실 때면 가끔 숙연한 마음이 들곤 한다.

잠시 후 앳돼 보이는 한 남자가 들어와 내 옆에 앉았는데, 주인 아들과 스스럼없이 이야기를 나누는 걸 보니 서로 잘 아는 사이인 듯싶었다. 그는 자신의 이름을 알렉스라고 소개하면서 "보모어에서는 20년 넘게 살았고, 지금은 보모어의 로크 바Loch Bar에서 바텐더로 일하고 있다."며 "바 전망이 좋으니 한번 와보라."고 권했다. 그리고 주라섬에는 꼭 가보라는 말도 덧붙였다. 이 말을 옆에서 들은 주인 아들은 내게 칼릴라Caol Ila 증류소의 초콜릿 테이스팅 프로그램을 추천했는데, 그 이유는 나중에 알게 되었다. 알렉스는 위스키를 한잔 걸치고 나더니 내게 "내일 꼭 오세요."라고 하면서 먼저 자리를 떴다.

오늘은 이상하게 위스키를 두 잔밖에 마시지 않았는데도 서서히 취기가 올라오기 시작했다. 그건 아마도 아침부터 비행기를 타고 물을 건너온데다 오후 내내 자동차 운전을 하느라 신경을 썼기 때문인 것 같다. 그렇다면 오늘은 이즈음에서 끝내는 게 낫겠다 싶었다. 사실 지금 보모어 바에서 아일라 위스키를 마시고 있는 게 좋은 거지, 아일라섬에 온 첫날부터 거나하게 취하고 싶지는 않으니까 말이다. 게다가 아일라섬 어딜 가나 위스키가 널려 있으니 첫날부터 신났다고 퍼마실 이유도 없다. 어디까지나 술은 빠져드는 대상이 아니라 음미하고 흠향하는 대상이다.

대낮에 위스키와
한판 붙다

할머니가 차려주신 아침 식탁에서는 포근함이 느껴졌다. 집밥을 먹는 기분이 딱 이런 거란 생각이 들었다. 흡족한 내 마음을 알아 차렸는지 어린 손녀가 테이블 앞에서 신나게 춤을 추어대는데, 할머니가 그만두라는데도 말을 듣지 않는다. 이빨 하나가 빠진 모습이 귀엽기 짝이 없어 이름을 물어보니 "에알라"라고 했다. 올해 다섯 살이 되었는데, 벌써 초등학교 1학년을 마쳤고, 지금은 방학 기간이라서 어제는 수영을 다녀왔다고 했다. 그러고 덧붙이는 할머니 말씀이 "아일라섬은 겨울에도 그리 춥지 않고, 눈도 거의 내리지 않는다."며 "매년 5월에 보모어에서 위스키 축제가 있는데, 이미 내년 B&B 예약이 끝났다."는 것이다. 맥주 축제는 여러 번 참가해보았으나 위스키 축제에는 여태 가본 적이 없었던 나는 그 모습이 어떨지 자못 궁금했다. 아마도 맥주 축제보다 훨씬 더 시끌벅적

보모어 마을의 로크 바

할 것만 같았다. 수많은 사람이 맥주보다 알코올 함유량이 많은 위
스키를 마셔댈 테니까 말이다. 위스키 향이 자욱하게 퍼지는 축제
의 광경이 보지 않아도 눈에 선했다.

   식사를 마치고 포트 엘렌으로 가서 차를 반납했다. 그리고 다
시 보모어로 돌아와 로크 바에 들렀는데, 규모는 자그마한 편이었
고, 안쪽에 있는 레스토랑은 깔끔한 분위기였다. 어제 보모어 호
텔 바에서 알렉스가 들려준 말처럼 날씨 좋은 날 발코니에 앉아
위스키 한 잔 하면 아주 멋들어질 것 같은 분위기였다. 바 앞에 자
리를 잡고 앉아 바텐더에게 브룩라디의 클래식 라디The Classic Laddie

를 달라고 했다. 그러자 그는 "피티하지 않은 위스키입니다."라는 말과 함께 위스키를 한 잔 따라 준다. 바텐더의 말대로 브룩라디 클래식 라디는 아일라 위스키인데도 전혀 스모키하지 않은 맛이다. 하지만 도수는 50도로 조금 센 편이라 뭔가 먹을 게 있으면 좋을 듯하여 바텐더에게 "혹시 굴이 있나요?"라고 물었다. 아쉽게도 그는 굴이 들어오는 날은 따로 있고 오늘은 아니라고 말했다. 사실 굴과 아일라 위스키가 아주 잘 어울리는 것을 알고 있었기에 큰 기대를 걸지 않고 그냥 한 번 물어본 것이다. 물론 굴이 있었다면 바로 달라고 했을 테지만.

다음으로 맛본 부나하븐 12는 버번위스키Bourbon whiskey 통과 셰리 오크통에서 두 번 숙성하여 달콤한 바닐라 향과 셰리 향이 함께 올라오는 게 꽤 매력적이었다. 게다가 안주로 나온 사냥고기 테린terrine의 묵직한 맛과 오트밀 비스킷의 강한 곡물 맛이 부나하븐 위스키와 꽤 잘 어울렸다. 역시 위스키 섬이라 그런지 안주도 그에 걸맞게 제대로 나온다.

얼마쯤 시간이 지난 후 나이 지긋해 보이는 남자가 바 안으로 들어와 내 옆에 앉더니 바로 바텐더에게 위스키 두 잔을 달라고 했다. 바텐더도 이런 상황에 익숙한 듯 먼저 물을 가져다 놓고는 빈 글래스와 위스키 두 잔을 테이블에 올려놓았다. 그러자 그 남자는 기다렸다는 듯이 기다란 글래스에 물을 가득 넣고 위스키 두 잔을 모두 털어 넣는다. '이게 아일라 스타일인가?' 그건 아닌 것 같고 그분 나름의 방식이리라는 생각이 들었다. 어쨌든 술 마시는 데는 꼭 규칙이 있는 것은 아니니 이 또한 개성 넘치는 음주 취향이라고 할 수 있겠다. 언젠가 나도 이 사람처럼 한번 마셔봐야지 싶었다.

이번에는 조금 색다른 위스키를 마시고 싶어 부나하븐 몽니에 올로로소^{Moine Ololoso}를 달라고 했다. 여기서 '몽니에'는 게일어 Gaelic로 '피티하다'란 뜻이고, '올로로소'는 주정강화^{酒精強化} 와인 fortified wine인 셰리 와인의 한 종류이니 이 위스키는 이름만 보아도 대충 무슨 맛이 날 거라는 것을 짐작할 수 있다. 그런데 알코올 함량이 무려 60.1퍼센트나 된다.

그렇다면 왜 위스키의 알코올 도수가 이처럼 제각각일까? 그 이유는 간단하다. 일반적으로 오크통 숙성을 마친 위스키의 알코올 도수는 대략 60도 정도가 되는데, 이러한 위스키는 일반인이 마시기에는 너무 도수가 높아 물로 희석하여 40~45퍼센트의 위스키로 출시하는 것이 상례가 된 것이다. 그래서 사람들은 보통 위스키는 40~50도의 정도의 알코올 도수를 가진 술이라고 생각하지만, 내 앞에 놓여 있는 몽니에 올로로소는 이런 술과는 달리 오크통에 들어 있던 위스키를 그대로 병에 담아 나온 것이다. 그러니까 이 위스키는 '위스키 원액'이라고 할 수 있는데, 이러한 위스키를 '캐스크 도수', 또는 '배럴 도수'의 위스키라는 뜻의 '캐스크 스트렝쓰 cask strength', 또는 '배럴 푸르프^{barrel proof}'라고 부른다.

그런데 몽니에 올로로소는 캐스크 스트랭쓰인데다가 한술 더

사냥고기 테린느와 오트밀 비스킷

떠 스모키한 위스키다. 이런 위스키를 바라보고 있노라니 마치 양손에 쌍 도끼를 들고 달려오는 사람을 보는 듯하다. 그래도 다행인건 올로로소 셰리 캐스크에서 11년 숙성한 위스키라 그리 저돌적이지만은 않을 것이라는 생각이 들었는데, 역시나 한 모금 꿀꺽 하고 마셔보니 위스키가 인파이터의 강편치처럼 '퍽' 치고 올라오는듯하다가 "그래도 난 달콤한 심성을 가진 사람이야."라고 속삭이듯 셰리의 부드러운 맛이 살짝 얼굴을 내미는 게 아닌가.

몽니에 올로로소는 60.1도의 강한 도수, 피트 스모크, 올로로소의 삼박자가 제법 잘 어울리는 위스키였다. 하지만 고급스러운 맛에 걸맞게 가격도 제법 나가는 위스키다. 좀 전에 마신 부나하븐클래식 12보다 예닐곱 배는 더 비싸니까 말이다. 여하튼 좋은 술을 마시면서 미각은 미각대로 충족시키려면 역시 돈도 좀 벌어야겠다는 걸 다시 한 번 느꼈다.

몽니에 올로로소 잔을 비우고 나자 바텐더가 기다렸다는 듯이 옥토모어Octomore 6.3을 권한다. '지금 나에게 옥토모어 6.3을? 이 위스키는 사람으로 치자면 진짜 한가락 하는 친군데'라는 생각이 드니 절로 웃음이 나왔다. 그렇다면 옥토모어 6.3은 얼마나 피티한 것일까? 그건 위스키의 '피티함'을 표시하는 단위인 PPMparts per million(위스키에 함유된 방향족 화합물인 페놀의 수치를 뜻함)을 보면 알 수 있다. 그런데 대부분의 싱글 몰트 스카치위스키는 PPM이 5 이하이기 때문에 피티한 맛을 거의 느끼지 못한다. 적어도 PPM이 15는 넘어가야 피티함을 감지할 수 있다. 그리고 30 PPM 이상이면 강한 피트의 풍미를 느낄 수 있는데, 옥토모어 6.3은 무려 PPM이 258인데다 스카치위스키 가운데서도 가장 피티한 걸로 손꼽히는 위스키다. 그러니까 옥토모어 6.3은 한 마디로 '피티한 위스키의 끝판왕'이라 할 수 있는 위스키다. 실제로 한 모금 마셔보니 피티한 맛이 강하게 느껴졌다. 아니 강하다 못해 지나치다 싶을 정도였다. 그래도 뭔가 센 놈을 만나고 나니 비로소 위스키의 스모키한 맛이 정리되는 흔쾌한 기분이 들었다.

오랜만에 위스키와 제대로 한판 붙은 셈이었다. 사실 좀 크게 얻어맞았다. 좀 전에는 캐스크 스트랭쓰 위스키로부터, 이번에는 스모키한 위스키의 끝판왕에게. 두 번 모두 제대로 얻어맞았다. 하지만 기분은 꽤 좋았다. 게다가 낮술이라 그런지 조금 알딸딸

1   브룩라디 클래식 라디
3   부나하븐 12

2   부나하븐 몽니네 올로로소
4   부나하븐 옥토모어 6.3

한 느낌까지 따라왔다. 좋은 술로 몽롱해지니 장자莊子의 호접지몽胡蝶之夢이 떠오르면서 잠시나마 현실에서 벗어나 있는 기분이 들었다. 그리고 낯선 보모어도 오랜 시간을 보냈던 마을처럼 아주 편하게 느껴졌다. 과연 위스키의 마력은 대단하다.

아일랜드 행 페리를
타려 했는데……

오늘 오후에는 배를 타고 아일랜드로 넘어갈 계획을 세웠다. 아니, 아일라섬에 온 지 이틀밖에 안 지났는데 갑자기 아일랜드로 떠난 다니? 그건 아니고, 지금 아일랜드에 가려고 하는 건 바로 배편 때문이다. 지도를 보면 알 수 있듯이 포트 엘렌에서 배를 타면 빠른 페리로 1시간 만에 북아일랜드의 항구마을인 밸리캐슬Ballycastle 로 건너갈 수 있다. 하지만 포트 엘렌과 밸리캐슬을 오가는 배가 1주일에 몇 편밖에 없어 배편이 있을 때 아일랜드에 갔다가 다시 아일라섬으로 돌아오겠다는 게 나의 복안이었다. 사실 북아일랜 드는 아일라섬뿐 아니라 한때 위스키로 이름을 날렸던 캠벨타운 Campbeltown과도 매우 가깝다. 이런 걸 보면 먼 과거에 위스키가 두 나라를 넘나들었음을 알 수 있다. 그렇다면 어느 나라의 위스키가 먼저일까? 이에 대해서는 여러 가지 설과 주장이 있지만, 딱 부러

포트 엘렌의 선착장

지게 정리해서 말하기는 힘들다. 여하튼 먼 과거부터 두 나라 간에
위스키 교류가 있었다는 사실만큼은 분명하다.

오랜만에 배를 타고 바다를 건넌다고 생각하니 마음이 설렜다.
그런데 출발 시간이 30분밖에 남지 않았는데도 사람들의 모습이
거의 보이지 않았다. 물론 12인승 페리이니 승객들이 많을 것 같지
는 않지만, 선착장에 나 혼자밖에 없는 게 조금 석연찮았다. 게다
가 저 멀리 칼막 페리즈Calmac Ferries 회사의 사무실만 보일 뿐, 내가
타고 가기로 한 킨타이어 익스프레스 페리Kintyre Express Ferry에 대한
안내 문구도 찾아볼 수 없었다. 마침 한 남자가 선착장으로 다가오

길래 그에게 사정을 이야기하자 "그냥 선착장에서 기다리면 될 것 같다."는 것이다. 하지만 배 시간이 거의 다 되었는데도 페리는 나타날 기미를 보이지 않았다. 무언가 예감이 좋지 않다.

'그러면 여기가 아닌가?'라고 생각하며 다시 선착장 주변을 둘러보고 있자 칼막 페리즈 사무실에서 한 여인이 걸어오더니 "사무실 모니터로 선착장 주변을 보고 있다가 궁금해서 나왔다."는 것이다. 그래서 그녀에게 "밸리캐슬 행[f] 페리를 기다리고 있는데요." 라고 하자 그녀는 "그건 아일랜드로 가는 작은 배인데요."라고 하면서 "한번 그 회사에 전화를 해보겠다."고 한다. 이렇게 고마울 데가! 그런데 잠시 후 그녀가 다시 내게 다가와서는 "배가 고장 났다고 해요."라는 게 아닌가. 아, 이럴 수가! 아일랜드 숙소도 이미 다 예약해놓고, 며칠 후 아일랜드에서 아일라섬으로 돌아오는 비행기 표도 사놓았는데, 모든 게 배 고장으로 엉망이 되었다. 허탈하고 막막한 심정이었다. 이런 내 모습이 무척 안쓰러워 보였는지 칼막 페리 여직원은 사무실로 가서 함께 생각해보자고 했다.

나중에 확인해서 알게 된 것인데 이틀 전에 페리 회사로부터 이메일이 왔었는데, 내가 이걸 미처 확인하지 못한 것이었다. '아! 이제 어쩌지?' 긴 한숨을 내쉬며 이리저리 궁리해 보았지만 딱히 뾰족한 수가 떠오르지 않았다. 어쨌든 한 가지 분명한 건, 배를 타고 북아일랜드로 건너가는 건 이미 물 건너간 일이 되었다는 것이다. 나는 정작 물(바다)을 건너지 못했는데, 계획은 물을 건너갔다는 슬픈 통찰. 그렇다면 이제 가장 중요한 건, '언제, 그리고 어떻게 아일라섬을 빠져나가는가?' 하는 문제였다. 물론 아일라에서 며칠 더 묵을 예정이지만, 아일라섬을 오가는 비행기 편이 그리 많지 않아 미리 수단을 강구해두어야만 했다.

원래 계획은 먼저 아일랜드 위스키 여행을 마치고 나서 다시 아일라섬으로 돌아와 며칠 지낸 다음에 비행기를 타고 오반^{Oban}으로 갈 예정이었다. 그래서 혹시나 하여 여직원에게 "오반으로 가는 칼막 페리가 있나요?"라고 물어보았더니 돌아온 대답이 "일주일 후에 간다."고 했다. 일주일 후면 너무 늦다. '아, 쉽지 않네.' 다시 고민에 빠졌다. 그런데 잠시 후 젊은 남자 직원이 뭔가 알아낸 듯 여직원에게 소곤대듯 말을 건네자 그녀가 잽싸게 컴퓨터 자판을 두드리고 나더니 "아, 다음 주 월요일에 특별비행기 편이 생겼네요. 오반 옆 작은 마을에서 음악 페스티벌이 있어서요."라고 하는 게 아닌가. 죽으라는 법은 없는지, 참으로 반가운 소리였다. 그 순간 "아, 이제 아일라섬을 빠져나갈 수 있겠구나!"라고 환호성을 지르고 싶었다. 문제가 해결되니 절로 웃음이 터져나왔다. 여직원도 기쁜 듯 미소를 지으면서 B&B에 전화를 걸어 숙소도 예약해주었다. 친절한 아일라섬에게 감사를.

B&B는 선착장에서 불과 50미터 거리에 있었는데, 사실 이곳은 아일라섬에 오기 전에 미리 점 찍어 둔 집이었다. 배낭여행 가이드북인 『론리 플래닛$^{Lonely\ Planet}$』에서 '옛 병원을 개조한 집'이라는

문구를 본 기억이 있어서였다.

B&B에 도착해 '딩동' 하고 현관 벨을 누르자 중년 여인이 나와 웃으면서 "웰컴!" 하고 반겨주신다. 그녀는 자신을 '주디스'라고 소개하면서 "남편은 아드벡Ardbeg 증류소에 다닌다."고 알려주었다. 오, 증류소에 다니는 남자가 이 집의 바깥주인이라니. 주디스는 내가 묵을 방이 "옛 병원 시절 손님 대기실이었다."며 "B&B 문은 24시간 열려 있고, 옆집이 호텔이니 위스키 한잔하고 싶으면 바에 가보라."고 귀띔해주었다.

위스키와 함께라면
'이보다 더 좋을 수가!'

드넓은 바다, 모래 해변, 그리고 바닷가를 따라 늘어서 있는 하얀 집들을 바라보고 있노라니 마치 여름 피서지에 와 있는 기분이었다. 이렇게 한가롭고 평화로워도 되는 걸까. 여기에 위스키만 더해진다면 "이보다 더 좋을 수가!"라는 말이 절로 나올 것 같았다. 그리고 사실 조금 전까지만 해도 "아일랜드에서 돌아오면 어디에 묵을까?"가 고민거리였는데, 포트 엘렌에 와 보니 "바로 여기네!"라는 생각이 들었다.

동네 탐방이 끝내고 B&B와 담을 맞대고 있는 아일라 호텔에 갔더니 아담하면서도 차분한 분위기의 레스토랑이 있었다. 게다가 자그마한 창문 너머로 내다보이는 선착장의 모습이 꽤나 낭만적으로 보였다. 조금 전까지만 해도 선착장 앞에서 마음을 조아리며 서 있었는데 말이다. 이런 걸 보면 사람 마음이 참 가벼운 것 같다.

1 포트 엘렌 바닷가에 면한 집들
2 포트 엘렌의 아일라 호텔

아일라 호텔 레스토랑

첫 위스키는 라프로익 쿼터 캐스크Laphroaic Quarter Cask로 정하고, 나이 지긋해 보이는 웨이터에게 하기스Haggis(양羊의 내장, 양파, 보리 등으로 만든 전통적인 스카치위스키 안주)를 달라고 하자 "이곳 하기스는 라프로익 10을 넣어 만들었다."고 한다. 그래서 내가 다시 "역시 아일라섬의 하기스는 다르네요."라고 하자 웨이터가 씩 웃는다. 사실 며칠 전 글래스고 바에서도 하기스를 먹고 싶었지만 다 팔리고 없다고 해서 먹지 못했는데, 오늘 이곳에서 뜻하지도 않게 제대로 된 하기스를 맛볼 수 있을 것 같은 기대감이 들었다. 게다가 라프로익 위스키가 들어간 하기스와 라프로익 위스키를 함께 먹다니! 이건 아일라섬에서만 누릴 수 있는 호사豪奢임에 틀림없다.

잠시 후 위스키와 하기스가 차례로 나와 먼저 위스키를 한 모금 들이키자 몸과 마음이 따뜻해지는 느낌이었다. 그리고 하기스는, 외피外皮의 거친 맛과 고기의 묵직한 질감이 라프로익의 풍미와 아주 잘 어울렸고, 때깔도 서로 비슷한 게 이래저래 하기스와 스카치는 천생연분 찰떡궁합이었다.

다음 위스키도 라프로익의 트리플우드Triplewood를 시켰더니 웨이터가 "이 위스키는 절판되어 가격이 많이 올랐어요. 저도 위스키 경매를 해야겠어요."라며 너스레를 떨길래 할 수 없이 라프로익 18년으로 바꾸고 가리비 관자 요리를 하나 시켰다. 맛을 보니 역시나 18년산다운 풍미를 보여줬다. 오랜 연륜이 느껴지는 묵직한 맛이랄까? 피티한 맛도 그리 강하지 않았고, 달곰한 소스로 버무린 가리비와도 아주 잘 맞았다. 특히 가리비에 강한 맛의 시소를 넣은 것이 신의 한 수였다. 여하튼 하기스나 가리비 요리 모두 아일라

라프로익 위스키가 들어간 하기스

달곰한 소스로 버무린 가리비 관자 요리

위스키를 잘 이해하는 셰프가 만든 음식임에 틀림없었다. 인상적인 위스키와 요리를 맛보고 나니 '이런 게 진정한 마리아주^{mariage} 구나!'라는 생각이 들었다.

위스키를 음미하며 곰곰 생각해보니, 지난 며칠 동안 한국에서 글래스고로, 그리고 글래스고에서 아일라섬으로 바쁘게 건너와 또다시 아일라섬에서 아일랜드로 메뚜기 널뛰듯 넘어가려 했던 것이, 이렇게 허겁지겁 다니는 것이 내가 생각했던 위스키 여행의 본래 의도와는 맞지 않는 것 같다는 걸 깨달았다. 어쨌든 오늘은 계획대로 일이 풀리지는 않았지만 오히려 그 덕분에 잠시나마 여행의 속도를 늦추게 되었고, 포트 엘렌에서 위스키와 함께 좋은 시간을 보낼 수 있었다.

레스토랑을 나오면서 웨이터에게 음식이 아주 맛있었다고 인사를 했더니 "위스키도 괜찮았나요?"라고 물어본다. 그래서 내가 다시 "물론이죠. 모든 게 다 좋았어요."라고 화답을 했다. 그는 흡족한 표정을 지으면서 "호텔 바는 새벽 1시까지 하니 또 오세요."라고 한다. 그 말을 듣고 내일이나 모레 즈음 한 번 더 와봐야겠다고 생각했다.

브룩라디 증류소의
첫번째 위스키 투어

창문 밖을 내다보니 날씨가 제법 흐려서 조금 불안한 마음이 들었지만 일단 아침 식사를 하고 나서 오늘 갈 곳을 정하기로 했다. 음식은 B&B 한쪽 방에 차려졌다. 안으로 들어가자 30대로 보이는 남녀 둘이서 식사를 하고 있어서 이들과 인사를 나누었다. 알고 보니 이들은 스위스에서 온 부부였는데, 두 사람 모두 "위스키를 좋아한다."고 하여 격의 없이 그들에게 "지금 위스키 책을 쓰기 위해 스코틀랜드를 돌아다니고 있다."고 내 사정을 밝히자 젊은 부인이 다짜고짜 "한국에도 위스키가 있나요?"라고 물어보는 것이다. 그래서 나는 "위스키와 비슷한 술로 말하자면, 곡물로 만든 스피릿이 있습니다. 숙성은 하지 않은 술이죠."라고 알려주었다. 우리 나라 전통 소주를 말한 것이었다.

이들은 "어제 브룩라디 증류소와 킬호만Kilchoman 증류소를 다녀왔다.”며 “킬호만 증류소는 꼭 가보라.”고 권한다. 나도 이 두 곳에 가볼 요량이었기에 킬호만은 어떻게 가는 게 좋은지를 묻자 남자가 식사를 하다 말고 가방에서 지도를 꺼내 들더니 “하루에 이 두 곳 모두 다녀올 수 있어요. 브룩라디 증류소는 보모어에서 버스로 가면 되고요. 그리고 거기서 다시 5분 정도 버스를 타고 가면 포트 샬롯Port Challotte이 나오는데, 그곳 호텔 앞에 있는 가정집에서 자전거를 빌려 킬호만 증류소에 다녀오면 됩니다. 킬호만 증류소까지는 자전거로 30분 정도 걸리고요.”라고 상세하게 설명해주었다. 사실 오늘은 부나하븐과 칼릴라 증류소에 다녀오려 했는데, 조금 전부터 비가 내리고 있어 이 두 곳을 방문하는 것은 무리라는 판단이 들었다. 나는 젊은 부부가 들려준 이야기를 참고해서 브룩크라디와 킬호만 증류소를 가보기로 했다.

아침 식사를 마치고 오전 9시 40분에 포트 엘렌에서 버스를 탔다. 그리고 다시 보모어에서 포트 아스카익으로 가는 버스로 갈아타고 10시 20분경 브룩라디 증류소 앞에서 내리자 넓게 펼쳐진 바다가 한눈에 들어왔다. 하지만 증류소 주변은 ‘아무것도 없다’는 표현이 들어맞을 정도로 한적하고 조용했다.

나는 잠시 바다를 감상하고 방문자 센터가 있는 건물로 들어가 남자 직원에게 투어 시간을 물어보았다. 그런데 “오전 11시 투어는 다 찼고, 오후 1시 투어밖에 없다.”는 것이었다. 아, 이런! 투어 예약하고 왔어야 하는데. 어떡하지? 잠시 고민해보았지만 다른 증류소

브룩라디 증류소 앞 바닷가

를 찾아가기에도 마뜩찮은 시간이어서 그냥 오후 1시 투어를 신청하고 밖으로 나왔다. 그리고 바닷가를 어슬렁거리며 시간을 보냈는데, 여기서 여유를 부린 게 결과적으로 문제였다. 하지만 그때까진 앞으로 닥쳐올 일을 알지 못했다.

드디어 스코틀랜드에서의 첫 위스키 투어가 시작되었다. 어떤 이야기가 나올지 사뭇 기대되었는데, 젊은 여성 가이드는 먼저 스카치위스키와 브룩라디 증류소의 역사에 대한 이야기를 풀어놓고 열 명 남짓 되는 투어 참가자들을 증류소 시설이 있는 건물 안으로 안내했다. 사람들이 신기하듯 여기저기 쳐다보고 있자 가이드는 커다란 당화조mash tun를 가리키며 "먼저 위스키의 원재료인 보리 몰트를 분쇄하여 이곳 당화조에 넣고, 약 60~65도의 뜨거운 물과 섞어주면 당분이 함유된 액체로 변하는데, 이를 '당화^{糖化,} mashing'라고 하죠."라고 했다. 이어 그녀는 나무 발효조^{washback}가 있는 곳으로 다가가더니 "당화를 마친 액체를 여과하면 죽처럼 생긴 맥아즙^{wort}이 나오고, 이 맥아즙을 발효조에 넣어 며칠간 발효시키면 맥주^{beer}가 만들어지는데, 이 과정을 '발효^{fermentation}'라고 합니다."라고 설명했다. 자신의 역할에 잘 숙달된 것으로 보이는 가이드의 말에 따르면 이 건물 안에 모두 6개의 발효조가 있으며, 이들 발효조의 용량은 모두 합치면 21만 리터나 된다고 했다. 꽤 많은 양이었다.

'맥주'라는 단어를 접한 참가자들이 다소 의아한 표정을 짓자 가이드가 자그마한 나무통을 발효조 안으로 던져 올리더니 "이거 벨기에 맥주 같아요. 맛보실래요?"라고 하면서 투어 참가자들에게 조금씩 나누어주었다. 한 모금 마셔보니 그녀 말대로 벨기에 레페^{Leffe} 맥주 맛이 났다. 아니 조금 더 정확히 이야기하자면 레페보다는 좀 더 진한 맛이었다. 이처럼 위스키 증류소에서는 발효를 마친 액체를 '증류소의 맥주'라는 뜻의 '디스틸러스 비어^{distiller's beer}', 또는 '와시^{wash}'라고 부른다. 알코올 도수는 7~8도 정도다. 이처럼 발효에서 '비어', 즉 '와시'가 만들어지기까지는 위스키와 맥주의 제조과정은 비슷하다고 할 수 있다.

다시 가이드를 따라 증류기가 있는 곳으로 발걸음을 옮기자 구

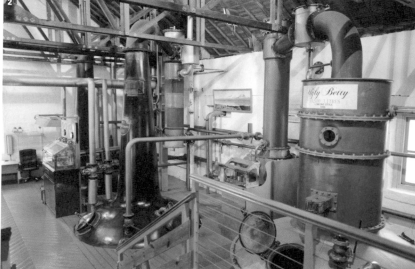

1 브룩라디 증류소의 발효조
2 브룩라디 증류소의 증류기

리로 만들어진 커다란 증류기가 눈에 들어왔다. 가이드는 "위스키 증류기에는 단식증류기와 복식증류기가 있으며, 스카치위스키는 단식증류기를 사용하여 증류한다."며 "보통 스카치위스키는 2회 증류를 거치는데, 1차 증류기는 '워시 스틸wash still', 그리고 2차 증류기는 '스피릿 스틸spirit still'이라고 부른다."고 설명했다. 그때 증류기 개수를 세어보니 총 다섯 개였다. 두 개는 1차 증류기이고, 다른 두 개는 2차 증류기다. 그리고 다른 한쪽에는 진gin을 만드는 증류기가 하나 더 있었다. 가이드는 "두 개의 와시 스틸 용량을 다 합치면 2만 3,000리터이고, 또 다른 두 개의 스피릿 스틸의 용량은 2만 1,000리터"라며 "발효액을 1차 증류기에 넣고 증기로 가열하면 '로와인low wine'이라고 불리는 알코올 도수 30도의 스피릿이 나오고, 이를 2차 증류기에 넣고 다시 증류를 거치면 70도의 스피릿이 만들어지는데, 이를 '하이 와인high wine'이라고 부른다."고 상세한 설명을 곁들였다. 그녀의 말처럼 증류를 마친 증류액은 영어로 '정신', 또는 '영혼'을 뜻하는 단어인 '스피릿spirit'이라고 부른다. 그것들은 우리 나라의 소주나 러시아의 보드카를 닮았다.

다음은 '숙성'에 대한 이야기를 들려줬는데, 어떻게 보면 여기서부터가 위스키가 본격적으로 만들어지는 과정이라고 할 수 있다. 왜냐하면 몰트에서 스피릿이 만들어지기까지는 불과 며칠밖에 걸리지 않지만, 이 새하얀 스피릿이 브라운 색의 위스키로 거듭나려면 숙성이라는 긴 시간이 필요하기 때문이다. 실제로 스피릿

브룩라디 증류소의 위스키

은 오크통 안에서 적게는 3~4년, 그리고 길게는 10~20년이라는 긴 세월을 보내면서 진정한 위스키의 모습으로 거듭난다. 이날 오크통이 보관된 숙성고는 직접 보지 못했지만, 가이드 말로는 "현재 이곳 증류소에는 8개 숙성고에 3만 5,000개의 오크통이 보관되어 있으며, 포트 샬롯 해안가에 4개의 숙성고가 더 있다."고 했다. 정말이지 어마어마한 양이 아닐 수 없었다.

나는 이곳 투어를 마치고 킬호만 증류소로 갈 예정이라 숙성고 구경과 시음은 생략하고 먼저 자리를 떴다. 그런데 증류소 밖에서 10분 넘게 서 있었는데도 버스가 올 생각을 하지 않았다. 게다가 엎친 데 덮친 격으로 증류소 앞 도로에서 버스를 기다리고 있다 보니 세차게 쏟아지는 비를 피할 방도가 없었다. 물론 우산은 있지만 바람이 너무도 강해 꺼내 쓸 수도 없었다. 결국 밖에 서서 20분을 기다렸으나 버스는 나타나지 않았다. 아마도 내가 건물을 나오기 전 버스가 지나간 것 같았다. 나는 할 수 없이 다시 건물 안으로 들어갔다. 그런데 조금 전 함께 투어를 했던 사람들이 위스키 테이스팅을 마치고 방문자 센터 안으로 들어오는 게 아닌가! '아, 이게 뭐야? 난 시음도 못 했는데.' 절로 한숨이 나왔다. 이런 내 모습이 안쓰러웠는지 남자 직원이 내게 위스키 한 잔을 건네준다. 나는 그 자리에서 바로 꿀꺽 한 모금 했다. 그런데 그 맛이 일품이었다! 물론 그 상황이 위스키를 음미할 처지는 아니었지만 위스키 한 모금에 몸도 따뜻해지고, 마음도 살짝 누그러지는 기분이다. 아 이렇게 브룩라디를 시음하다니! 조금 어이가 없었으나 어쨌든 맛있는 위스키를 맛본 셈이긴 했다.

무모한 도전

오지 않는 버스를 마냥 기다릴 순 없어 '이제 어떻게 할까?' 잠시 생각해보았지만 지금 다른 곳에 가기도 애매하기도 하여 남자 직원에게 "혹시 택시를 부를 수 있나요?"라고 물었다. 그게 그 순간의 최선이었으니. 남자 직원은 택시회사 전화번호를 몇 군데 알려준다. 나는 잽싸게 여기저기 전화를 돌려보았다. 하지만 전화를 받는 곳이 한 곳도 없다. 아마도 토요일 오후인 데다가 날씨도 좋지 않아 일찍 영업을 접은 것 같다. 아, 정말 난감했다. 그리고 조금 억울하다는 생각도 들었다. 킬호만 증류소를 가려고 아침부터 서둘렀는데, 이렇게 되고 말았으니 말이다. 고민 끝에 직원에게 "자전거를 타면 여기 브룩라디 증류소에서 킬호만 증류소까지 얼마나 걸리나요?"라고 물어보았더니 "45분 정도 걸린다."는 대답이 돌아왔다. '어? 아침에 스위스 부부는 30분 정도라고 했는데.' 정보가 다르니 조금 헷갈렸다.

여전히 시간이 애매했다. 왜냐하면 그때 확인한 시간이 2시 40분 정도인데, 포트 샬롯에서 보모어로 되돌아가는 버스의 막차 시간이 오후 4시 42분이고, 게다가 킬호만 증류소가 포트 샬롯의 반대쪽에 있어 2시간 안에 브루크라디 증류소 – 포트 샬롯 – 브루크라디 증류소 – 킬호만 증류소 – 브루크라디 증류소 – 포트 샬롯을 다녀와야 하기 때문이다. 사실 이 시간에 킬호만을 다녀오는 건 무리라는 생각이 들었다.

나는 잠시 '갈까? 말까?' 고민하다가 '에라. 모르겠다' 하는 심정으로 다시 증류소 건물 밖으로 나와 발걸음을 옮겼다. 하지만 센바람 탓에 앞을 제대로 바라보기가 힘들 정도였다. 그래도 가끔 한번씩 고개를 들어 사방을 돌아보니 왼쪽은 넓은 바다, 오른쪽은 드넓은 초원이 펼쳐져 있었다. 차는 가끔 한 대씩 지나갈 뿐이다.

나는 앞만 보고 하염없이 걸었다. 당연히 온몸은 흠뻑 젖었다. 아니 그쯤 되면 '젖었다'는 감각도 사라진다. 그런데 비바람을 맞으면서 걷다 보니 내가 지금 왜 이래야 하는지 스스로 납득이 가지 않았다. 지금까지 이렇게 증류소를 다녔던 사람이 있었는지도 궁금하다. 아마도 없었을 것이다.

20분 정도 지났을까? 저 멀리 언덕 아래에 하얀 집들이 눈에 들어와 다시 잰걸음으로 걸어 내려가자 호텔 앞에 가정집이 하나 보였다. 나는 부리나케 다가가서 벨을 눌렀다. 그러자 아주머니가 문

킬호만 증류소로 가는 길의 바닷가

을 열고 빼꼼히 쳐다보길래 "저, 자전거를 빌리러 왔는데요."라고
말을 건네자 그녀는 "이 날씨에?"라고 놀란 표정을 짓더니 "집 뒤
쪽에 자전거가 여러 대 놓여 있으니 알아서 골라 타고 가세요."라
고 하면서 헬멧도 하나 가져다주었다. 나는 "예. 잘 알겠습니다."라
고 대답하고 바로 자전거에 올라 열심히 페달을 밟았다. 하지만 바
람이 강해 앞으로 나아가는 것이 만만치 않았다. 그렇게 한동안
텅 빈 도로를 달리다 보니 문득 '위스키를 마시기 위해서는 근력도
필요하구나!'라는 생각이 들어 절로 웃음이 나왔다.

일단 브룩라디 증류소를 지나 한참을 더 달려가자 저 멀리 삼거리가 보였다. 킬호만 증류소는 왼쪽 길이다. 그런데 안내판에는 '킬호만 증류소 5마일'이라고 쓰여 있는 게 아닌가! '아, 5마일이라니! 난감하네!' 왜 이 순간에 이 노래 가사가 떠오르는지 모르겠지만, 참으로 난감했다. '그래도 가봐야지' 하면서 바로 큰 도로에서 왼쪽으로 꺾어 들어가자 이번에는 오르막길이다. 그 모습에 다시 "아!" 하는 소리가 절로 나왔다. 잠시 시계를 확인하니 딱 1시간 40분 남았는데, 아무리 생각해도 이 시간에 킬호만 증류소를 다녀오는 것은 불가능하다는 판단이 들었다. 왕복만 해도 시간이 모자라는 데다 증류소에 가서 구경할 시간도 필요하니 말이다. "아까 브루크라디에선 2시간이나 남아 돌았는데. 지금 그 시간이 필요한 건데. 아쉽다! 그리고 후회스럽다."는 생각이 밀려왔다. 하지만 지금 아무리 자책을 해본들 무슨 소용이 있으랴! 지금으로선 그냥 포트 샬롯으로 되돌아가는 수밖에 없다. 나는 "안 되는 건 안 되는 거지, 뭐!"라고 투덜거리며 방향을 돌렸다. 그런데 다시 페달을 밟으면서 바닷가를 끼고 달리다 보니 새까맣게 탄 내 마음과는 달리 눈 앞에 펼쳐지는 광경이 너무나 아름다운 게 아닌가. 나는 이런 나의 심정을 흑백사진으로 담고 싶어 잠시 자전거에서 내려 사진 몇 장을 찍고 다시 자전거에 올랐다.

그런데 하나 궁금한 게 있다. 포트 샬롯에서 킬호만 증류소가 그리 가까운 거리가 아닌데 왜 스위스 부부는 "30분밖에 걸리지 않는다."고 내게 말한 것일까? 그건 아마도 그들이 브룩라디 증류소에서 위스키를 한잔하고 나서 맑은 날씨에 킬호만 증류소를 다녀왔기 때문인 것 같다. 그리고 이들은 서로 둘이서 즐겁게 대화를 나누면서 증류소를 오갔을 터이니 시간이 더욱 짧게 느껴졌을 것이다. 사실 아까 자전거를 빌려준 아주머니는 "1시간 정도 걸린다."고 했는데, 그 말이 가장 정확한 것 같았다.

자전거는 막차 시간 5분 전에 반납했다. 그러고는 다시 허겁지겁 버스 정류장으로 달려가 버스가 오기를 기다리고 있자니 무슨 중요한 시합을 하나 끝낸 기분이 들었지만, 오늘은 뭔가 한 것 같기도 하고 그게 아닌 것 같기도 하고 여하간 묘한 느낌이었다. 그래도 아일라섬을 온몸으로 제대로 느꼈다는 기분이 들긴 했다.

버스에 오르자 몸이 지하로 푸욱 내려앉는 느낌이었다. 나는 한동안 멍하니 창밖을 바라보다가 다시 보모어에서 버스를 갈아탔다. 그런데 갑자기 하늘이 개기 시작한다. 아니 이럴 수가! 정말로 아일라섬의 날씨는 예측불허였다. 그래서 위스키 맛이 좋은 건지는 모르겠지만 어쨌든 내일은 날씨가 좋을 것 같았다. 아니, 그것도 내일이 돼봐야 알겠지만 말이다.

'스모키한 위스키 삼총사'를
만나다

다음 날 아침 식사 때, 공교롭게 스위스 부부를 다시 만났다. 그들에게 전날 벌어진 일을 이야기했더니 "미안하다."고 하길래 "아니 힘들었지만 덕분에 기억에 많이 남아요."라고 웃으면서 말했다. 이들은 오늘 아란^{Aran}섬에 간다고 한다. 아란섬이라! 이곳도 언젠가 한 번 가보고 싶은 곳이지만, 나는 오늘 먼 곳까지는 갈 수가 없다. 일요일이라 시내버스가 다니지 않기 때문이다. 그래서 나는 잠시 후에 포트 엘렌에서 도보로 갈 수 있는 라프로익, 라가불린, 아드벡 증류소를 다녀오기로 했는데, 이 세 증류소는 서로 인접해 있을 뿐 아니라 피티한 위스키의 맛도 닮아 있어 만약 '위스키가 스모키하다'는 것이 뭔지 알고 싶은 사람이 있다면 이곳 세 증류소의 위스키를 맛보면 된다. 그럼 '아, 이게 피티하고 스모크하다는 것이구나!'라는 것을 단박에 알 수 있다.

아일라 섬의 킬달톤Kildalton 해안가

포트 엘렌 마을을 빠져나오자 기다란 자동차 도로가 이어지고, 그 옆으로는 자전거 길이 나 있다. 게다가 오늘은 날씨가 화창하여 소풍 가는 기분으로 증류소를 다녀오면 될 것 같다. 한 30분 정도 걸어갔을까? 라프로익 증류소 표시판이 보여 오른쪽으로 난 길을 따라 들어가자 라프로익이 넓은 바다를 바라보듯 서 있었다. 나는 잠시 밖에서 휴식을 취하다 방문자 센터 안으로 들어갔다. 그러자 남자 직원이 "지금은 위스키를 생산하지 않는 기간이에요."라고 한다. 이처럼 위스키 증류소는 계절에 따라 생산을 멈추고 쉬는 기간을 갖기도 한다. 직원 말로는 "위스키 투어는 있다."고 하지만 잠시 후 아드벡 증류소에서 투어를 할 예정이기 때문에 이곳에서는 잠깐 증류소 구경만 하고 나오기로 했다.

방문자 센터는 자그마한 박물관처럼 꾸며 놓았다. 이리저리 둘러보니 아일라섬과 라프로익 증류소에 대한 설명도 잘 되어 있고, 한쪽에는 몰트와 이탄도 전시해 놓았다. 그리고 이곳에는 사람들에게 증류소의 땅을 빌려주는 프로그램도 있다고 하여 나도 재미삼아 컴퓨터에 이름을 등록했더니 바로 땅이 나왔다. 내 땅의 번호는 822924번이었는데, 고객이 원한다면 직접 땅을 보러 갈 수도 있다고 한다. 하지만 방 안에 장화와 삽이 마련되어 있는 걸 보니 그 땅이 어떨지는 대충 짐작이 간다. 아마도 피트가 널려 있는 거칠고 투박한 땅일 것 같다. 그리고 건물 안쪽에는 아주 자그마한 바가 있어 증류소 방문 기념으로 라프로익 위스키를 한 잔 마셨다. 역시 절로 '크!' 소리가 나오게 하는 피티한 맛이었다.

라프로익 증류소를 빠져나와 20분 정도 길을 걸어가자 흰색으로 치장한 라가불린 증류소 건물이 보여 잠시 구경을 마치고 다시 밖으로 나왔다. 그런데 불현듯 증류소를 멀리서 보고 싶어 갈대밭 너머 언덕으로 올라가 보았더니 바다에 면한 라가불린 증류소가 한눈에 들어온다. 이처럼 아일라섬에 있는 9개의 증류소는 킬호만 증류소를 제외하고는 모두 바다를 끼고 있다. 그래서 가끔 아일라 위스키를 마실 때면 바다 내음이 느껴질 때가 있다.

아드벡 증류소에는 오후 2시경 도착하였다. 사실 위스키 투어

1   라프로익 증류소 전경
2   라프로익 증류소 내부 모습
3   이탄

1 라프로익 증류소
2 라가불린 증류소
3 아드벡 증류소

는 오후 3시로 예정되어 있으나 이곳 레스토랑 음식이 맛있다고 해서 한 시간 일찍 온 것인데, 카페 같은 레스토랑 분위기가 마음에 들었다. 그리고 위스키 안주가 될 만한 음식도 여럿 있었다. 아드벡 위그달Uigeadail과 마리로제Marie Rose 소스가 곁들여진 새우와 가재 꼬리를 시켜 맛을 보기로 했다. 위그달은 여느 아드벡 위스키처럼 매우 피티하고 센 맛이 느껴졌다. 그도 그럴 것이 위스키의 알코올 도수가 54.2도나 된다. 하지만 위스키의 묵직하고 점잖은 풍미가 해산물 요리와는 제법 잘 어울렸다. 게다가 위스키 한 잔에 2.5파운드밖에 되지 않았다. 사실 이 정도면 거저나 다름없다.

오늘 투어에는 나를 포함해서 이탈리아, 독일, 스위스, 호주 사람들이 모였다. 젊은 여성 가이드는 "아드벡 증류소에서는 로흐 위그달Loch Uigeadail의 샘물을 사용한다."며 "원래 '위그달'이라는 말은 '어둡고 신비롭다'는 뜻"이라고 알려주었다. 그래서 그런지 아드벡 증류소에는 '켈피Kelpie'나 '어두운 동굴Dark Cove'과 같은 음울한 분위기의 이름을 가진 위스키들이 많았다. 병 색깔도 어둡고 묵직한 편이었고.

우리는 먼저 당화조와 발효조 시설을 돌아보고 나서 증류기 시설이 있는 곳으로 자리를 옮겼다. 가이드는 증류기 앞에 서서 우리를 향해 긴 설명을 시작했다. "아일라섬에 있는 거의 모든 증류소가 포트 엘렌에 있는 몰팅 회사에서 몰트를 구입하여 사용하죠. 아드벡 증류소도 마찬가지고요. 효모 또한 서로 같은 것을 사용하기 때문에 실제로 위스키 맛을 좌우하는 것은 바로 증류기입니다. 그리고 위스키의 증류까지는 불과 사흘과 반나절이면 끝나고 이러한 위스키 제조 공정은 4~5주 만에 배울 수가 있지만, 위스키 숙성에는 10년이나 걸리고 위스키 통을 만드는 쿠퍼cooper(오크통을 만드는 사람) 일을 배우려면 몇 년이 필요해요. 아일라섬에는 오크통을 만드는 곳이 없기 때문에 스페이사이드Speyside에서 만든 오크통을 가져다 사용한답니다.”

이어 그녀는 “아드벡 증류소에서 사용하는 오크통의 90퍼센트는 미국 오크통을 재활용한 것이고, 나머지 10퍼센트는 유럽산 셰리통”이라며 본인은 “셰리통에서 숙성된 위스키는 색깔도 예쁘고 향이나 맛도 아주 좋죠. 특히 셰리의 달콤한 풍미와 피트 스모크의 균형감이 좋은 위스키를 좋아해요.”라고 미소를 띠며 말했다. 물론 지금 그녀가 힘주어 이야기하고 있는 건 셰리통에서 숙성한 아드벡 위스키였다.

시음용 위스키로는 다크 코브와 켈피, 두 가지가 나왔다. 이 가운데 다크 코브는 좀 전에 레스토랑에서 마셨던 위그달처럼 셰리통에서 숙성을 거친 위스키다. 한 가지 다른 점이 있다면 위그달은 올로로소 셰리 오크통에서, 그리고 다크 코브는 이름 그대로 ‘진한’ 셰리 오크통에서 숙성을 한 위스키라는 점이다. 물론 다크 코브는 이름만큼 엄청나게 어두운 색의 위스키는 아니었지만 진한 오크통에서 우러나오는 스파이시하면서 스모키한 맛이 꽤 매력적

마리로제 소스가 곁들여진 새우와 가재 요리   아드벡 증류소의 위스키

이었다. 그리고 켈피는 독특하게 흑해^{黑海}의 오크 캐스크에서 숙성을 한 위스키이자 스코틀랜드 신화에 나오는 괴이한 모습을 한 물의 요정^{妖精}의 이름이기도 하다. 한 모금 마셔보니 켈피 또한 아드벡위스키답게 스모키한 맛이 강하게 치고 올라오더니 다크 초콜릿과 스파이시한 후추의 풍미와 함께 바다의 맛도 살짝 느껴졌다.

　아드벡 증류소를 끝으로 아일라의 '스모키한 위스키 삼총사'를모두 만나고 다시 포트 엘렌으로 돌아왔다. "오늘은 얼마나 걸었을까?" 궁금하여 만보계를 들여다보니 3만 보나 되었다. 게다가 오늘은 한적한 자전거 길을 따라 걸어서 그런지 맞춤한 트레킹을 다녀온 기분마저 들었다. 몸을 많이 움직인 탓에 배가 출출하여 바닷가 마트에서 샌드위치와 과일 샐러드를 사가지고 나와 바다를벗 삼아 간단하게 허기를 달랬다. 그런데 이렇게 위스키로드의 하루를 마무리할 수는 없었다.

이럴 땐 위스키 한 잔이
큰 힘이 된다

잠시 방에서 쉬다가 다시 아일라 호텔 바에 가보았다. 낮에는 증류소 탐방, 밤에는 위스키 한 잔. 이제 이런 루틴에 점점 익숙해져가는 듯싶었다. 마실 위스키는 쉽게 정해졌다. 조금 전 라프로익과 아드벡 증류소에서 위스키를 한 잔씩 했으니 이곳에서는 먼저 라가불린을 마시는 게 좋을 것 같아 라가불린 12를 주문했는데, 가격이 한 잔에 18파운드나 되었다. 아마도 이 위스키는 알코올 도수가 56.8도나 되는 캐스크 스트랭쓰에다 영국 디아지오Diageo 사의 '스페셜 릴리스Special Release' 위스키라 몸값을 높여 부르는 것이리라. 한 모금 하자 스모키한 강한 맛이 퍼치고 올라왔으나 숙성이 잘 된 위스키라 그리 공격적이지는 않다고 느껴졌다. 전체적으로 섬세하면서 균형감 있는 풍미가 꽤 매력적이었다.

　혼자서 위스키를 홀짝거리며 마시고 있자 옆 테이블에 앉아 있

아일라 호텔의 위스키 바

던 젊은 남자가 힐끗 쳐다보더니 내게 말을 걸어왔다. 그래서 그에
게 "며칠간 아일라섬에 머물고 있고, 내일 아일랜드로 갈 예정입니
다."라고 말하자 그가 "그래요?" 하면서 내게 뭔가 할 말이 있는 듯
한 표정을 지었다. 그래서 그에게 "원래는 페리를 타고 포트 엘렌에
서 벨리캐슬까지 가려고 했는데, 배편이 취소되는 바람에 못 갔어
요."라고 했더니 "그럼 내일 요트로 벨파스트Belfast 근처까지 가는
데 같이 가실래요?"라는 것이다. 요트? 그리고 아일랜드라고? 이
말을 듣고 나자 갑자기 마음이 요동치면서 '따라갈까?' 하는 고민
이 시작됐다. 하지만 이들과 함께 가면 다시 계획이 뒤틀어질 것 같
아 잠시 들뜬 마음을 가라앉히고 그에게 "고맙지만, 일정이 맞지 않

라가불린 12　　　　　　킬호만 사닉 8　　　　　킬호만 마커 베이 7

아 미안하다."고 말하고 나서 서로 '건배'를 나누면서 잔을 비웠다.

다음 위스키는 킬호만 사닉Sanaig 8을 달라고 했다. 이 위스키는 어제 킬호만 증류소를 가지 못한 게 너무 아쉬워 마음이라도 달래고 싶어 시킨 것이었는데, 한 모금 하자 다크 초콜릿과 건포도의 풍미와 함께 피티한 맛이 느껴졌다. 이어 킬호만 증류소의 마커 베이 Machir Bay 7을 시켜 마셔보았더니 이건 그리 피티한 맛이 강하지 않고 그저 피트 향이 실바람에 실려 내 코를 살짝 스치고 지나가는 듯한 느낌이었다.

마음이 편해서 그런지 술이 술술 넘어갔다. 하지만 킬호만 위스키를 연이어 마시다 보니 킬호만 증류소 가는 길이 눈앞에 아른거려 참을 수가 없었다. 그렇다면 킬호만 증류소는 이대로 '미완未完의 여행길'로 남겨둘 것인가? 나는 잠시 고민에 빠졌다가 내일 다시 한번 킬호만 증류소에 도전하기로 했다. 이런 과감한 결정을 할 땐 위스키 한 잔이 큰 힘이 된다.

칼릴라 증류소의
달콤한 초콜릿 테이스팅

오늘은 갈 곳이 많아 아침 식사를 마치자마자 포트 엘렌에서 오전 9시 2분 버스를 탔다. 그리고 보모어에서 다시 버스를 갈아타고 포트 엘리자베스를 지나 부나하븐 증류소 표시판이 있는 곳에 내렸다. 여기서 칼릴라 증류소는 1마일(1.6킬로), 그리고 부나하븐 증류소는 4마일(6.4킬로)이다. 그렇다면 부나하븐 증류소만 왔다 갔다 해도 대충 3시간 정도 걸린다는 이야기다. 나는 운동 시합을 앞둔 선수의 심정으로 가방을 질끈 동여매고 길을 건너 언덕길로 올라갔다.

다시 탁 트인 들판을 만나니 절로 콧노래가 나왔다. 게다가 날씨도 계속 화창하고 맑아 유유자적하는 마음으로 천천히 발걸음을 옮겼다. 그런데 시간을 확인해 보니 이렇게 가다가는 안 될 것 같아 속보로 바꾸었다가 이내 뛰기 시작했지만 금세 숨이 차올라 다시 천천히 걷다가 뛰기를 반복했다. 아마도 누군가 허허벌판에서 걷고 뛰고 하는 내 모습을 보면 정신이 나간 사람이라고 생각할지 모르겠으나 나 홀로 만끽하는 자연의 맛은 더할 나위 없이 좋았다.

한참을 가다 보니 지금 제대로 길을 가고 있는지 잠시 혼선이 생겼다. 하지만 길을 물어볼 데가 없어 계속 발걸음을 옮길 수밖에 없었는데, 다행히 아르드나호Ardnahoe 증류소 밖에서 일하고 있는 한 남자가 있어 그에게 이 길을 계속 가면 부나하븐 증류소가 나오는지를 물어보았더니 다행히 맞는다는 것이다. 아르드나호 증류소는 최근에 문을 연 아일라섬의 아홉번째 증류소인데, 이곳도 부나하븐 증류소처럼 멀리 바다를 내려 보고 서 있었다.

5분 정도 더 걸어가자 과연 '부나하븐 1마일' 표시가 된 안내판이 보였다. '그런데 1마일이라니? 계속 가야 하나?' 고민이 됐다. 지금 부나하븐 증류소까지 갔다가는 칼릴라 증류소에 들를 수 없을 것 같다는 생각이 들었기 때문이다. 나는 바로 발길을 돌렸다. 하지만 다시 한 번 부나하븐 가는 길을 걸어본 것만으로도 마음은 흡족했다.

칼릴라 증류소에서는 초콜릿 테이스팅에 참가할 계획을 세워두어서 정확히 시간을 맞추어야 하는데, 시계를 보니 10시 15분을 가리키고 있었다. 1시간 15분이 남아 있다는 얘기였다. 나는 다소 느긋하게 걸음을 옮겼다. 그러다가 혹시나 해서 다시 프로그램 시간을 확인해 보았더니 11시 15분에 시작하는 걸로 표시된 게 아닌가. 그렇다면 1시간밖에 남지 않았다는 뜻이었다. 아, 이럴 수가! 갑자기 시간이 빠듯하게 느껴졌다.

나는 가방을 둘러메고 뛰기 시작했다. 그런데 계속 달리다 보니 다리도 아프고 숨이 턱 끝까지 차 올라왔다. 하지만 폐부 깊숙이 빨려 들어오는 맑은 공기의 맛이 너무 좋았고, 내 안에서도 "좋아, 좋아, 더 달려! 이런 깨끗한 공기를 언제 또 마셔보냐! 더 열심히 달려!"라는 목소리가 들리는 것 같아 계속 뛰었다. 사실 나는 잘 달리는 편이었다. 어릴 적부터 육상경기에 나가 제법 많은 상(賞)을 받았고, 지금도 걷고 뛰는 걸 좋아한다. 다만 지금은 아름다운 자연을 그냥 지나치는 게 아쉬울 따름이다.

한참을 뛰다 보니 체력에 한계가 느껴져 "아, 더 이상 뛸 수 없어."라고 혼잣말로 투정을 부리면서 걸음을 멈추는 순간, '1마일' 표시판이 눈에 보였다. 그리고 다시 시계를 보니 위스키 테이스팅 시간까지는 딱 8분 남아 있었다. 나는 또다시 "헉, 헉, 헉" 소리를 내며 뛰기 시작했다. 결국 정확히 11시 15분에 방문자 센터 건물 안으로 들어가는 데 성공했다. 온몸이 땀으로 범벅이 되어 잠시 숨을 고르고 나서 남자 직원에게 "초콜릿……"이라고 운을 뗐더니 "지금 강사가 초콜릿을 세팅 중이에요."라며 잠시 기다리라는 것이다. 어쨌든 늦지 않아 다행이다.

잠시 후 젊은 여성이 나타나 "오늘 수강생은 당신 혼자뿐이에요."라고 말하더니 대뜸 나보고 어디서 왔는지를 물어본다. 그래

칼릴라 증류소

서 내가 한국에서 왔다고 했더니 "저도 여기 출신이 아니에요."라고 한다. 알고 보니 그녀는 리투아니아^{Lithuania} 사람이었다. 그 말을 듣고 내가 다시 그녀에게 "저도 리투아니아에 가봤고, 리투아니아에 관한 책도 썼어요."라고 말하자 그녀는 마치 동향^{同鄕} 사람이라도 만난 듯 아주 반가워했다.

그녀는 "보모어 호텔에서 두 달 일하다가 지금의 남편인 피터^{Peter}를 만났다."고 했다. 그 피터? 보모어 호텔 바 주인의 아들? 바로 그 사람이었다. 그래서 그녀에게 "며칠 전에 보모어 호텔 바에 가서 당신 남편을 만났다."고 하자 그녀는 살짝 놀라면서 환한 웃음을 짓더니 "결혼식은 아드벡 증류소에서 했다."는 말을 전한다. 이어서 그녀가 만삭이 된 배를 가리키면서 "7개월 반이에요. 인생이 어떻게 될지 참 모르는 일이죠."라고 하길래 나도 "맞아요."라고 웃으면서 응수했다. 가이드는 매우 친절하고 성격이 밝은 사람이었다. 게다가 단둘이 있으니 서로 이야기를 나누기가 아주 편했다. 그제서야 며칠 전 보모어 호텔 바에서 위스키를 마실 때 피터가 나에게 '초콜릿 테이스팅' 프로그램을 추천한 이유를 알 것 같았다.

그녀는 먼저 칼릴라 증류소의 역사에 대해 알려주었는데, 그녀의 말을 정리하자면, 칼릴라 증류소는 1960, 70년대에 번성했지만, 80, 90년대 몰락했다가 다시 살아 남았다고 한다. 그녀에게 "Caol Ila는 어떻게 읽나요?"라고 물어보니 "카올라"라고 한다. 하지만 어떤 사람들은 '콜릴라', 또는 나처럼 '칼릴라'라고 부르기도 한다. 이처럼 스카치위스키의 이름은 게일어에서 온 것이 많아 제대로 발음하기 힘들 때가 종종 있다. 특히 카올라는 더욱더 어렵다. 그녀는 카올라는 원래 '아일라섬의 소리Sound of Islay'라는 뜻이며, 아일라섬과 주라섬 사이에 있는 해협을 부르는 이름이기도 하다는 것을 알려주었다. 그러니까 며칠 전 부나하븐 증류소에서 바라본 바다와 지금 칼릴라 증류소 앞에 있는 바다가 바로 '칼릴라'라는 말이 된다.

그녀는 이어 "카올라 증류소에서 생산되는 위스키의 85퍼센트는 블랜디드 위스키인 조니 워커Johnnie Walker에 사용되고, 나머지 15퍼센트 정도가 싱글 몰트 위스키single malt whisky로 출시된다."고 설명해 주었다. 그렇다면 '싱글 몰트 위스키'와 '블랜디드 위스키'의 차이는 무엇일까? 한마디로 싱글 몰트 위스키는 '하나의 증류소에서 만들어진 위스키'이며, 블랜디드 위스키는 '여러 증류소의 위스키를 섞어 만든 위스키'를 말한다. 예를 들어, 우리에게 잘 알려진 조니 워커, 시바스 리갈Chivas Regal, 밸런타인스Ballentine's 같은 위스키는 블랜디드 위스키이고, 내가 지금까지 스코틀랜드에 와서 마시고 있는 스카치위스키들은 모두 '싱글 몰트 위스키'에 속한다.

가이드는 증류소의 역사에 관한 설명을 마치고 나자 나에게 "증류소 구경하실래요?"라고 물어본다. 원래 초콜릿 테이스팅 프로그램에는 증류소 투어는 없지만, 지금은 나밖에 없어 증류소 시설을 보여주려 하는 것이다. 나로선 마달 이유가 없었다. '이게 웬 떡이야!' 하는 표정을 지으며 바로 "Yes, please!"라고 힘차게 대답하고 나서 "여기서 위스키 테이스팅 프로그램이 끝나면 킬호만 증류소에 갈 겁니다."라고 했더니 그녀는 "카올라가 아일라섬에서 가장 큰 증류소이고, 반대로 킬호만이 가장 작은 곳이니 서로 비교가 될 거예요."라는 것이다. 우리는 여행 이야기를 나누면서 증류소 안으로 들어갔다.

그녀가 발효조를 가리키며 안에 있는 맥주를 맛보지 않겠냐고 하길래 나는 "당연히 마셔보겠다."고 답했다. 그러자 그녀가 맥주의 알코올 도수는 8도라면서 맥주잔을 건네주었다. 한 모금 마셔 보니 브룩라디에서 맛본 맥주와는 조금 달랐으나 생김새나 맛은 바로 맥주 본연과 다르지 않았다.

증류소 시설을 돌아보고 밖으로 나오자 바다를 바라보듯 서 있는 증류소 건물이 눈에 들어왔다. 그녀의 말에 따르면 지금은 텅 빈 곳이지만 옛날 위스키 장인들이 일했던 곳이라고 한다. 건물 안쪽으로 들어가자 한쪽 테이블에 장인들의 작업일지가 놓여 있고, 그 안에는 매일 매일의 작업 시간과 작업 내용이 촘촘히 기록되어 있다. 아마도 옛 위스키 장인들은 창문 너머 아일라 바다를 힐끔힐끔 쳐다보면서 일을 했을 것 같다.

이제 본격적인 초콜릿 테이스팅 시간이다. 테이블 위를 보니 위스키 네 병과 초콜릿 네 가지가 가지런히 놓여 있다. 위스키와 초콜릿의 궁합이 어떨까? 자못 궁금하다. 그녀는 먼저 카올라 17년산^産

옛 위스키 장인의 작업 일지   위스키와 초콜릿 테이스팅

과 패션 프룻 초콜릿passion fruit chocolate을 내놓으면서 "바닐라, 파인 애플, 망고의 풍미와 함께 오일리oily하고 약간 달달한 감미가 느껴질 거예요."라고 설명한다. 위스키를 한 모금 하고 패션 프룻 초콜릿을 한 점 베어 무니 약간 달곰하면서 시큼한 초콜릿의 풍미가 위스키의 맛을 부드럽게 감싸는 느낌이었다. 이 정도면 궁합이 좋은 편이다. 사람으로 치면 같이 살아도 될 정도랄까.

두번째로 나온 위스키는 카올라 모흐Caol Ila Moch와 레몬그라스 초콜릿이었다. 여기서 '모흐moch'는 게일어로 '새벽'이라는 뜻이다. 한 모금 마셔보니 시트러스citrus와 레몬그라스lemongrass의 풍미가 도드라지면서 스모키한 맛도 살짝 얼굴을 내미는 듯한데, 그녀가 내놓은 초콜릿은 레몬그라스 초콜릿이었으니 당연히 궁합이 좋을 수밖에 없다. 이 둘은 천생연분이었다.

위스키 두 잔을 마시고 나자 가이드가 잠시 쉬자고 하길래 이즈음 해서 내 소개를 하는 것도 좋을 듯하여 나는 대학 교수이고, 전공은 인류학과 영화라고 했더니 그녀는 "그래요?" 하면서 약간 놀라는 표정을 보였다. 그래서 내친김에 "맥주 책도 여러 권 냈고, 위스키 책도 낼 겁니다."라고 덧붙이니 그녀의 놀란 눈이 더욱 커졌다.

그녀는 "리투아니아에서는 빌뉴스Villinius 근처에서 살았고, 잠시 에든버러에서 공부한 적이 있다."고 했다. 이렇게 우리는 한동안 영화와 여행을 주제로 서로 열변을 토했다. 그러다가 그녀는 갑자기 당糖 떨어진 느낌이 들었는지 "잠깐 기다리세요, 단 게 필요해요. 초콜릿을 더 가져올게요."라고 하면서 "사실 저도 위스키 한잔 하고 싶지만 홀몸이 아니라서요."라고 수줍은 듯 이야기를 하는데, 정말로 아쉬워하는 기색이 역력했다. 그녀는 초콜릿 몇 점을 먹고 나더니 다시 힘이 났는지 "그럼 시작하죠."라고 씩씩하게 말하고선 다시 위스키 테이스팅을 이어갔다.

세번째로 나온 카올라 15년산은 크리미creamy한 초콜릿 맛과 달콤하면서 프루티fruity한 풍미가 특징인 위스키다. 그러니 당연히 밀크 초콜릿과 잘 어울릴 수밖에 없다. 이어 그녀는 카올라 18년산을 내밀면서 미소를 머금으며 이렇게 말했다. "이건 제가 가장 좋아하는 카올라 위스키예요. 이 위스키와 사랑에 빠졌죠." 한 모금 마셔보니 몰트의 달콤함과 함께 오크와 피트의 느낌이 강하게 드러났는데, 이 위스키는 스파이시한 맛의 다크 초콜릿과 잘 맞았다.

역시 초콜릿과 위스키는 찰떡궁합이었다. 게다가 위스키와 초콜릿을 이렇게 섬세하게 골라 놓았으니 둘의 만남이 더욱 좋을 수밖에 없다. 그녀는 훌륭한 가이드였고 빼어난 위스키 중매꾼이었다. 그런데 칼릴라 증류소에 온 지 1시간 10분이 지나고 있는데도 그녀는 수업을 끝낼 생각이 없는 것처럼 보였다. 그리고 갑자기 어디선가 카올라 30년산을 들고 오더니 "이건 특별히 드리는 거예요."라며 내게 한 잔 따라주는 게 아닌가. 그녀 말마따나 이 위스키는 1983년에 증류하여 2004년에 병입한 위스키다. 당시 딱 7,638병만 만들어졌다고 했다. 가격도 우리 나라 돈으로 한 병에 150만

원을 호가한다. 그러니 이런 위스키를 마시는 것은 그야말로 호사스러운 일이 아닐 수 없다. 나는 먼저 특별한 환대를 베풀어준 그녀에게 고맙다는 말을 전하고 천천히 음미했다. 그렇다면 위스키 맛은 어땠을까? 그건 긴말이 필요 없다. 엄지손가락을 치켜세울 만큼 훌륭한 맛이었으니까.

잔을 비우고 나서 그녀에게 "이제 버스 시간이 얼마 남지 않았는데요."라고 말하자 친절하게도 그녀는 "큰길까지 데려다 주겠다."고 했다. '이렇게 고마울 데가!' 위스키 테이스팅을 마치고 나서 또다시 뛰어가야 하나 했는데, 그녀 덕분에 잠시나마 마음의 여유가 생겼다. 게다가 그녀는 선물이라면서 남은 초콜릿을 내 손에 쥐여 주었다. 우리는 차 안에서도 계속 이야기를 나누었다. 잠시 후 내가 차에서 내리면서 "오늘 프로그램 정말 좋았어요. 고맙습니다. 그리고 피터에게도 인사 전해주세요."라고 하자 그녀도 "예남편에게 당신 이야기할게요. 좋은 여행 하세요!"라고 하면서 밝은 웃음으로 화답했다.

오늘 위스키 테이스팅은 맛있는 초콜릿처럼 달콤했다. 이런 걸 보면 세상일은 계획했던 것과 다르게 흘러갈 때가 종종 있다는 것을 새삼 깨닫는다. 오늘이 바로 그런 날이었다. 그리고 그녀 덕분에 칼릴라 증류소에 대한 기분 좋은 추억이 하나 생겼다.

또 다른
무모한 도전

다시 한적한 도로 위에 섰다. 다행히 오늘은 하늘이 변덕을 부리지 않고 매우 호의적인 편이다. 이제 킬호만 증류소 방문 일정만 잘 마치면 된다. 나는 버스를 타고 포트 엘리자베스에서 내려 자전거를 빌렸다. 그러고는 가방에서 바람막이 옷을 꺼내 입고 페달을 밟기 시작했는데, 화창한 날씨에 바닷가를 끼고 달리다 보니 절로 콧노래가 나왔다. 게다가 가는 길까지 알고 있으니 현지인이라도 된 기분이었다.

　브루크라디 증류소를 지나자 다시 삼거리가 보이길래 나는 룰루랄라 하면서 잽싸게 방향을 바꾸고 나서 힘차게 페달을 밟았다. 그런데 아뿔싸! 그 순간 자전거 체인이 벗겨지고 말았다. '아! 어떻게 하지? 난감하네!' 또다시 이 노래 가사가 떠올랐다. 조금 전까지만 해도 마음이 아주 평화로웠는데 말이다. 게다가 인적 드문 곳에서 전혀 예상하지 못한 일을 당하고 나니 그저 당혹스러울 따름이다. 나는 혼잣말로 "침착하자! 침착하자!"를 되뇌면서 어린 시절의 기억을 떠올렸다.

사실 나는 어렸을 때 또래 아이들보다 일찍 자전거를 배웠다. 초등학교 4학년 때 즈음 부모님이 내 몸에 비해 덩치가 큰 자전거를 사주셨는데, 그때도 가끔 체인이 톱니바퀴에서 빠지곤 했다. 하지만 그 시절 자전거엔 기어 장치가 없어 체인이 한 줄이었으나 지금은 겹줄이라 혼란스럽다. 나는 옛 기억을 되살리면서 나름 과학적으로 생각해 보았는데, 결론은 체인을 다 벗기고 톱니바퀴를 따라 하나씩 맞춰 가면 될 것 같았다. 사실 이건 알고 보면 아주 쉬운 일이다. 이럴 때 누군가 옆에 있으면 '이런 건 별거 아니지'라는 생각이 들면서 뚝딱 해치웠을 것이다. 그런데 지금은 인적 없는 길에서 혼자 겪는 일이라 괜한 걱정부터 앞섰던 것이다. 그래서 이래저래 혼자 여행을 다닌다는 것은 생각만큼 호젓하지만은 않은 법이다.

손은 금방 더러워졌으나 무사히 체인을 끼우고 나니 한결 마음이 가벼워졌다. 하지만 증류소 가는 길은 생각보다 멀었다. 달려도 끝이 없다. 게다가 언덕길도 많고, 날씨도 꽤 더웠다. 엉덩이도 쑤시고, 배도 고팠다. 그래도 사진은 몇 장 남겨야 할 것 같아 잠시 자전거에서 내려 잽싸게 셔터를 눌러대고 다시 자전거에 올라 열심히 달리는데, 안내판에는 '킬호만 증류소 2마일'이라고 적힌 글씨가 보인다. "이럴 수가! 아직도 2마일이라니!? 휴!" 하는 소리가 절로 나왔으나 지금은 달리는 수밖에 없다. 그리고 포기란 있을 수 없다고 스스로 다짐하면서 다시 열심히 페달을 밟았다. 그런데, 하필이면 또 다시 오르막길을 만나고 말았다. 다시금 한숨 소리가 절로 나왔지만 나는 "이게 끝이겠지."라고 혼잣말을 뱉어가며 언덕길 위로 올라갔다. 그러자 저 멀리 신기루처럼 넓게 펼쳐져 있는 보리밭이 내려다보였다. "다 왔다!"라고 환호성을 지르며 아래로 내려가자 '킬호만 증류소'를 알리는 커다란 이정표가 눈에 들어왔다.

증류소는 생각대로 자그마했다. 하지만 한쪽 건물을 증축하고 있었으니 지금쯤이면 규모가 조금 더 커졌을 것이 분명하다. 한 건물 안쪽을 들여다보니 바닥에 몰트를 깔고 건조 중이다. 이런 걸 '플로어 몰팅floor malting'이라고 하는데, 이 작업은 매우 힘든 일이라 스코틀랜드 증류소 가운데 킬호만처럼 직접 몰팅을 하는 곳은 그리 많지 않다.

방문자 센터는 의외로 넓었다. 나는 먼저 땀을 씻어내고 매장을 돌아보았는데, 욕심나는 위스키가 너무 많았다. 기념품도 한두 개 사고 싶고, 위스키도 한 병이라도 들고 오고 싶은 마음은 간절하지만 몇 주 동안 스코틀랜드 전역을 돌아다녀야 하고, 아일랜드도 갔다 와야 하기 때문에 위스키는 눈요기로 만족하고 다시 밖으로 나왔다.

시계를 보니 막차 시간까지 딱 1시간밖에 남지 않아 나는 바로 자전거에 올랐다. 그런데 보리밭을 지나자 바로 오르막길이다. 아까는 내리막길이어서 소리를 지르며 내려올 정도로 기분이 좋았는데 말이다. 인생이란 뿌린 대로 돌려받는다. 하지만 지금부터는 삼거리까지 쉬지 않고 달려야 버스 시간에 맞출 수 있었다.

한동안 맞바람을 맞으며 달리다 보니 저 멀리 삼거리가 내려다보인다. 그리고 이제부터는 내리막길에다 사방은 확 트인 광활한 들판이다. '이 넓은 땅에 나밖에 없다니!' 또다시 이 말이 내 입에서 튀어나왔다. 그리고 나는 목청껏 "야호!"를 외치면서 전속력으로 달렸다. 이렇게 큰 소리로 야호를 외친 게 언제였던지 기억도 나지 않는다. 아마도 인생에서 처음일지도 모르지만, 여하튼 세파의 분진으로 꽉 막혔던 속이 뻥뻥 뚫리는 기분이었다.

다시 삼거리를 만나 오른쪽으로 방향을 틀고 힘차게 페달을 밟았다. 그런데 문득 '이런 길을 언제 또다시 달려볼 수 있을까?' 하는 생각이 들어 잠시 속도를 늦추고 사방을 둘러보았더니 왼쪽은 바다, 오른쪽은 초원, 그리고 한가로이 풀을 뜯어 먹고 있는 양과 소들, 모든 게 평화롭기 그지없었다. 나는 잠깐이나마 눈앞에 펼쳐진 멋스러운 풍광을 시선 깊이 담고 다시 열심히 달렸다. 갑자기 갈증이 나고 뱃속이 텅 빈 느낌이었다. 하지만 지금 배를 채울 수 있는 방법도, 시간도 없으니 내처 달리는 수밖에 없었다.

다시 브룩라디 증류소를 지나면서 시간을 확인해 보니 15분밖에 남지 않아 나는 막판 스퍼트 하는 기분으로 달려가 가까스로 자전거를 반납하는 데 성공했으나 막차 시간까지 3분밖에 남지

1 킬호만 증류소를 알리는 커다란 이정표
2 킬호만 증류소의 외관
3 킬호만 증류소의 플로어 몰팅
4 킬호만 증류소의 위스키 매장

1 보리밭의 모습
2 브루크라디 증류소로 가는 길의 해안가

않아 다시 버스 정류장까지 정신없이 뛰어가야 했다. 그리고 다행히 버스에 오르긴 했는데, 자리에 앉고 나니 온몸에 힘이 쭉 빠지는 것이었다. 당^糖 떨어진 느낌이 바로 이런 걸 말하는 것일 테다. 그때 카올라 증류소에서 리투아니아에서 온 여인에게 건네받은 초콜릿이 생각났다. 아하! 초콜릿이 있었지! 나는 잽싸게 가방을 뒤져 초콜릿을 하나씩 꺼내먹었는데, "아! 초콜릿이 이렇게 맛있을 수가!" 초콜릿을 먹고 나니 내 몸의 세포들이 다시 살아나는 기분이었다.

　오늘 미션이 모두 끝났다. 무리한 계획이었지만, 어쨌든 해냈다. 뿌듯한 마음에 스마트폰을 꺼내 오늘 운동 기록을 보니 정확히 4시간 24분을 걷고 뛰고, 자전거는 2시간을 탔다. 아! 이건 무슨 삼종 경기에 나간 것도 아니고, 위스키 여행길이 이렇게까지 험난할 줄은 미처 몰랐다. 하지만 몸은 힘들어도 기분은 아주 좋은 하루였다. 맑은 공기, 내리쬐는 햇볕, 드넓은 바다, 넓은 초원, 느긋하게 풀을 뜯어 먹고 있는 소, 양, 염소들을 떠올리니 오늘은 잠시 대자연 속으로 잠시 피정避靜을 다녀온 기분이었다.

바닷가 카페에서
위스키 한 잔

해도 넘어갔으니 바닷가 카페에서 위스키나 한잔해야겠다. 사실 이곳은 숙소에서 3분 거리인지라 매번 지나갈 때마다 꼭 들러봐야지 했는데, 오늘에서야 그걸 실천하게 되었다. 카페 안으로 들어가자 여느 때처럼 바 앞은 사람들로 북적였으나 다행히 옆 방에 빈자리가 있어 자리를 잡고 앉았다. 그리고 '뭘 마실까?' 생각하면서 주변을 돌아보았는데, 오늘따라 맥주를 마시는 사람들이 꽤 많다. 그 모습을 보니 맥주가 확 당긴다. 게다가 오늘은 온종일 몸을 움직인 터라 목마름이 심해 바로 바에 가서 스코틀랜드 사람들이 즐겨 마시는 테넌트Tennant 생맥주를 받아와 꿀꺽 꿀꺽 들이켰는데, 오늘은 맥주 몇 모금에도 취기와 함께 노곤함이 몰려왔다. 게다가 주크박스juke box에서 흘러나오는 옛 음악을 듣고 있노라니 몸이 살짝 가라앉는 느낌까지 있었다.

1 포트 엘렌의 야경
2 포트 엘렌 바닷가의 카페

테넌트 생맥주와 주라 프로퍼시 위스키

그런데 옆자리에 앉아 있는 사람들을 보니 위스키 한 병을 앞에 놓고 맥주와 번갈아 마시고 있는 게 아닌가! '위스키와 맥주라?' 오늘은 계속 갈증이 나는 터라 이런 방식으로 마시는 것도 좋을 것 같아 다시 바에 가서 주라 프로퍼시Jura Prophesy 한 잔과 생맥주를 들고 와 맥주와 위스키를 번갈아 마셔보았다. 이런 방식도 생각보다 괜찮았다. 권투에 비유하면 마치 맥주가 '톡톡' 잽을 날리다가 위스키가 '훅' 치고 들어오는 느낌이랄까? 그러다가 다시 갈증이 나면 맥주를 한 모금 하고, 그리고 조금 더 취기를 느끼고 싶으면 다시 위스키를 한 모금 들이키고, 이런 배합도 꽤 좋은 것 같다. 하지만 오늘은 운동량이 많아서 그런지 몸이 알코올을 쏙쏙 빨아들이는 느낌에다가 어느새 정신도 약간 몽롱해졌다.

잠시 바람도 쐴 겸 밖으로 나와 여기저기 어슬렁거리며 사진을 찍고 있자 카페 안에 앉아 있던 독일 남자들이 내게 손을 흔들면서 미소를 짓더니 잠시 후 세 명의 남자가 카페 밖으로 나왔다. 알고 보니 이들은 부자지간이었는데, 아일라 여행이 세번째라며 "엄격한 독일 사회 분위기와 달리 아일라섬에 오면 마음도 느긋해지고 여러모로 푹 쉴 수 있어 매우 좋다."는 소회를 들려줬다. 이들의 말을 듣고 나니 나만 아일라섬이 그저 편한 곳만은 아니라는 걸 알았다. 아일라섬은 지치고 피로한 사람들의 작은 안식처라는 느낌도 들었다. 잠시 이들과 이야기를 나누고 나서 다시 카페 안으로 들어가 남은 술을 비우고 긴 하루를 마감했다.

하늘길로
오반을 가다

아일라섬이 편해질 때가 되니 떠날 시간이 왔다. 사실 모든 여행이 다 그렇다. 언제나 익숙할 때가 되면 떠나게 된다. 그래서 떠날 때면 모든 것이 아쉽다. B&B 주인아주머니에게 "날씨가 좋아 떠나기 싫은데요."라고 하니 "좋을 때 가는 게 좋아요."라고 말씀하신다. 맞는 말이긴 하다. 그녀에게 오늘 오반에 들렀다가 며칠 후에 스페이사이드에 갈 거라는 계획을 들려주자 "거긴 위스키가 피티하지 않으니 이곳과 비교될 거예요."라고 말씀하신다. 나는 아주머니와 작별 인사를 나누고 버스에 올랐다. 그리고 차창 밖을 바라보며 지난 며칠 아일라섬에서 보낸 시간을 되돌아보니 아일라섬에 오길 참 잘했다는 생각이 드는 것이었다. 그렇다면 누군가 아일라섬에 대한 총평을 해달라고 한다면, 나는 "아일라섬은 위스키에 의한, 위스키를 위한, 위스키의 섬이다."라고 말하고 싶다. 어떻게 위스키 없이 아일라섬을 설명하겠는가.

다시 공항이다. 이제 비행기만 타고 떠나면 된다. 그런데 공항 데스크 여직원에게 여권을 보여주자 탑승객 명단에 내 이름이 없다는 것이다. 그럴 리가! 며칠 전에 어렵사리 구한 비행기 표인데, 이름이 없다니! 참으로 황당했다. 게다가 며칠 전 페리를 타지 못한 기억이 있어 '여기 또 못 벗어나는 거 아냐?' 하는 걱정이 몰려왔다. 내가 잠시 난감한 표정을 짓고 서 있자 옆에 계시던 아주머니가 내게 다가와 "May I help you?"라고 하면서 말을 건네기에 그녀에게 "오반을 가려고 하는데 제 이름이 없네요."라고 하자 오반 행 비행기를 타려면 밖으로 나가서 100미터 정도 가야 한다고 알려준다. '밖으로 나가서 비행기를 탄다고?' 이것도 조금 이상하긴 했지만, 그녀 말대로 건물 밖으로 나가 보았더니 저 멀리 자그마한 비행기 한 대가 활주로 위에 덩그러니 놓여 있다. '흠, 저렇게 쪼그만 비행기를 타고 간다고?' 매번 큰 비행기만 타고 돌아다니다 보니 순간 당혹스러웠다. 게다가 활주로 옆에서 10분이나 기다렸는데도 비행기는 떠날 기미를 보이지 않았다.

조바심을 억누르며 활주로 쪽만 바라보고 있자 어디선가 앙증맞게 생긴 노란색 비행기가 날아 들어온다. 알고 보니 그 노란색 비행기가 오반으로 가는 기종이었다. 잠시 후 비행기에서 노부부 한 쌍이 내리고 나자 한 중년 여성이 비행기 밖으로 나와 걸어왔는데, 누군가 했더니 바로 오반 행 비행기의 조종사였다. 승객은 나 말고도 세 명이 더 있어 나는 중년 여성 승객과 함께 조종사 뒷자리에 앉았다. 그리고 소년 두 명이 뒷좌석에 자리를 잡고 나자 비행기는 만석萬席이 되었다.

하늘엔 구름 한 점 없고 바람도 잠시 쉬어 가는 듯하다. 잠시 후 비행기는 힘찬 프로펠러 소리를 내면서 사뿐히 하늘로 날아올라 계속 아일라섬을 가로질러 갔는데, 저 멀리 파란 바다가 보이는 걸로 보아 아마도 지금 부나하븐이나 칼릴라 증류소 상공을 날고 있는 듯하다. 아니나 다를까, 내가 줄곧 창문 너머를 바라보고 있자 조종사가 "바로 앞에 보이는 섬이 주라섬입니다."라고 말한다. "주라섬요?" 내가 놀란 듯 반문反問하자 그녀는 "예, 저게 주라섬입니다."라고 재차 알려주었다. '아하! 주라섬이라!' 이번엔 주라섬을 못 보고 떠날 줄 알았는데, 오늘 하늘 위에서라도 주라섬을 보는구나 싶어 기분이 좋았다.

사실 '주라'는 노르웨이어로 '사슴'이라는 뜻이며, 인구 200명 남짓한 섬에 5,000마리 가량의 사슴이 살고 있다. 그리고 주라섬은 조지 오엘George Orwell이 『1984』를 집필한 곳으로도 유명한 곳이다. 그가 주라섬에 살면서 위스키를 얼마나 마셨는지는 모르겠지만, 그의 소설 이름을 딴 '주라 1984'는 꽤 고가로 팔리는 위스키 가운데 하나다.

내 옆에 앉아 있는 여성은 내게 아일라섬과 오반을 오가는 이 하늘길이 아주 좋다고 말을 걸며 "원래 옥스퍼드 근처에 살았는데, 남편이 세상을 떠난 후에 스코틀랜드로 이주해 왔다."는 사연을 들려준다. 그러면서 자신은 잉글랜드 사람이지만 엄격한 분위기의 잉글랜드보다 스코틀랜드가 더 살기 좋고, 스코틀랜드 사람들도 온화하면서 편하다면서 웃는 것이었다. "스코틀랜드가 살기좋다."는 말은 여행 중에 여러 번 들었다. 그래서 많은 사람들이 은퇴 후 스코틀랜드로 이주해 사는 것 같기도 하다. 나도 영국 사람이라면 같은 마음일 듯하다.

한동안 그녀와 수다를 떨다 보니 저 멀리 오반항^港이 내려다보인다. '오반'은 게일어로 '작은 만'이라는 뜻인데, 하늘에서 바라보니 그 이름이 딱 맞는 것 같다. 잠시 후 비행기는 오반 선착장 위를 날다가 사뿐히 활주로에 내려앉았다. 아일라섬에서부터 정확히 비행 시간이 30분 걸렸다. 비행기에서 내리자 내 옆에 앉아 있던 중년 여성이 "증류소는 오반 시내에 있으니 함께 택시를 타고 가자."고 하여 다시 동행을 하게 되었는데, 그녀는 "약국에 볼일이 있다."고 하면서 먼저 내리고, 나는 오반 시내까지 들어갔다.

그녀 말대로 오반 증류소는 항구 옆 번화가에 자리 잡고 있었다. 나는 먼저 항구 앞에 있는 버스터미널에 가서 오늘의 최종 목적지인 포트리^{Portree} 행 버스를 예약하고 나서 증류소 안으로 들어갔다.

오반 증류소는 생각대로 규모가 그리 크지 않았다. 그리고 증류기도 자그마했는데, 일반적으로 목이 긴 증류기에서는 가벼운

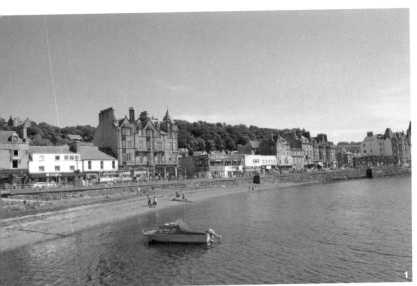

1 오반 항구
2 오반 증류소

맛의 위스키가 나오고, 키가 작은 땅딸막한 증류기에서는 보다 묵직한 맛의 위스키가 만들어진다. 그렇다면 오반 위스키는 대충 어떤 맛이 날지 짐작할 수 있을 것이다. 가이드는 먼저 "오반 위스키는 글렌 킨치, 크라갠모어, 달휘니, 탈리스커, 라가불린 위스키와 함께 '디아지오 클래식 몰트Diageo's Classic Malts' 가운데 하나"라며 "디아지오 클래식 몰트 시리즈는 스코틀랜드의 대표적인 위스키 생산지인 여섯 지역의 위스키로 구성되었다."고 알려주었다. 이처럼 스코틀랜드에서는 위스키 생산지를 로랜드Lowland, 하일랜드Highland, 아일라Islay, 스페이사이드Speyside, 캠벨타운Cambeltown, 아일랜드Islands의 여섯 지역으로 나누고, 위스키 라벨에도 위스키 생산지역의 이름을 명시하게 되어 있다. 그래서 스카치위스키는 병 라벨만 보더라도 어느 지역에서 만들어졌는지 쉽게 알 수 있다.

증류소 시설을 모두 돌아보는 데는 그리 오래 걸리지 않았다. 게

디아지오 클래식 몰트 시리즈의 위스키

오반 증류소의 생강절임 안주

다가 시음 위스키도 당랑 오반 리틀 베이$^{Oban\ Little\ Bay}$ 한 가지만 나왔는데, 생강절임을 안주로 내놓은 게 조금 색달랐다. 리틀 베이를 한 모금 마셔보니 먼저 시트러스와 초콜릿의 맛과 함께 살짝 계피와 생강 맛도 얼굴을 내미는 듯하다가 아주 미세하게나마 바다냄새도 살짝 느껴졌다. 이어 두 모금째는 생강절임 한 조각을 먹고 나서 마셔보았는데, 첫 모금 때보다 위스키의 맛이 더 살아나는 느낌이었다. '음, 그래서 생강절임을 내놓은 거였구나!' 이 둘은 꽤 흥미로운 조합이었다. 이왕 새로운 위스키 안주를 발견한 김에 가이드에게 "오반 위스키는 어떤 음식이 잘 맞나요?"라고 물었더니 "해산물이 좋다."는 답이 돌아왔다. 역시 바닷가에서 만들어지는 위스키는 해산물과 궁합이 좋은 듯했다. 아마도 오반에서 하룻밤 묵게 되었더라면 분명 저녁에 근사한 바를 찾아가 해산물과 함께 오반 위스키를 한잔 했을 것이었다.

하일랜드의 풍광을
만끽하며 스카이섬으로

위스키 투어를 마치고 나니 오늘 할 일의 반은 끝난 것 같다. 이제 먼 길을 가야 한다. 나는 커피 한 잔과 피시 앤 칩스로 점심을 해결하고 스카이Skye 행 버스에 올랐다. 오반 항구를 떠난 버스는 두 시간 정도 달리다 커다란 호수가 보이는 공터에 멈춰 섰다. 나이 지긋한 버스 기사가 이곳에서 10분 가량 정차한다고 하여 잠시 버스에서 내려 호숫가 주변을 서성이다 보니 저 멀리 자그마한 가게 하나가 눈에 들어왔다. '뭘까?' 궁금한 마음에 가보았더니 해산물을 파는 집이다. '오! 시푸드! ' 그렇지 않아도 아까 오반에서 해산물을 먹지 못한 게 아쉬웠던 참이었는데 마침 잘 되었다. 나는 바로 게살을 한 움큼 사가지고 버스에 올라 한 점씩 먹어보았는데 참 맛났다. 그리고 순간 오반 위스키 한잔이 생각났지만 꾹 참았다. 아니 위스키가 없으니 참을 수밖에 없었다. 어쨌든 게살은 참 맛있게

스카이 섬 가는 길에서 만난 맛난 게살

잘 먹었다.

다시 버스가 달리기 시작한다. 그런데 '이제 눈을 붙이고 잠시 쉬면서 가면 되겠네'라고 생각하면서 의자 등받이에 기대는 순간, 늘씬하게 뻗은 침엽수들이 눈앞에 나타나더니 버스는 한동안 길 양쪽에 도열하듯 서 있는 나무들 사이를 질주했다. 와우! 이런 장관이 눈앞에 나타나다니! 나는 멍하니 창밖을 응시하다 가방에서 카메라를 꺼내 셔터를 눌러댔다. 그러고는 한 10분 정도 달렸을까? 버스가 침엽수 숲을 벗어나자 새파란 호수가 자태를 드러내더니 이내 거친 산들이 이어지고, 다시 넓은 들판이 펼쳐지다가 커다란 산들이 연이어 나타났다. 이 모습을 보고 있노라니 지금 내가 위스키 여행을 하고 있는 건지, 아니면 풍광 여행을 하러 온 것인지 헷갈릴 지경이었다. 다음에 스코틀랜드에 다시 올 기회가 있다

하일랜드의 아름다운 풍광

스카이섬 포트리의 선착장

면, 그땐 위스키 여행이 아니라 자연을 벗 삼아 스코틀랜드 이곳저곳을 돌아다니고 싶다는 생각이 들었다. 물론 그때도 위스키는 한잔 안 할 수 없겠지만.

포트리에 도착한 건 늦은 밤이었다. 버스에서 내리자 시원한 공기가 몸속을 파고든다. 나는 짐을 끌고 시내 중심가를 지나 선착장 앞에 있는 자그마한 호텔을 찾아가 체크인을 마치고 바로 호텔 밖으로 나왔다. 빨리 위스키를 한잔 해야 하니까 말이다. 나는 세계 어느 곳을 가든지 새로운 여행지에 도착하면 신고식 삼아 그곳의 술을 한잔 걸친다. 이건 나만의 신성한 의례인데, 이때 주로 마시는 술은 맥주이지만, 스코틀랜드에서는 당연히 위스키가 먼저다.

선착장 옆을 걷다 보니 자그마한 음식점들이 늘어서 있고, 해산물 전문 레스토랑도 눈에 들어와 살짝 안쪽을 들여다보니 탈리스커Talisker 위스키가 연도 별로 나란히 놓여 있다. '아, 탈리스커 위스키는 이런 데서 마셔야 하는데!' 아쉽다. 게다가 지금 배도 출출한 터라 탈리스커 위스키 한잔이 무척 그리웠지만, 이미 식당은 문을 닫은 상태였다. 그래도 다행인 건, 밤 10시 반이 지났는데도 그리 어둡지는 않았고, 위도가 높은 스코틀랜드답게 백야의 느낌이 물씬 풍겼다는 것이다.

술집을 찾아 종종걸음을 걷다 보니 언덕 위에 불을 밝히고 있는 레스토랑이 하나 보였다. '아, 이제 위스키를 마실 수 있겠구나!' 그런 생각을 하며 바로 올라갔더니 저 아래로 멀리 선착장이 보이

포트리 시내의 위스키 바

고, 내가 묵고 있는 호텔도 한눈에 들어왔다. 하지만 레스토랑 안을 슬쩍 들여다보고는 혼자서 위스키를 마시기에는 그리 편한 분위기는 아닌 것 같아 바로 발길을 돌렸다. 그러고는 다시 "위스키!, 위스키!"를 되뇌며 거리를 휘젓고 다니다가 혹시나 해서 버스 정거장 쪽으로 걸어가 보았더니 마침 바 한 곳이 문을 열었다.

바는 넓고 아늑한 게 꽤 마음에 들어 자리에 앉자마자 젊은 여종업원에게 탈리스커 18 한 잔 달라고 했더니 "탈리스커 10밖에 없다."는 것이다. 그런데 여종업원의 말투가 약간 거칠고 투박하게 느껴졌다. 그 순간 탈리스커 위스키 특징이 떠올랐다. '그렇지. 탈리스커 위스키도 한 성질 하지. 탈리스커 닮아서 성격이 그런가?'

라는 생뚱한 생각에 사로잡힌 채 할 수 없이 탈리스커 10을 달라고 했더니 잠시 후 여종업원이 위스키를 가져다주면서 "저는 탈리스커 위스키가 강해서 글렌모렌지Glenmorangie를 좋아해요."라고 하는데, 아까와는 달리 부드러운 말투다. 이렇게 말할 때는 딱 글렌모렌지 위스키를 닮았다. '그렇다면 성격도 글렌모렌지처럼 바꾸면 좋을 텐데!'라고 또다시 혼잣말을 내뱉으면서 탈리스커를 한 모금 마셨는데, 역시나 첫맛부터 피티한 맛이 강하게 탁 치고 들어오는 게 딱 탈리스커가 맞긴 했다.

위스키를 마시다 보니까 비로소 하루가 정리되는 기분이었다. 생각해보면 오늘은 성과가 꽤 좋은 날이었다. 아침 일찍 아일라섬을 떠나 잠시 오반에 들렀다가 멀리 이 스카이섬까지 왔으니까 말이다. 이럴 때 누군가 "오늘 하루도 수고하셨습니다. 같이 위스키 한잔하시죠."라고 말해주면 좋으련만, 그럴 사람이 없으니 나 스스로를 위로할 수밖에 없다. 어쨌든 이럴 때 마시는 술 한 잔은 나를 위한 위로이자 보상이다. 그래서 탈리스커 10을 한 잔 더 시켜 마셨다.

자정이 넘어가자 손님들이 모두 빠져나가고 바의 분위기가 한결 차분해졌다. 몸도 살포시 내려앉는 기분이 들어 다른 술도 한 잔 더 하고 싶었지만 오늘은 여기서 멈추는 게 좋을 것 같았다. 어차피 내일도 위스키를 마실 터이고, 스코틀랜드 어딜 가나 위스키가 넘쳐나는데 오늘 세상이 끝나는 것처럼 마실 필요는 없으니까.

그래서 탈리스커 위스키 맛이
강한 거였구나!

나는 아침 식사로 나온 연어 스크램블로 배를 가득 채우고 다시 버스 정거장으로 갔다. 그런데 어젯밤과는 달리 오가는 버스들도 많고, 사람들로 북적인다. 이 정도면 거의 버스터미널 수준이다. 하지만 나는 여기서 608번 버스만 타기만 하면 되니 달리 걱정할 게 없었다. 그렇게 생각한 것도 잠시, 어디선가 갑자기 608번 버스가 나타나더니 이내 돌아나가는 게 아닌가? 나는 "어어!"하는 사이에 버스를 놓쳐버리고 말았다. '아, 저걸 타야 하는데. 어떻게 하지? 다음 버스를 기다려야 하나?' 잠시 고민하다가 결국 택시를 잡아탔다. 돈이 좀 나오겠지만 지금으로선 이 방법밖에 없었다. 탈리스커 증류소를 제 시간에 갔다 와야 다음 일정이 꼬이지 않을 테니까 말이다.

택시에 올라타자 나이 지긋하신 기사분이 "오늘 날씨가 러블리

1 탈리스커 증류소
2 탈리스커 증류소 앞 바닷가

1 탈리스커 증류소의 방문자 센터
2 거친 파도의 모습이 인상적인 탈리스커 위스키

lovely하네요. 이런 날씨는 드물죠."라며 반겨주신다. 나도 장단을 맞추는 기분으로 "그러네요. 오늘 날씨가 참 좋네요."라면서 "저는 오늘 탈리스커 증류소 갔다가 오클리Orkney섬에 갈 겁니다."라고 했더니 "오! 거긴 아름다운 곳이죠. 나도 매년 갑니다."라며 신난듯 맞장구를 쳐주는데, 그와 이야기를 나누며 힐끔힐끔 창밖으

로 바라본 탈리스커 증류소 가는 길이 너무나 아름다웠다. '스코 틀랜드는 가는 길마다 다 이런가?' 풍광에 시기심이 날 정도였다. 그리고 한 10분 정도 지나자 608번 버스가 약 올리듯이 바로 내 눈 앞에서 달리고 있는 게 아닌가! 그 모습을 보고 나니 택시 미터기 가 올라갈 때마다 위스키가 한 잔씩 날아가는 기분이 들었다. 여 하튼 탈리스커 증류소는 생각보다 멀었고, 결국 택시비는 33파운 드가 나왔다.

탈리스커 증류소는 드넓은 바다가 내려다보이는 곳에 자리 잡 고 있었다. 그리고 증류소 앞 바닷가에는 자그마한 카페도 하나 보 이고, 그 옆에는 굴 양식장 안내판도 서 있었다. "굴과 탈리스커라 니! 그거 참 좋을 것 같은데."라고 혼잣말을 중얼거리면서 증류소 건물 안으로 들어가자 방문자 센터는 깔끔하게 꾸며져 있었고, 입 구 쪽에 세워져 있는 커다란 패널에 "스카이섬에 살기 위해서는 도 전적이고, 강하고, 인내심이 있어야 한다."라는 문구가 적혀 있었 다. 그 문구를 보고 나니 '그래서 탈리스커 위스키 맛이 센 걸까?' 하는 생각이 들면서 탈리스커 병 라벨에 그려진 거친 파도가 떠올 랐다. 그리고 택시 기사의 말처럼 오늘은 날씨가 좋아 바다가 잔잔 하지만, 거칠게 비바람이 치는 날에는 야성미 넘치는 탈리스커 위 스키 맛처럼 사나운 모습으로 변할 것만 같았다.

스코틀랜드 땅끝마을
존 오그로츠를 가다

다시 포트리로 돌아왔다. 오후에는 더 먼 길을 가야 하는데, 버스는 두 번, 그리고 페리를 한 번 타야 하니 그야말로 산 넘고 물 건너는 만만찮은 여행길이 될 것 같다. 일단 첫번째 여정은 포트리에서 스코틀랜드 북동쪽에 있는 인버네스Inverness까지다. 그런데 버스 시간까지 30분 정도 여유가 있어 '뭘 하면 좋을까?' 생각하며 버스 정거장 주변을 돌아보다 보니 해산물 레스토랑 한 곳이 눈에 들어왔다. 그렇다면 스카이섬을 떠나기 전에 모닝 위스키를 한잔 하는 것도 좋을 것 같아 안으로 들어가 젊은 여종업원에게 "탈리스커 위스키 있나요?"라고 물어보았더니 그녀는 죄송하다면서 "술은 낮 12시부터 판매한다."는 것이다. 이건 몰랐다. 어쨌든 스카이섬을 떠나기 전에 해산물 한 접시와 탈리스커를 한잔하려 했는데 아쉽게 되었다. 나는 할 수 없이 시푸드 샐러드와 모닝커피로 아쉬움을 달렸으나 샐러드를 먹는 내내 계속 탈리스커가 생각났다. 할 수 없으면 더 하고 싶은 게 인지상정人之常情인가 보다. 먹는 건 더 그런 것 같다.

밥값은 5파운드 조금 넘게 나왔다. '그렇다면 아침에 낸 택시비로 샐러드 6개를 사 먹을 수 있다는 이야기네!'라고 생각하니 다시금 택시 값이 아깝다는 생각이 들었다. 그런데 참 이상한 일이다. 음식을 먹거나 술을 마실 때는 그리 돈에 집착하지 않는데, 왜 자꾸만 택시비에 대해서는 따지고 드는지 모르겠다. 나도 잘 이해가 가지 않는 대목이다. 그건 어쩌면 택시를 타는 행위가 취향을 소비하는 것과는 동떨어진 것이라고 느끼기 때문이 아닐까.

잠시 후 버스가 포트리 시내를 벗어나자마자 또다시 대자연의 향연이 펼쳐진다. 게다가 버스가 줄곧 왕복 2차로 도로를 달리고 있어 마치 자연 속을 질주하는 기분이다. 이렇게 한동안 가파른 산과 강, 그리고 펑 트인 초원과 길게 뻗은 침엽수들을 바라보고 있노라니 "스코틀랜드에는 지리 시간에 배운 모든 지형이 들어 있다."는 말이 딱 맞는 것 같고, 오반에서부터 계속 스코틀랜드 북쪽으로 올라오면서 높은 산들과 계곡을 바라보다 보니 왜 스코틀랜드 북쪽 지역을 하일랜드라고 부르는지도 알겠다. 이제 내 머릿속에, 그리고 내 마음속에 하일랜드의 모습이 그대로 각인되었다.

인버네스에는 도착한 시간은 정확히 오후 2시 18분이었다. 버스에서 내리자 바로 옆에 '오크니 행行 2시 20분'이라고 적힌 버스가 떠날 채비를 하고 있어 나는 숨 돌릴 시간도 없이 잽싸게 차에 올랐다. 버스는 정확히 오후 2시 20분에 출발했다. 그러고는 한 30분 정도 달렸을까? 저 멀리 달모어Dalmore 증류소를 가리키는 안내판이 보이고, 또다시 20분이란 시간을 다투며 달리자 그렌모렌지 증류소의 표시판이 눈에 들어왔다. 사실 이 두 곳도 다녀오려 했던 곳이지만 일정상 이번 여행에서는 제외되어 조금 아쉬운 마음이 들었더랬다. 하지만 이렇게 작은 미련이라도 남겨 두어야 또다시 스코틀랜드를 찾을 기회가 있을 것도 같았다. 그게 언제가 될지는 모르지만.

잠시 시간이 지나자 아까 인버네스로 올 때와는 전혀 달리 낮은 산과 넓은 들판이 계속 이어지고, 버스는 한동안 바다를 끼고 달렸다. 그리고 이내 자그마한 마을 하나를 지나 다시 속도를 내어 질주하더니 마침내 오후 5시 20분에 스코틀랜드의 땅끝마을 존 오그로츠John O'Groats에 도착하였다. 인버네스에서는 더할 것도 뺄 것도 없이 세 시간 걸린 셈이다. 버스에서 내리자 세찬 바람이 불어오고, 날씨도 조금 쌀쌀했다. 게다가 주변에는 달랑 건물 몇 채와 기념 조각물만 서 있어 황량한 느낌이었지만 끝없이 펼쳐진 바다를 바라보고 있노라니 가슴이 탁 트이는 기분이다.

이 바다를 건너면 바로 오크니섬이다. 마음이 무척이나 설레기 시작했다. 사실 오크니섬은 거리상으로도 그렇고, 심리적으로도 갈 수 있을지 망설이던 곳이었는데, 이제 한 시간 후면 오크니섬을

스코틀랜드의 땅끝 마을 존 오크로츠

볼 수 있다. 저녁 6시가 되자 배 한 척이 들어와 나는 바닷바람을 맞으며 배에 올랐다. 그런데 파도가 제법 세서 배가 많이 출렁인다. 하지만 오랜만의 뱃길 여행이라서 그런지 그 파동이 그리 나쁘지는 않았다.

40분이 지나자 저 멀리 오크니섬이 보인다. 잠시 후 배가 선착장에 닿자 사람들이 우르르 내렸으나 커크월Kirkwill 행 버스에 오르는 사람들은 그리 많지 않았다. 버스는 광활한 오크니섬을 달려 정확히 40분 후에 오늘의 종착지이자 오크니 제도諸島의 주도主都인 커크월에 도착했다.

이제 숙소를 찾아야 한다. 하지만 버스 터미널 주변을 돌아보아

오크니 섬의 경관

도 지나다니는 사람들도 별로 없고 마을이 텅 빈 것처럼 조용하여
큰길을 따라 마을 안쪽으로 들어가 보았더니 커다란 교회가 하나
눈에 들어왔다. 그렇다면 이곳이 마을의 중심이라는 건데, 아무리
주변을 돌아봐도 호텔 같은 것은 보이지 않고 골목 안쪽을 들어가
보아도 가끔 몇몇 사람들만 지나다닐 뿐 조용하기 그지없었다. 게
다가 그리 늦은 시간이 아닌데도 문을 닫은 가게들이 많아 '이러다
가 숙소를 못 찾는 거 아냐?' 살짝 걱정스러운 마음이 들기까지 했
다. 다행히 다른 골목길을 들어가보니 자그마한 호텔이 하나 보이
고, 호텔 건물 바깥쪽 벽에는 실내를 찍은 여러 장의 사진이 붙어
있었는데, 그걸 자세히 들여다보니 호텔 안에 레스토랑도 있고, 위

1 오크니 섬의 주도 커크월에 있는 커다란 교회
2 한적한 커크월의 골목길

스키도 꽤 많이 진열되어 있는 것 같았다. 망설임 없이 호텔 안으로 들어갔다.

짐을 끌고 프런트 데스크 쪽으로 걸어가자 동남아시아 사람처럼 보이는 젊은 여성이 내게 "하이!" 하며 "마침 방이 하나 남았는데요."라고 하더니 대뜸 "어디서 오셨나요?"라고 물어본다. 내가 "한국 사람인데요"라고 말했더니 한국말로 "안녕하세요?"라며 살짝 웃음 짓는다. 알고 보니 그녀는 말레이시아 사람이었다. 아마도 한국 드라마를 보면서 한국어 인사말을 배웠나 보다. 나도 말레이시아는 매우 친숙한 곳이라 "말레이시아 어디 출신이세요?"라고 물어보자 보르네오라고 하길래 "제 아버님도 젊은 시절에 보르네오섬에 사셨어요. 그래서 저도 어릴 적 사라왁^{Sarawak}이라든가 보르네오 원주민에 관한 이야기를 많이 들었어요."라고 말했더니 아주 반가워하는 것이다. 그녀는 내게 방 열쇠를 건네주면서 "위스키 바에 400여 종의 위스키가 있어요. 하지만 많이 마시지는 마세요."라고 하면서 또다시 미소를 보인다. 나는 "예, 그럴게요."라고 답하고 방으로 올라갔다.

산 넘고 물 건너온
기분이라고 할까?

오늘도 먼 길을 왔다. 긴 여행을 끝낸 기분이랄까. 뭔가 홀가분한 느낌이다. 나는 뜨거운 물로 샤워를 마치고 다시 1층으로 내려가 바 문을 열고 안쪽으로 들어갔다. 바는 고급스러우면서 편안한 분위기였다. 게다가 기다란 바 의자가 딸린 둥그런 테이블이 놓여 있는 것도 꽤 마음에 들었고, 위스키 종류도 꽤 많았다. 그 수를 세어보니 무려 491가지나 되었다. 하지만 여기서 무슨 위스키를 마셔야 할지는 많은 고민이 필요하지 않았다. 당연히 오크니섬에서는 이곳의 술인 하일랜드 파크Highland Park와 스카파Scapa 위스키를 마시면 되니까 말이다. 그래도 마시는 순서는 정해야 할 것 같아 첫 위스키는 하일랜드 파크 12로 정했는데, 가격도 3.1파운드인 게 꽤 마음에 들었다. 안주로는 체더 치즈가 들어간 하기스 튀김을 시켰다. 잠시 후 위스키가 먼저 나와 한 모금 하니 하일랜드 파크 위스키 특유의 달콤한 꿀맛과 함께 살짝 스모키한 풍미가 느껴지면서 마음도 한결 편해졌다. 이럴 때는 위스키가 마치 진정제 같다.

오늘은 진짜 산 넘고 물 건너온 기분이다. 그리고 지금 오크니섬에서 하일랜드 파크 위스키를 마시고 있다는 걸 자각하니 신기할 따름이다. 물론 모든 여행지는 내가 세운 계획에 의해 당도한 곳이지만 막상 새 여행지에 도착하면 묘한 마음이 든다. 그래서 나는 새로운 곳에 도착하면 "아! 드디어 왔구나!"라고 소리를 지르면서 혼자 축배의 잔을 든다. 페루의 리마에서도 그랬고, 네팔의 포카라에서도, 그리고 아프리카 킬리만자로에서도 그랬다. 그리고 중동 레바논의 카페에서도, 카리브해에서도 시원스럽게 맥주 한 잔씩 했는데, 오늘은 하일랜드 파크 위스키로 축배를 들었다. 물론 큰 소리를 내지는 못했지만, 마음속으로는 "드디어 오크니 아일랜드에 왔구나!"라고 큰 고함을 지르면서 꿀꺽 하고 한 모금 들이켰다.

위스키를 홀짝거리며 마시고 있다 보니 앞 테이블에 앉아 있는 두 남자가 고고학에 관한 이야기를 나누고 있는 게 귀에 들어왔다. 사실 오크니섬은 스톤 헨지stone henge와 같은 신석기 시대의 유물과 바이킹의 흔적이 남아 있는 곳이라 오크니섬 여행 계획을 짤 때 '유적지에도 가볼까?' 하는 생각을 해보지 않은 건 아니었으나 이번 여행길에서는 위스키에만 집중하기로 했다.

두번째 위스키도 하일랜드 파크로 정했다. 하지만 이번에는 체급을 한 단계 올려 하일랜드 파크 18년산을 시켰더니 아니나 다를까 가격이 확 올라가 한 잔에 10파운드나 된다. 그래서 안주도 조금 더 바다감이 있는 양고기스튜로 주문하여 함께 맛보았더니 역시나 예상대로 오랜 숙성미를 자랑하는 18년산 위스키는 양고기 스튜와 아주 궁합이 좋았다.

잔을 비우고 나서 다시 위스키 메뉴를 들여다보자 하일랜드 파크 40년산이 눈에 띈다. 가격은 한 잔에 125파운드, 그러니까 우리 나라 돈으로 치자면 20만 원 가까이 되는데, 실제로 이 위스키는 한 병에 400만 원이 넘는 고가高價다. 하지만 지금 이곳이 아니면 이런 좋은 위스키를 또 언제 마실 수 있겠는가. 내 생애에 언제 다시 오크니섬에 와서 하일랜드 파크 40년산을 마주할 수 있겠는가 말이다. '한잔하자!' 했다가, 나는 잠시 주춤했다. 이럴 때 조심해야 한다. 흥분은 금물이다. 이건 수많은 경험 속에서 체득한 것이다. 나는 잠시 취기를 달랠 겸 시원한 얼음물을 마시면서 흥분을 가라앉혔다. 그리고 '달릴까? 말까?' 고민하다가 '확 질러버리자' 했다가, 결국 참았다. 돈도 돈이지만, 정작 40년산을 마시려면 처음부터 마시는 게 옳았다. 이미 위스키 두 잔을 마신 터라 40년산을 즐기기에는 코와 입의 감각이 무뎌졌기 때문이다.

나는 하일랜드 40년산에 대한 생각을 떨쳐버리고 분위기도 바꿀 겸 세번째 위스키로 스카파 스키렌Scapa Skiren을 시켰다. 하일랜드 18보다는 조금 거친 느낌이 들었지만, 오크니섬의 풍광과는 꽤 잘 어울리는 위스키였다. 가격도 4.5파운드로 적당한 게 여러모로

1 커크월 호텔 바의 위스키 메뉴 2 양고기 스튜
3 체더 치즈가 들어간 하기스 튀김 4 커크월 호텔 바의 위스키
5 잔에 담긴 하일랜드 파크 18 6 스와네이 스카파 스페셜 맥주

마음에 들었다.

어느덧 밤 11시가 다 되었다. 이제 슬슬 정리할 시간이 된 것이다. 그런데 불현듯 조금 전 메뉴판에서 보았던 스카파 맥주가 생각났다. 스카파 위스키와 스카파 맥주라! 이런 배합도 좋을 것 같아 오크니의 스와네이Swannay 양조장에서 만든 스와네이 스카파 스페셜Swannay Scapa Special을 한 잔 시켜 시원스레 들이켰더니 몸과 마음이 촉촉해지는 기분에다 오늘도 술로부터 좋은 선물을 받은 것 같은 기분이 충만해졌다.

스코틀랜드 최북단 증류소,
하일랜드 파크 증류소를 가다

간밤에 잘 잤다. 거리가 촉촉히 젖은 걸 보니 어젯밤에 비가 온 듯한데, 오늘은 아침부터 서두를 일정이 없으니 느긋하게 아침 식사를 즐기기로 했다. 이런 내 마음을 알기라도 한 듯 호텔 식당도 대저택의 응접실처럼 고급스러웠다. 그리고 음식 차림새도 매우 좋아 오트밀 죽과 브라운 토스트로 빈속을 달래고 나서 메인요리를 기다리고 있는데, 유리창 너머로 새까만 셸티Sheltie 한 마리가 나를 물끄러미 쳐다보고 있는 게 아닌가! 셸티는 오크니섬보다 더 북쪽에 위치한 셸트랜드섬Shetland Island의 양치기 개다. 제법 알려진 콜리Colie보다는 몸집이 작지만, 생김새가 아주 귀여워 그냥 집으로 데리고 가고 싶을 정도다. 이런 셸티를 옆에 두고 하일랜드 위스키를 한잔 마시면 스코틀랜드의 북쪽 섬들이 다시 생각날 것만 같다.

잠시 후, 한 접시 가득 오크니 산崖 비프 소시지와 구운 토마토,

커크월 호텔의 아침 식사

버섯, 스크램블드에그, 진한 갈색 빵이 올려져 나왔는데, 내 눈에
는 모두 위스키 안주로 보였다. 아마도 저녁때 이 음식을 만났더라
면 당연히 위스키 한 잔을 곁들였을 거다.

식사를 마치고 호텔을 나와 긴 골목길을 벗어나자 스카파 증류
소 안내 표시가 보여 이곳도 '잠시 들러볼까?' 했다가 그냥 하일랜
드 파크 쪽으로 발걸음을 옮겼다. 10분 정도 지나자 언덕 위에 자
리 잡고 있는 하일랜드 파크 증류소가 보였다. 나는 잠시 증류소
밖을 구경하고 나서 1시간짜리 위스키 투어에 참가하기로 했다.

투어 가이드는 젊은 여성이었다. 그녀는 먼저 "하일랜드 파크는
스코틀랜드 최북단의 증류소이자 세계에서 가장 북쪽에 위치한
위스키 증류소"라고 소개하고 나서 사람들을 몰팅 화로가 있는 곳
으로 안내하더니 "하일랜드 파크에서는 헤더heather(연보랏빛의 관목)
와 이탄을 사용하여 몰트를 건조시키기 때문에 하일랜드 파크 위

스키는 달달한 헤더의 꿀맛과 이탄의 스모키한 맛이 난다."고 설명했다. 그러곤 몰트를 건조시키는 방을 안내하면서 "플로어 몰팅은 매우 고된 일이라 직접 이러한 작업을 하는 증류소가 그리 많지 않지만, 하일랜드 파크에서는 아직도 전통적인 방식으로 몰트를 만들고 있다."고 힘주어 말했다.

우리는 다시 가이드를 따라 몰트 분쇄기가 있는 곳으로 자리를 옮겨 몰트 가루grist에 관한 설명을 듣고, 발효시설이 있는 건물 안으로 들어갔다. 이어 가이드는 커다란 나무 발효조를 가리키면서 "여러분들이 조금 전에 보았던 몰트 가루가 지금 이렇게 걸쭉한 액체 상태로 변한 것인데, 며칠 후면 발효가 끝나 맥주가 만들어지고, 이를 다시 증류시키면 무색투명한 스피릿이 만들어집니다."라며 위스키 공정에 관해 자세한 설명을 곁들였다. 이어 우리는 증류 시설과 숙성고를 차례로 돌아보고 다시 방문자 센터가 있는 건물로 돌아와 위스키 테이스팅에 참가하였다.

시음 위스키는 세 종류가 나왔다. 첫번째 위스키는 어제 호텔 바에서 마셨던 하일랜드 파크 12년산이다. 가이드는 "이 위스키를 마시고 있노라면 멋진 여행을 하고 있는 느낌이 든다."며 "첫맛에서는 달달하면서 다채로운 스파이스의 풍미가 느껴지다가 피니시는 스모키한 맛으로 끝나는 게 특징이죠."라고 웃으며 말했다. 적절한 설명처럼 보였다. 다음에 나온 위스키는 연도가 표시되어 있지 않은 이른바 'NAS non-age statement 위스키'다. 그녀는 이 위

하일랜드 파크 증류소의 외관과 위스키 공정

스키에 대해 숙성 연도가 다른 위스키를 섞어 만든 위스키라면서 "좀 전에 마신 위스키의 맛과 비교해보라."고 했다. 끝으로 나온 위스키는 하일랜드 파크 21이다. 이건 어제 '마실까 말까?' 고민했던 40년산 정도는 아니지만 제법 가격이 나가는 위스키다. 그녀는 "완전히 다른 맛이죠? 향도 다르고, 아주 가벼운듯하면서 강한 후추 맛이 매력적이죠?"라며 또다시 미소를 짓는다. 그런데 오늘은 아침을 든든히 먹어서 그런지 위스키 석 잔을 내리 마셨는데도 그리 취기는 느껴지지 않았다. 오히려 아까 증류소를 걸어오면서 살짝 비를 맞아 한기寒氣가 느껴졌는데, 위스키 덕분에 몸이 따뜻해지고 마음도 한결 편해졌다.

증류소 건물을 나오자 계속 비가 내리고, 길을 오가는 사람도 별로 없어 조금 쓸쓸한 느낌이 들었다. 아마도 이런 날이 계속된다면 오크니섬 사람들은 매일 위스키를 한 잔씩 할 수밖에 없을 것 같다. 위스키는 감상을 부르고 감상은 위스키를 부른다.

오크니섬을 떠나
다시 인버네스로

어느새 오후 3시가 되었다. 빗줄기는 점점 더 굵어지고, 날씨도 제법 쌀쌀해졌다. 게다가 살짝 배도 고팠는데, 다행히 호텔 바로 앞에 자그마한 카페가 있어 소고기 바게트 버거와 '오늘의 수프'로 허기를 달래고 나왔다. 이제 배도 든든해졌으니 저녁만 잘 먹으면 된다.

소고기 바게트 버거와 '오늘의 수프'

오늘은 비가 많이 와서 그런지 거리가 어제보다 더 한산하고, 버스 터미널에도 사람들이 별로 없다. 그리고 잠시 후 버스가 한 대 들어왔는데도 버스에 오르는 사람은 나밖에 없어 이상하다는 생각이 들었는데, 막상 버스에 오르고 보니 안에는 사람들로 가득 차 있었다. 아마도 단체 관광객을 실은 버스가 나를 태우러 잠시 버스 터미널에 들른 것 같았다. 버스는 다시 오크니섬을 달려 선착장에 멈춰 섰다. 오늘도 배에 오르는 사람들이 꽤 많았다. 그리고 그제처럼 파도도 센 편이지만, 잠시 배의 흔들림에 몸을 맡기고 창문 너머 출렁이는 파란 바다를 바라보고 있노라니 오크니섬에서 보낸 시간도 점차 아련하게 느껴져왔다.

이틀 만에 다시 존 오그로츠 땅을 밟았다. 이제 다시 남쪽으로 내려가기만 하면 된다. 그런데 한 20분 정도 달렸을까, 버스가 윅 Wick 마을로 들어서자 저 멀리 올드 풀트니Old Pultney 증류소의 표시판이 보였다. 이곳 윅은 19세기에 청어잡이로 성황을 이루던 마을이었는데, 당시 일꾼들은 매일 올드 풀트니를 한 병씩 마실 정도로 위스키를 즐겼다고 한다. 이런 역사 때문에 하룻밤 묵고 싶었으나 이번에는 윅 마을을 본 것으로 만족하고, 그 대신 저녁에 올드 풀트니 위스키를 한잔 하기로 했다.

버스는 저녁 8시 45분에 인버네스에 도착하였다. 짐을 끌고 인버네스 성 언덕에 있는 호텔 안으로 들어가자 남자 프런트 직원이 나를 보더니 "롱 데이long day!(힘든 하루를 보내셨군요!)"라며 인사를

1 하일랜드의 풍광
2 인버네스 전경

건넨다. 아마도 내 모습이 피곤해 보였나 보다. 그래서 "예, 지금 오크니 아일랜드에서 오는 길이예요."라고 말을 붙이자 그는 다소 걱정스러운 표정을 지으며 "지금 식당 문을 닫았는데요. 하지만 바는 밤 11시까지 합니다."라는 것이다. 나는 "오늘도 저녁 먹기는 글렀구만. 그래도 포테이토 칩스 정도는 있겠지."라고 투덜거리면서 2층으로 올라가 잽싸게 짐을 풀고 나서 다시 1층으로 내려왔다.

그 호텔의 바는 규모는 작았지만 가정집 응접실처럼 꾸며놓아 아늑한 느낌이 들었다. 게다가 젊은 남성 바텐더의 싹싹한 태도도 꽤 마음에 들었다. 바텐더의 말로는 위스키가 50가지 정도 있다고 하는데, 어제 달모어 증류소를 지나왔으니 오늘은 먼저 달모어로 시작하는 게 좋을 듯했다. 메뉴를 들여다보니 달모어 12년산, 15년산, 18년산이 모두 있어 18년산을 달라고 했다. 그리고는 바로 꿀꺽하고 한 모금 마셨더니 위스키가 식도를 지나 장기臟器의 위치를 알려주듯 몸속으로 스며 들어가더니 이내 서서히 몸이 풀리면서 무장해제되는 느낌이 들었다. 역시나 공복空腹에 마시는 위스키는 무엇과도 비교할 수 없을 만큼 짜릿했다.

다음 위스키는 올드 풀트니 12년산으로 골라 한 모금 마셔보았더니 바닷바람이 살짝 느껴지는 게 뭐랄까? 싱싱한 생굴 한 접시가 생각나는 맛이라고 할까? 어쨌든 아주 미세하게 바다의 짠맛이 올라오는 게 올드 풀트니 위스키는 짭조름한 해산물과 아주 잘 어울릴 것 같다는 생각이 들었다. 그런데 계속 위스키와 함께 땅콩

올드 폴트니 12

과 칩스를 집어먹다 보니 시원한 맥주 한잔이 마시고 싶어졌다. 게다가 오늘도 바다 건너 먼 길을 온지라 갈증도 심해 나는 바텐더에게 칼레도니아 더블 홉$^{Caledonia\ Double\ Hop}$을 달라고 했다. 이건 글래스고에 있는 칼레니아 양조장에서 만든 맥주인데, 이름 그대로 쓴맛이 두 배^{倍}로 느껴져 갈증 해소에는 제격이었다. 그리고 잠시나마 위스키에서 한 걸음 비켜 서 있는 느낌을 안겨주는 것도 좋았다. 그래야 내일 새로운 마음으로 또 다른 위스키를 맛볼 수 있으니까.

'스카치위스키 박람회장' 스페이사이드로!

오늘은 스페이사이드로 가는 날이다. 스코틀랜드의 북동쪽에 위치한 스페이사이드는 한 마디로 위스키 애호가들의 로망이 서린 곳이자 '스카치위스키의 박람회장'이라고 부를 수 있을 정도로 위스키 증류소가 많은 곳이다. 게다가 스페이사이드는 자연환경이 좋기로 소문난 데다 산책 코스도 잘 갖추어져 있어 많은 여행객이 즐겨 찾는 곳이기도 하다. 그렇다면 나처럼 위스키도 좋아하고 걷는 것도 좋아한다면? 그럼 무조건 스페이사이드에 가야만 하는 것이다. 이처럼 여행은 맹목을 너그럽게 허락하기도 한다. 스페이사이드에서 한나절 도보 여행을 하고, 저녁에 위스키를 한잔하면 금상첨화일 거라는 기대감에 마음이 설렜다. 하지만 여행계획을 세우기가 쉽지는 않았다. 어디에서 며칠 동안 머무는 게 좋은지, 교통수단은 어떻게 되는지, 그리고 그 많은 증류소 중 어느 증류소를 방문하는 게 좋은지, 이런저런 이유로 고민을 많이 했는데, 결론은 '가봐야 알겠다'였다.

나는 오전 10시 15분에 인버네스에서 버스를 타고 중간 경유지인 엘긴Elgin에 거쳐 오후 1시 반경 스페이사이드의 다운타운이라고 할 수 있는 더프타운Dufftown에 도착하였다. 이제 시내버스를 타고 Craigellachie 호텔만 찾아가면 된다. 그런데 이름이 낯설다. 'Craigellachie, 이걸 어떻게 발음하지?' 잠시 고민하면서 버스에 올라 나이 지긋한 버스 기사에게 "크라이……"라고 더듬거리며 말하자 내 발음이 재미있었는지 "허허허" 웃으면서 "크라이겔라키"라고 알려준다.

버스는 한적한 길을 달리다 인적 드문 곳에 멈춰 섰다. 버스에서 내리자 '크라이겔라키'라고 적힌 자그마한 팻말이 서 있고, 바로 그 옆에 산장 분위기가 물씬 풍기는 크라이겔라키 호텔이 보였다. 그런데 사실 이곳은 시내에서 조금 떨어져 있는 데다 숙박비도 그리 싼 편이 아니었다. 하지만 내가 굳이 오늘 이 호텔에 묵으려고 했던 건 바로 호텔 안에 100년의 역사를 자랑하는 퀘익 바Quaich Bar가 있기 때문이다. 싱글 몰트도 900여 종류나 있다고 하니 사뭇 저녁 시간이 기대됐다.

호텔 방 안에 지도를 펴놓고 증류소의 위치를 확인해 보았다. 물론 스페이사이드에 있는 증류소를 모두 다녀오려는 것은 아니다. 딱히 그럴 생각도 없고, 굳이 그럴 필요도 없다. 그렇다면 어디를 다녀오는 게 좋을까? 잠시 생각하다가 이번 여행에서는 주로 도보로 다닐 수 있는 곳 위주로 계획을 세우기로 했다.

대대로 내려오는
쿠퍼리지 장인들

오늘 첫번째로 찾아갈 곳은 오크통을 만드는 스페이사이드 쿠퍼리지Speyside Cooperage로 정했다. 매번 증류소를 갈 때마다 오크통에 관한 이야기를 하도 많이 들어 스페이사이드에 오면 이곳에 가장 먼저 찾아보고 싶었기 때문이다.

호텔을 나와 언덕길을 따라 올라가자 크라이겔라키 증류소가 보이더니 이내 한적한 길이 이어졌다. 그런데 문득 생각해보니 스코틀랜드에 와서부터 내가 '한적하다'는 말을 참 많이 쓰는 것 같다는 생각이 들었다. 하지만 그럴 수밖에 없는 것이 실제로 한적한 곳이 너무 많았기 때문이다. 아니 몇몇 대도시를 빼놓고는 모든 곳이 다 한적한 정취를 가지고 있었다. 스페이사이드도 마찬가지였다. 차도 별로 다니지 않고, 사람들의 모습도 거의 눈에 띄지 않았다. 하지만 가끔 중세 시대를 생각나게 하는 돌집도 눈에 들어오

클라이켈라키 증류소

고, 넓은 초원에는 양들이 게으르게 노닐고 있어 혼자 걷기에 그리
심심하지는 않았다.

한 시간 정도 지났을까? 저 멀리 스페이사이드 쿠퍼리지의 표시
판이 보여 나는 건물 안으로 들어가 카페에서 커피를 마시면서 투
어가 시작되기를 기다렸다. 그리고 잠시 후 투어 시간이 되자 나이
지긋한 남성 가이드가 나타나 투어 참가자들을 데리고 자그마한
방으로 들어가면서 "스페이사이드 쿠퍼리지에 관한 영화 한 편을
볼 겁니다."라는 것이다.

사람들이 자리를 잡고 앉자 방 안에 불이 꺼지고, 커다란 스크
린에 스페이사이드의 풍광이 펼쳐졌다. 이어 굵직한 남성의 목소

1 스페이사이드 쿠퍼리지의 방문자 센터
2 오크통을 만들고 있는 쿠퍼들
3 다양한 오크통의 모습

리로 "낭만적인 경관을 가진 곳, 스페이사이드…… 쿠퍼리지의 전통 기술은 위스키 제조에 매우 중요하다. 스코틀랜드에는 세 곳에 쿠퍼리지가 있는데, 스페이사이드의 쿠퍼리지는 1947년에 만들어졌다. 쿠퍼리지는 아버지에서 아들에게 이어지는 전통적인 기술이자 예술이다."라는 내레이션과 함께 숲속에서 참나무를 벌목하여 햇볕에 말리는 모습에서부터 쿠퍼들이 오크통을 하나씩 만들어가는 과정을 보여주었다.

영화가 끝나자 가이드는 다시 우리를 다른 곳으로 안내했다. 유리창 너머로 쿠퍼들이 실제로 작업하는 광경을 볼 수 있도록 전망대처럼 만들어 놓은 방이었는데, 가이드로부터 오크통의 제조과정과 쿠퍼들의 삶에 관한 이야기를 들으면서 실제 오크통을 만드는 모습을 보고 나니 오크통에 대한 많은 생각과 호기심들이 정리되는 것 같았다.

투어를 마치고 건물 뒤편으로 가보니 경사진 언덕에 엄청나게 많은 오크통이 적재되어 있었다. 실제로 스페이사이드 쿠퍼리지에서는 매년 약 15만 개의 오크통을 새로 만들고, 수리한다고 했다. 그리고 여기서 완성된 오크통은 스코틀랜드 전역으로 보내져 저마다 위스키를 품고 긴 시간 잠을 자면서 특색있는 위스키를 만들어내는 것이다. 그러니 오크통은 위스키를 잉태하는 '생명의 통'이라고 할 수 있다. 그만큼 오크통이 위스키에서 중요하다는 이야기다.

크라이겔라키에서
위스키 술판을 벌이다

잠시 호텔에서 쉬다가 다시 밖으로 나와 마실 나온 기분으로 동네를 걷다 보니 한 중년 남자가 긴 낚싯대를 어깨에 걸치고 다가왔다. 인상도 좋고 해서 "이 근처에 낚시할 데가 있나요?"라고 물어보았더니 그는 "온 천지가 낚시터인데요."라고 웃으면서 답한다. 하기야 스페이사이드는 스페이^{Spey}강 때문에 붙여진 이름이니 당연히 낚시할 데가 많을 터이지만 아직 스페이강을 제대로 보지 못해 사람들이 어디서, 어떻게 낚시를 하는지는 상상이 가지 않았다. 그에게 "저는 한국에서 왔는데요."라고 다시 말을 건네자 그는 자신을 "항공 기술자"라고 소개하면서 "한국의 삼성과 기아 자동차에 대해 잘 알고 있습니다. 한국 자동차와 스카치위스키를 맞바꾸면 좋겠네요."라고 하면서 너스레를 떤다. 그러면서 자신은 "잉글랜드 사람이지만 스코틀랜드에 온 지는 17년이 되었고, 스페이사이드는 살기에 아주 좋은 곳"이라며 흐뭇한 표정을 지었다.

그와 함께 대화를 나누다 보니 자연스레 위스키에 관한 이야기가 나와 "지금 크라이겔라키 호텔에 묵고 있는데, 조금 후에 호텔바에 가려고 한다."고 하자 그는 길옆에 있는 하일랜더 인Highlander Inn을 가리키면서 "아래층에 일본인이 운영하는 레스토랑이 있는데, 위스키 마시기에 아주 좋다."며 "원래 일본인 주인은 크라이겔라키 호텔 바에서 바텐더로 일하다가 몇 년 전에 하일랜더 인을 인수했다."는 지역 사람이 아니면 알 수 없는 이야기를 들려준다. '아, 이럴 줄 알았으면 여기에 묵는 건데.' 조금 아쉬웠지만 이런 좋은 정보를 몰랐으니 오늘은 비싼 호텔에 묵을 수밖에 없다. 어쨌든 이 남자의 권유도 있고 해서 먼저 하일랜드 인에 먼저 들려보기로 했다.

바의 첫인상은 '합격'이었다. 무엇보다도 캐주얼하면서도 중후한 분위기가 마음에 들었다. 그리고 위스키 종류도 꽤 많았지만, 일단 이곳에서는 스페이사이드 위스키를 위주로 마시기로 하고, 첫 위스키는 가볍고 부드러운 맛의 글렌리벳Glenlivet 12년산으로 정했다. 대체로 글렌리벳은 "이제 위스키가 들어갈 거니 준비하고 있어라!"라고 몸에게 신호를 보내기에 딱 좋은 술이다. 음식도 그렇고, 술도 처음부터 강한 게 들어가면 몸이 놀란다. 그래서 모든 음식과 술에는 먹고 마시는 순서가 있는 법인데, 그걸 지키지 않으면 몸도 제 기능을 하지 못할 뿐 아니라 음식과 술의 풍미를 제대로 느끼지 못한다.

슈림프 칵테일　　　　　훈제연어와 빵

　　다음 위스키는 글렌리벳보다 바디감이 조금 더 있는 발베니
Balvenie 캐리비언 캐스크Balvenie Carribean Cask 14를 골랐다. 이 위스
키는 '워밍업을 끝냈으니 본 게임으로 들어가야지'라고 생각하면
서 마시면 좋은 술이라고 할 수 있다. 그렇다면 안주도 하나 있어야
할 것 같아 슈림프 칵테일도 한 접시 시켰다. 빵까지 곁들여 나와
서 배고픔도 달랠 수 있어 일거양득이었다.

　　세번째는 모틀락 레어 올드Mortlach Rare Old를 마셔보았는데, 이
위스키는 셰리의 풍미가 강한 일반 모틀락 위스키와 달리 바닐라
의 풍미와 함께 계피와 오크의 스파이시함이 많이 느껴졌다. 그런
데 위스키를 연달아 석 잔 마시고 나자 슬슬 몸이 내려앉는 기분이
들어 잠시 자리에서 일어나 바를 지키고 있는 일본인 주인과 인사
를 나누었더니 야마가타山形 출신이라고 하는 것이다. 그래서 그에
게 "저도 야마가타에 여러 번 가보았는데요."라고 하자 "그래요?"

하며 반가워하는 눈치다. 내친김에 "저는 특히 야마가타의 히야시 라멘(냉 라멘)을 아주 좋아합니다."라고 말했더니 그는 "제 집이 히야시 라멘 원조집에서 100미터 정도 떨어진 곳에 있어요."라며 놀란 듯 말하는 게 아닌가. 라멘이 스코틀랜드에서 한국인과 일본인 사이에서 이런 가교 구실을 할 줄 몰랐다. 그는 "일본에도 위스키 바를 가지고 있다."고 하면서 수첩에 바 이름과 주소를 적어주었다. 다음에 일본에 가면 한번 들러봐야겠다고 생각했다.

다시 자리로 돌아와 네번째 위스키는 쉬어가는 기분으로 글렌모렌지 오리지널Glenmorangie Original 10과 훈제 연어를 한 접시 주문하고 위스키와 음식이 나오길 기다리고 있자 옆에 앉아 있던 사람들이 "함께 술을 마시자."며 말을 건네왔다. 알고 보니 이들은 모두 독일 슈투트가르트에서 온 사람들이었는데, 테이블 위에 위스키가 여러 병 놓여 있는 걸로 보아 하나같이 위스키 애호가들인 것 같았다. 재즈가 흘러나오자 한 남자가 "이게 바로 인생이지!"라고 하면서 건배를 하자고 하여 한 모금 꿀꺽 하고 마셨다. 그러고 나서 이들과 연이어 잔을 부딪치면서 이야기를 나누다 보니 어느새 잔이 비었다.

이번에는 웨이터를 불러 아드벡 콜리브레칸Ardbeg Corryvrekan을 달라고 했는데, 이건 사실 독일 사람들에게 아일라섬에 갔다 왔다고 자랑하고 싶어 주문한 것이었다. 아니나 다를까, 독일 사람들에게 "며칠 전에 아일라섬에 갔다 왔습니다."라고 하니 내 예상대

1 발베니 캐리비언 캐스크 14 **2** 모트라흐 레어 올드
3 글렌모렌지 오리지널 **4** 아드벡 콜리브레칸과 글렌파클라스 105

로 "와!" 하면서 부러워한다. 자기네들도 매년 스코틀랜드에 오지
만 아직 아일라섬에는 못 가보았다는 것이다. 여기서 증명이 되듯
아일라섬은 위스키 애호가들에게는 훈장勳章과 같은 곳이다. 나
는 회심의 미소를 지으면서 콜리브레칸을 한 모금 들이켰는데, "으
아!" 소리가 나올 정도로 맛이 셌다. 마치 "나 스모키한 아드벡 위

스키야, 그리고 캐스크 스트랭쓰야!"라고 눈을 부릅뜨며 대드는 것 같은 느낌이었달까. 이어 한 모금 더 마시자 속에서 불이 나는 듯했다. 아니 좀 더 정확히 말하자면 위스키가 가슴을 후려친다는 표현이 더 어울릴 것 같았다. 하지만 기분은 아주 좋았다. 이런 내 모습을 확인하면서 내가 캐스크 스트랭쓰 애호가인 것이 틀리진 않은 것 같다고 자인하기에 이르렀다. 하기야 캐스크 스트랭쓰는 위스키 원액이라 할 수 있으니 그 맛이 나쁠래야 나쁠 수가 없다. 하지만 이 위스키는 너무 많이 마시면 안 된다. 속된 말로 '개' 된 다. 특히 낮술로 마시면 안 된다.

　일본인 바에서 합석하게 된 독일 사람들은 위스키에 대해 꽤 많 이 알고 있었다. 게다가 이미 모두 위스키를 몇 잔 마시고 난 터라 위스키에 대한 이야기가 끝이 없었다. 나 또한 이들에 질세라 위스 키 무용담을 쏟아내다 보니 어느덧 떠들썩한 술판이 만들어졌다. 어쨌든 위스키 때문인지, 아니면 분위기 때문인지 모르겠지만 술 맛은 점점 좋아지고, 위스키도 술술 들어가지만 조금 과음인 것 같아 나는 연신 얼음물을 들이켰다. 지금, 이 순간 내 몸을 지킬 수 있는 유일한 방법은 계속 물을 마시는 것밖에는 없었으니까.

　이제 끝낼 시간이다. 그렇다면 마무리는 어떻게 하면 할까? '초 심으로 돌아가 가볍고 부드러운 위스키로 끝낼까? 아니면 달리는 열차에 화력을 보태듯 센 거로 한 잔 더할까?' 생각하다가 결국은 '달리는 기관차에 석탄을 쏟아붓는 방식'을 택했다. 그래도 스페

1 하일랜더 인 위스키 바의 내부 모습
2 하일랜더 인의 외관

이사이드 위스키로 마쳐야겠기에 마무리 술은 캐스크 스트랭쓰
인 글렌파클라스Glenfarclas 105로 정했다. 105는 영국의 옛 알코올
도수로 105도를 가리키는데, 오늘날의 도수로 치면 60도이니 이것
도 캐스크 스트랭쓰임을 알 수 있다. 사실 캐스크 스트랭쓰, 즉 배
럴푸르프 위스키를 처음 출시한 곳이 바로 글렌파클라스 증류소

이다. 그러니 글렌파클라스 증류소가 배럴푸르프 위스키의 원조라고도 할 수 있다. 위스키 잔을 들어 살짝 코에 갖다 대자 달콤한 셰리의 향이 미소를 지으면서 인사를 건네는듯싶더니 바로 한 모금 하자 역시 '와' 하는 감탄사가 절로 터져 나왔다. 역시 캐스크 스트랭쓰는 만만치 않은 술이다. 그래도 맛은 아주 좋았다.

어느덧 잔을 비우고 나니 알딸딸한 느낌에다 몸도 살짝 흔들리는 것 같았으나 테이블 위에 도열하듯 서 있는 위스키병들을 바라보고 있노라니 커다란 프로젝트를 하나 끝낸 기분이 들었다. 어쨌든 오늘도 잘 마셨다. 그리고 많이 마셨다. 나는 독일 사람들과 일본인 주인에게 "위스키 잘 마셨다."는 말을 건네고 밖으로 나왔다.

마무리는
퀘익바에서

어느덧 밤도 깊어지고, 공기도 한결 시원해졌다. 나는 위스키 성분이 듬뿍 섞인 숨을 내쉬면서 잠시 거리를 걸었다. 그러다가 멀리서 호텔을 바라보니 마치 영화에 등장하는 중세 시대의 성^城처럼 보였다. 그런데 지금 호텔 바에 들러야 할지 고민이다. 하지만 그 바에 가려고 비싼 돈을 들여가며 호텔에 묵는 거니 퀘익 바에 가보지 않을 수는 없었다.

나는 애써 취기를 눌러가면서 퀘익 바로 들어갔는데, 호텔 바답게 핑크빛 색조가 감도는 넓은 공간에 카펫과 샹들리에로 화려함을 과시하고 있는 것이 하일랜드 인의 분위기와는 사뭇 달랐다. 뭐랄까? 티를 낸다고나 할까? 아니면 잘난 체하는 사람을 만난 기분이랄까? 어쨌든 내가 좋아하는 바의 모양새는 아니었다. 그래도 호텔에 묵는 기념으로 위스키 한잔은 해야겠기에 바텐더에게 "아

클라이켈라키 호텔의 퀘익 바

드벡 콜리브라켄 한 잔 주세요." 했더니 그가 "센 거로 시작하시네요."라고 하더니 바로 콜리브라켄 병을 통째로 들고 와선 "이건 얼마 남지 않아 공짜입니다."라면서 한 잔 따라준다.

공짜 술을 받아들고 나니 어느덧 낯선 기분도 사라지고, 술맛도 다시 돌아오는 느낌이다. 이렇게 나는 퀘익 바에서도 위스키의 꼬임에 넘어갔다. 그렇다면 한 잔 더 하지 않을 수 없어 다음 위스키는 발베니 포트우드Balvenie Portwood 21년산으로 정했다. 사실 이건 한 잔에 15파운드나 되는 위스키이지만 조금 전에 공짜 술을 얻어 마셨기에 일부러 조금 비싼 걸 고른 것이다. 역시 21년산은 맛이

발베니 21과 클라이겔라키 12

달랐다. 숙성미와 성숙미를 모두 갖춘 위스키라고 할까? 어쨌든 점잖으면서 진중한 맛이 꽤 마음에 들었다.

시계를 보니 어느덧 자정이 넘었다. 이제 이곳에서의 위스키 탐 닉도 슬슬 마무리해야 할 것 같았다. 그런데 곰곰 생각해보니 지 금 머물고 있는 곳도 크라이겔라키이고, 게다가 바로 옆이 크라이 겔라키 증류소인데 아직 크라이겔라키 위스키를 맛보지 않은 게 아닌가. 그래서 바텐더에게 "크라이겔라키를 한잔하려고 하는데 요."라고 했더니 크라이겔라키 23년산을 권한다. 가격을 확인해 보니 한 잔에 29파운드나 된다. 사실 이게 오늘의 첫 위스키였다면 큰마음 먹고 바로 질렀을지 모르겠지만 전작도 만만치 않은 데 다 이미 이곳에서도 두 잔을 마신 터라 지금 이 위스키를 마시기에 는 좀 돈이 아깝다는 생각이 들어 바텐더에게 크라이겔라키 17년산을 달라고 하자 위스키 가격이 확 내려가 9.25파운드라는 것이다. 이 정도면 비용을 치를 만했다.

다시 소파 의자에 앉아 크라이겔라키를 마시면서 하루를 되돌아보니 오늘도 많은 일을 했고, 위스키도 제법 마셨다. 그리고 오전까지만 해도 스페이사이드는 어떤 곳일지 설렘 반 기대 반의 심정으로 이곳을 찾아왔는데, 지금은 스페이사이드에서 꽤 오래 지낸 것 같은 기시감마저 드는 것이었다. 이게 모두 위스키의 취기가 만든 환상 때문인지는 모르겠지만.

꿩 먹고 알 먹고,
맥캘란 증류소 탐방

숙면을 취했다. 역시 위스키는 좋은 수면제였다. 잠자는 동안 한 번도 깨지 않았으니까. 나는 느긋한 아침 식사를 마치고 호텔을 나왔다. 그리고 다시 언덕길을 넘어가 보았다. 저 멀리 스페이강 강줄기와 함께 도로 양옆으로는 푸릇푸릇한 나무들이 줄지어 있는 게 보였다. 게다가 오늘은 날씨도 좋고 공기도 아주 맑아 마치 트레킹을 나온 기분이 들었다.

한 시간 정도 걸었을까? 길 옆을 보니 야생화가 멋들어지게 피어 있고, 그 너머에는 드넓은 보리밭이 펼쳐져 있다. 맥캘란 증류소는 길 건너에 있었는데, 증류소 부지가 매우 넓어 방문자 센터를 찾아가는 데도 한참 시간이 걸렸으나 일단 투어를 신청하고 잠시 매장에 들러보니 "12년산 55파운드, 18년산 170파운드, 25년산 950파운드, 30년산 1,350파운드"라고 적혀 있는 위스키 가격표가

1 맥캘란 증류소 앞의 보리밭
2 맥캘란 증류소의 전경

눈에 들어왔다. 새삼 숙성 연도에 따라 위스키의 가격이 어떻게 달라지는지 한눈에 알 수 있는데, 한편으론 "위스키를 제대로 즐기려면 당신은 상응하는 비용을 치러야 한다."고 말하고 있는 현실 앞에서 다소간 씁쓸한 마음이 들었다. 다른 진열대에 가보니 고급스럽게 생긴 은색 퀘익 잔이 놓여 있었다. 퀘익은 과거 스코틀랜드에

서 사용했던 가리비 모양의 잔이다. 나는 잠시 진열대 앞에 멈춰서
서 퀘익 잔에 맥캘란 30년산을 따라 마시고 있는 내 모습을 상상
해보았다. 아마도 남부럽지 않은 부자가 된 기분이 들 것만 같았다.
그게 언제가 될지는 모르겠지만 일단 퀘익 잔을 하나 사두었다.

오늘 투어 참가자는 독일 사람 두 명, 이탈리아 사람 한 명, 인버
네스 출신 여성 두 명, 그리고 나를 포함해서 모두 일곱 명이었다.
우리는 젊은 남성 가이드로부터 스카치위스키와 맥캘란 증류소
에 관한 이야기를 듣고 나서 증류 시설을 하나씩 돌아보았는데, 맥
캘란 증류소에 대한 총평을 말하자면, 매우 크고 현대적이라는 것
이었다. 그리고 땅딸막한 증류기도 꽤 인상적이었는데, 실제로 맥
캘란의 증류기는 맥캘란에서조차 "신기할 만큼 작은 증류기"라고
부를 정도로 "스코틀랜드에서 가장 키가 작은 증류기"로 정평이
나 있다.

오크통이 전시된 방 안으로 들어가자 아메리칸 오크 배럴, 아메
리칸 혹스헤드hoghead, 아메리칸 벗butt, 아메리칸 펀전트pungent가
차례로 놓여 있다. 이들은 모두 위스키 숙성에 사용되는 오크통
이지만 크기나 쓰임새는 서로 다르다. 먼저 용량을 보자면 배럴이
200리터, 혹스헤드는 250리터, 벗과 펀전트는 500리터이며, 용도
를 따지자면 배럴과 혹스헤드는 각각 미국 버번위스키와 스카치
위스키의 숙성에 많이 사용되고, 벗은 셰리 와인의 숙성에, 그리고
펀전트는 위스키의 장기 숙성에 쓰인다.

또 다른 방으로 들어가자 갤러리 같은 공간에 기다란 유리병들이 나란히 놓여 있었다. 사람들이 "이게 뭐지?" 하는 의아한 표정을 짓자 가이드가 "유리병 앞으로 가서 하나씩 향을 맡아 보세요."라는 것이다. 유리병의 개수를 세어보니 모두 15개였고, 각 유리병에는 '신선한 과일', '초콜릿', '사과', '스파이시', '시트러스', '플로럴', '말린 과일', '바닐라' 등 15가지 아로마의 이름이 적혀 있었다. 이제껏 위스키 아로마 키트^{aroma kit}는 많이 보았지만 이렇게 커다란 병에 담긴 건 처음 보는 것이었다. 여하튼 이런 발상은 꽤 좋은 것 같다. 위스키를 제대로 이해하려면 위스키 재료나 제조 공정에 대해 잘 알고 있어야 하지만 기본적인 위스키의 아로마를 익혀두는 것 또한 매우 중요하니까 말이다.

시음 위스키는 다섯 가지가 나왔다. 그 가운데 하나는 무색투명한 스피릿이었다. 우리는 먼저 스피릿을 맛보고 이어 셀렉트 오크^{Select Oak}, 앰버^{Amber}, 15년산 올드 파인 오크^{Old Fine Oak}, 18년산 올드 셰리 오크^{Old Sherry Oak}를 차례로 시음하였는데, 연달아 다섯 잔을 마시고 나니 아침부터 알딸딸한 기분이 들었다.

투어가 끝나자 가이드가 증류소 건물 뒤쪽으로 가볼 것을 권하며 "나중에 차가 다니는 도로를 만나려면 한 시간 정도 걸리지만 경치가 아주 좋아요."라는 것이었다. 그런데 아까 증류소로 들어올 때와는 정반대 길이라 사람들이 갈지 말지 머뭇거리고 있자 가이드가 "가보는 게 좋을 거예요!"라면서 재차 권유를 하는 것이

1 스파이사이드 강을 따라 늘어선 초원
2 스페이사이드 강에서 낚시를 하는 한 남자

다. 그렇다면 한 번 가보지 않을 수 없을 것 같은데, 그래도 혼자 가면 심심할 것 같아 다른 사람들에게 "같이 가실래요?"라고 했더니 젊은 남자들은 모두 흔쾌히 따라가겠다고 하여 독일인 두 명과 이탈리아인 한 명과 함께 일행이 되었다. 하지만 그때까지도 모두 '뭐가 있다는 거지?' 하는 표정이었다. 나도 마찬가지였다. 그러다가 잠시 후 눈 앞에 펼쳐진 광경을 보고 나서 우리는 모두 "와!" 하면서 탄성을 질렀다. 그리고 길게 이어진 스페이강과 널따란 초원에서 한적하게 풀을 뜯어 먹고 있는 양과 소 들을 보니 왜 '스페이사이드'라는 이름이 생겨났고, 맥캘란 증류소가 이곳에 자리 잡은 이유를 알겠다 싶었다.

오늘은 날씨가 계속 좋아서 마치 봄날에 소풍을 나온 기분이었는데, 예기치 못했던 멋진 풍광까지 만나니 모두가 신이 난듯 갑자기 말들이 많아졌다. 특히 몸집이 큰 독일인은 성격이 쾌활하고 붙임성이 있어 대화를 나누기가 아주 편했고, 젊은 이탈리아인은 자신이 밀라노의 바텐더라며 "위스키를 좋아해 일본 위스키 증류소도 여러 곳 가보았다."고 해서 친근감이 느껴졌다. 독일 친구들은 "어제 글렌모렌지와 글렌그란트Glen Grant를 다녀왔다."고 하고, 이탈리아 친구는 "택시를 타고 카듀Cardhu 증류소에 갔었다."고 했다. 그들의 이야기를 듣고 있으니 '스페이사이드에 정말 위스키 증류소가 많구나!' 하는 생각이 다시 들었다.

계속 강을 따라가다 보니 저 멀리 한 남자가 강물 안으로 들어가 낚싯대를 드리우고 있는 모습이 보였다. 그 평화롭고 유유자적한 모습을 보고 나니 왜 많은 사람들이 스페이사이드를 찾아오는지가 단박에 이해되는 느낌이 들었다. 어제 저녁 크라이겔라키 호텔 앞에서 만난 남자가 주로 어디로 낚시를 가는지도 대충 감이 잡혔다. 어쨌든 오늘은 이래저래 만족스러운 증류소 탐방이었다. 이런 걸 보고 "꿩 먹고 알 먹고"라고 하는 걸까?

스페이사이드의 다운타운,
아벨라워와 더프타운

오후에는 호텔을 옮길 계획을 세웠다. 크라이겔라키에서 소정의 목적을 달성했으니 딱히 이곳에서 계속 지낼 이유가 없었기 때문이다. 게다가 아벨라워Aberlour 다운타운도 한번 보고 싶어 택시를 불러 가보았더니 채 10분이 걸리지 않았다. 택시에서 내리자 마을 중간에 교회와 자그마한 공원이 자리 잡고 있고, 길 건너에 자그마한 호텔이 하나 있어 바로 체크인을 마치고 나왔다. 그리고 바로 호텔에서 5분 거리에 있는 아벨라워 증류소를 찾아가 안쪽에 있는 건물을 돌아보고 매장에서 위스키 눈요기도 실컷 하고 나왔다. 아벨라워 위스키는 오늘 저녁 동네 바에서 한잔할 요량이다. 그렇다면 오늘 밤 음주 계획은 확정된 셈이니 지금부터 낮 동안에 할 일만 정하면 되었다. '그럼 뭘 하면 좋을까? 맥캘란 증류소에서 만난 유럽 친구들처럼 택시를 불러 카듀나 글렌그란트 증류소에 다녀

아벨라워 증류소의 전경

아벨라워 증류소의 위스키

올까? 아니면 좀 더 멀리 그렌리벳에 가볼까?' 잠시 고민하다가 택시를 불러 스페이사이드의 중심가라고 할 수 있는 더프타운으로 갔다. 역시나 택시를 이용하는 것이 가장 편했으나 요금은 만만치 않게 나왔다. 지금처럼 아벨라워에서 더프타운 정도를 왔다 갔다 하는 것은 그래도 괜찮지만 좀 더 멀리 있는 증류소를 혼자 택시로 다녀오는 것은 좀 낭비라는 생각이 들었다. 원주민이 아닌 여행자는 누구나 얼마간 경제학자가 될 수밖에 없다.

어제 버스를 환승할 때도 느꼈지만 더프타운은 약간 번화가 느낌이 나는 곳이었다. 그렇다고 해서 시끌벅적한 정도는 아니고, 자그마한 광장을 중심으로 몇몇 가게들과 레스토랑이 늘어서 있을 뿐이다. 그런데 주변을 돌아다보니 버스 정류장 앞에 자그마한 아이스크림 집이 하나 보이고, 길가에 "발베니 위스키 아이스크림"이라고 적혀 있는 선간판이 보였다. '위스키가 들어간 아이스크림이라!' 그 맛이 궁금하여 바로 안으로 들어가 발베니 위스키 아이스크림을 사가지고 나와 바로 한 입 베어 물었더니 맛이 꽤 좋았다. 마치 발베니 위스키가 살랑살랑 꼬리를 치며 올라오는 것 같은 느낌이랄까? 그런데 아이스크림을 먹다 보니 괜스레 '이 안에 발베니 위스키가 몇 방울 정도 들어갔을까?' 궁금해졌다. 아마도 간에 기별도 가지 않을 양이겠지만, 어쨌든 오늘 더프타운 여행은 발베니 위스키로 시작하였다. 그렇다면 왜 이곳에서 발베니 아이스크림을 팔고 있는 걸까? 그건 바로 지근거리에 발베니 증류소가 있기 때문이다.

발베니 증류소는 더프타운 버스 정거장에서 다시 아벨라워 방향으로 5분 정도 걸어가면 된다. 그러니까 발베니 증류소는 더프타운의 초입에 있다고 할 수 있다. 이런 연유로 발베니 증류소 옆 도로에는 여러 개의 이정표들이 세워져 있다. 한 표시판을 보니

발베니 증류소 옆 도로의 이정표들

1 발베니 증류소
2 발베니 성城
3 글렌피딕 증류소

"더프타운 1/2마일, 스페이사이드 쿠퍼리지 3마일, 크라이겔라키 5마일, 그린리벳 15마일"이라고 적혀 있다.

발베니 증류소는 길 건너 숲속에 숨박꼭질 하는 아이처럼 숨어 있었고, 발베니 증류소에서 이어지는 언덕 위로 올라가면 영락한 모습의 자그마한 발베니 성城이 자리 잡고 있다. 그리고 여기서 다시 언덕을 내려와 더프타운 쪽으로 가다 보면 글렌피딕 증류소가 보인다. 이처럼 두 증류소가 어깨를 맞대고 있는 이유는 두 곳 모두 윌리엄 그랜트 & 선스William Grant & Sons 소유이기 때문이다.

나는 두 곳 증류소를 적당히 둘러본 후 다시 더프타운 쪽으로 발걸음을 옮겼는데, 사실 더프타운 근처에도 증류소가 여러 개 있지만 오늘은 그냥 마음이 이끌어주는 대로 걸어 다니고 싶다는 생각이 강했다. 잠시 후 더프타운 중심가를 벗어나자 조용한 주택가가 나타나더니 이내 더프타운 증류소와 모트라흐 증류소가 모습을 드러냈다. 그리고 계속 한적한 길을 따라 발걸음을 옮기자 길옆으로 시냇물이 흐르고 있고, 자그마한 팻말에 '글렌피딕 강'이라고 적혀 있는 게 보였다. 그 건너편에는 글렌듈란 증류소Glendullan Distillery가 있었다. 내친김에 조금 더 걸어가 보았더니 파크모어 증류소Parkmore Distillery까지 보였다. 역시나 스페이사이드답게 가는 곳마다 증류소였다.

이곳저곳 정말 마음 가는 대로 걷다 보니 시간이 꽤 흘렀다. 아마도 족히 세 시간은 걸은 것 같다. 아니나 다를까 다시 더프타운 버스 정류장으로 돌아와 시계를 보니 저녁 7시 반이 훌쩍 넘었다. 그렇다면 시내버스는 끊겼다는 이야기인데, 그럼 아벨라워로 어떻게 돌아가지? 잠시 생각해보았지만, 사실 이런 고민을 할 필요는 없었다. 그냥 택시를 부르면 되니까 말이다. 그런데 그 순간 오늘은 왠지 트레킹 하는 기분으로 아벨라워까지 걸어가고 싶은 생각이 들어 거리 표시판을 확인해 보니 "더프타운에서 아벨라워 5.4마일"(약 8.6킬로)이라고 적혀 있는 게 아닌가. 이 거리면 아무리 부지런히 걸어간다 해도 아벨라워에는 밤 10시나 돼야 도착할 수 있으니 이건 너무 늦는다 싶었다. 이때 불현듯 좋은 생각이 하나 떠올랐다. '자동차 도로를 따라가지 않고 더프타운 마을 뒤쪽으로 나 있는 초원을 가로질러 가면 어떨까?' 하는 것이었는데, 사실 이 생각은 실행에 옮기면 안 되는 것이었다.

'일단 가보자' 하는 심정으로 버스 정거장 뒤쪽으로 걸어 들어가자 한적한 길이 이어지고, 자그마한 표시판에는 "아벨라워 4마일"이라고 적혀 있어 나는 부지런히 발걸음을 옮겼다. 그런데 갑자기 좁은 흙길이 나오고 드넓은 초원이 이어지는 게 아닌가. 그리고 이 길로 과연 사람들이 다니는지 의문이 들 정도로 썰렁한 정취가 감돌았다. 게다가 어둠도 점점 짙어지고 있었다. 나는 애써 초조한 마음을 추스르며 걸음을 재촉했는데, 갑자기 눈앞에 두 갈래 길이 나타나는 것이다. 그런데 표시판이 없다. 아니 이럴 수가! 참으로 난감한 상황이었다. '왼쪽 길? 아니면 오른쪽 길?' 어디로 가야 할

1 더프타운 증류소
2 모트라흐 증류소
3 그랜듈란 증류소
4 파크모어 증류소

더프타운 마을의 뒷길

지 판단이 서지 않았다. 그리고 벌써 시간이 저녁 8시 반인지라 지금 어느 길을 선택하건 1시간 정도는 더 걸어가야 하는데, 문제는 그러다가 길을 잘못 들어 헤매기라도 하면 오늘 밤 안으로 호텔로 돌아가지 못할 수도 있다는 것이다. 나는 할 수 없이 가던 길을 멈추고 발걸음을 오던 길로 돌렸다.

다행히 더프타운 버스 정류장으로 돌아와 택시회사에 전화를 걸었더니 바로 데리러 오겠다고 한다. 사실 택시를 타면 아벨라워까지 불과 10분도 걸리지 않는데, 길도 제대로 모르면서 초원을 가로질러 가려고 했으니 참으로 무모한 결정이었다.

아벨라워에서
밤늦게 위스키 한잔

호텔에 도착하고 나니 어느새 밤 9시 40분이 다 되었다. 피곤하고 배도 고팠다. 하기야 오늘은 점심도 먹지 않고 온종일 싸돌아다녔으니 그럴 만도 하다. 그래도 지금이라도 배를 채우는 게 좋을 듯하여 일단 호텔 앞 마켓에서 닭 꼬치구이와 콜슬로를 사다가 간신히 허기를 달랬는데, 뱃속에 음식이 들어가자 노곤함이 몰려왔다. 하지만 위스키를 한잔 하지 않을 수 없다. 이건 내가 이곳에 온 이유이기도 하니까.

내가 찾아간 곳은 아벨라워 증류소 건너편에 있는 매쉬 툰 위스키 바Mash Tun Whisky Bar였다. 이곳은 이름 그대로 당화조처럼 생긴 2층짜리 건물인데, 아래층이 술집이고, 위층은 자그마한 호텔이다. 건물은 1896년에 지어졌다고 했다. 안으로 들어가자 사람들로 떠들썩했지만 분위기는 동네 술집처럼 소박하여 마음 편히 위스

1 매쉬 툰 위스키 바의 전경
2 매쉬 툰 위스키 바 내부의 모습
3 크라갠모어 12

키 한잔 하기에는 아주 좋아 보였다. 나는 먼저 아벨라워 10으로 가볍게 몸을 풀고 나서 이어 아벨라워 아부나드 캐스크 스트랭쓰 Aberlour A'Bunadh Cask Strength를 골라 마셨는데, 역시나 61도의 캐스크 스트랭쓰답게 불덩이가 내 가슴을 툭 치면서 내려가는 듯했다 이내 몸이 푹 가라앉는 느낌이었다. 그래도 나는 속으로 연신 "크! 아! 크! 아!" 소릴 내며 위스키를 즐겼다.

이런 내 모습을 본 걸일까? 한 젊은 남자가 내게 다가오는데, 약간 술에 취한 듯하여 '뭔 일이지?' 하면서 그를 올려다보자 그가 "아 저기 맥캘란……" 하면서 내게 말을 걸어왔다. 자세히 보니 맥캘란 증류소의 투어 가이드였는데, 아까는 맥캘란 증류소의 복장을 하고 있었으나 지금은 검정색 옷으로 갈아입고 있어 바로 알아보지 못했다. 그래서 나도 반가운 얼굴을 내보이며 "아까 길을 알려줘서 고맙다."는 말을 전했다. 그러자 그가 "잠시만 기다리세요."라고 하더니 바 쪽으로 가서 젊은 여자 두 명을 다른 테이블에 앉혀 놓고는 다시 내게 돌아와 "저기 가서 넷이서 함께 와인을 마시자."고 한다. 사실 나는 이럴 때 웬만하면 기꺼이 합석하는 편인데, 지금은 피곤한 탓에 마음이 끌리지 않았다. 게다가 어제 독일 사람들과 실컷 떠들어대면서 위스키를 많이 마신 터라 오늘은 혼자서 조용히 위스키를 즐기고 싶어 그에게 "미안하다."는 말을 전하고 다시 홀짝거리며 나만의 위스키를 즐겼다.

자정이 훌쩍 넘었지만 위스키를 한 잔 더 하고 싶어 또 다른 스페이사이드의 위스키인 크라갠모어Crangganmore 12를 골랐는데, 이 위스키도 58.4도나 되는 캐스크 스트랭쓰 위스키다. 여하튼 내가 연이어 이런 위스키를 찾는 걸 보니 어느덧 캐스크 스트랭쓰 중독자가 되어가는 듯도 싶었다. 그리고 도수가 센 위스키를 한 모금, 한 모금 거듭 마시고 나자 점점 더 몸이 가라앉는 것 같고, 모든 세상사가 갸륵하게 느껴지면서 자연스럽게 하루가 정리되는 기분이

아벨라워 다운 타운의 야경

었다. 사실 생각해보면 오늘도 화려한 날이었다. 그리고 무리하기도 했고, 걷기도 많이 걸었다. 그래서 그런지 계속 갈증이 심해 나는 바로 테넌트 생맥주를 시켜 꿀꺽꿀꺽 들이키면서 하루를 마무리했다.

바를 나오자 희미한 가로수 불빛만 거리를 밝히고 있을 뿐 사방이 고요하다. 하지만 아벨라워는 이런 적막감이 꽤 잘 어울리는 곳 같다. 위스키를 한잔해서 그런지 모르겠지만.

'위스키 라인'
기차를 타다

스페이사이드를 떠나는 날이다. 내가 머무는 동안에는 다행히 날씨가 좋았는데, 오늘은 아침부터 비가 내렸다. 나는 택시를 불러 발베니 증류소 옆에 있는 자그마한 간이역인 더프타운 기차역으로 갔는데, 원래 이곳에서 출발하는 철도의 이름은 키스 & 더프타

더프타운 기차역의 외관

키스 & 더프타운 레일웨이를 오가는 기차

운 레일웨이Keith & Dufftown Railway이지만, 지금은 위스키로 유명한 더프타운과 키스 두 마을을 오가기 때문에 '위스키 라인The Whisky Line'이라고도 불린다. 그리고 두 마을 간의 거리는 18킬로미터이며, 시간은 기차로 불과 38분밖에 걸리지 않는 짧은 여정이다.

오전 10시 15분. 기차가 기적을 울리며 역을 빠져나오자 어제 보았던 증류소들이 하나씩 보이더니 글렌피딕 강과 스페이 강이 모습을 드러냈다. 그리고 잠시 후 기차가 숲속을 빠져나오자 이내 넓은 초원이 눈 앞에 펼쳐지고, 어느덧 키스역이 눈에 들어왔다.

기차가 멈추자 사람들이 저마다 커다란 짐을 끌고 우르르 몰려나가기에 나도 무작정 이들을 따라갔다. 한 10분 정도 걸어갔을까? 자그맣고 소담한 동네가 보이고, 어린이 놀이터 길 건너편에 스트라스 아일라 증류소Straithisla Distillery와 시바스 리갈Chivas Regal이라고 적힌 건물이 눈에 들어왔다. 안내판도 보였는데 "낮 12시에 문을 연다."고 쓰여 있었다.

오늘 가이드는 태국 출신의 젊은 여자였다. 그녀는 "지금은 위스키 생산을 쉬는 기간이지만 증류소 시설은 모두 돌아볼 거"라고 하면서 위스키 공정에 관한 이야기를 풀어놓았는데, 가이드의 말이 속사포처럼 빠른 게 인상적이었다. 아마도 위스키 증류소에 처음 온 사람들은 가이드의 말을 따라가기가 쉽지 않을 것 같았다. 하지만 나는 이미 이야기의 맥락을 많이 들었던 터라 그녀의 간결하고 명확한 설명이 아주 좋았고, 증류소 시설도 복습하는 기분

키스 행 기차 안에서 바라 본 풍광

1 스트라스아일라 증류소의 안내판
2 스트라스아일라 증류소의 전경

으로 여기저기 돌아보고 나서 다시 방문자 센터로 돌아왔다.

테이스팅 룸은 아주 깔끔하고 고급스러웠다. 테이블 위를 보니 스트라스아일라 12, 그레인^{Grain} 12, 시바스 리갈 엑스트라, 시바스 리갈 18이 한 잔씩 놓여 있고, 위스키 잔을 받치고 있는 하얀 종이 위에는 위스키의 풍미를 간략하게 적어 놓았다. 가이드는 먼저 "시바스 리갈은 블랜디드 위스키이며, 싱글 몰트 위스키인 스트라스아일라 위스키와 그레인위스키grain whisky를 섞어 만든다."고 간단한 사실을 알려주었다. 그녀의 말처럼 블랜디드 위스키는 여러 가지의 싱글 몰트 위스키와 그레인위스키를 섞어 만드는데, 여기서 그레인위스키란 '보리 몰트 이외에 옥수수나 밀 등 발아되지 않은 곡물로 만든 위스키'를 말하는 것이다. 그러니 당연히 그레인위스키는 100퍼센트 보리로 만든 싱글 몰트 위스키와 맛이 다를 수밖에 없다. 또한 그레인위스키는 그 자체로 출시되는 경우는 드물고, 주로 블랜디드 위스키를 만드는 데 사용된다. 나는 싱글 몰트 위스키와 그레인위스키의 맛을 비교해볼 요량으로 스트라스아일라 12년산과 그레인위스키 12년산을 연이어 맛보았는데, 역시나 두 위스키는 맛은 확연히 구분되었다. 종이에 적혀 있는 대로 스트라

1 시바스 리갈 사社의 테이스팅 룸
2 시바스 리갈 위스키
3 스트라스아일라 위스키

스아일라 위스키는 맛이 진하고, 그레인위스키는 맛이 가벼운 편이었다.

이어 시바스 리갈 위스키와 스트라스아일라 위스키도 함께 마셔봤는데, 이 둘도 서로 맛이 달랐다. 한마디로 말하자면, 시바스 리갈이 보다 마시기 편하고, 스트라스아일라 위스키는 개성이 좀 더 강하다고 할 수 있다. 그런데 사실 이런 말은 다른 싱글 몰트 위스키와 블랜디드 위스키에 대해서도 할 수 있는 이야기다. 이처럼 싱글 몰트 위스키는 증류소마다 맛이 다르기 때문에 위스키 애호가들이 즐겨 찾는 반면, 블랜디드 위스키는 일반인들의 입맛에 맞게 만들어져 대중적인 선호도가 높은 편이다. 하지만 둘 중 어느 위스키가 좋다고는 말할 수 없다. 그건 사람들의 취향에 달린 문제이니까. 취향은 옳은 것도 없고 틀린 것도 없다.

시음을 끝내고 잠시 매장에 들러 여기저기 돌아다니다 보니 시바스 리갈 25년산이 눈에 들어왔다. 가격을 보니 225파운드였는데, 옆에 있는 시바스 아이콘Chivas Icon은 2,800파운드나 됐다. 그렇다면 왜 같은 블랜디드 위스키인데도 이처럼 가격 차이가 나는 걸까? 그건 블랜디드 위스키에 들어가는 싱글 몰트의 함유량이 서로 다르기 때문이다. 당연히 고급 블랜디드 위스키일수록 숙성 연도가 높은 싱글 몰트가 많이 들어가 있다.

증류소를 나와 다시 키스역을 향해 가다 보니 시바스 브라더스 사社의 글렌 키스Glen Keith 증류소가 보인다. 사실 아까 스트라스아

글렌 키스 증류소

일라 증류소 매장에서 위스키를 구경할 때 글렌 키스 위스키가 많이 눈에 띄었는데, 이제 그 이유를 알겠다.

나는 키스역에서 기차를 타고 엘긴을 거쳐 한 시간 만에 인버네스 역에 도착하였다. 인버네스는 벌써 세번째 방문이다. 이 말인즉슨, 인버네스가 교통의 요충지라는 뜻이다. 그러니 나 같은 여행자들은 이곳을 자주 드나들 수밖에 없다. 나는 짐을 끌고 인버네스 안쪽으로 들어가 네스Ness 강과 인버네스 성이 보이는 곳에 숙소를 잡고 나서 잠시 강변에서 산책을 마치고 인버네스 시내를 가벼운 마음으로 돌아보았다. 하지만 위스키는 하루 쉬기로 했다. 내일 아일랜드에 가서 마시면 되니까. 그래도 인버네스에 다시 온 기념으로 맥주는 한잔 했다.

아일랜드,
오랜만이야!

오랜만에 아일랜드로 간다. 10년 전에는 맥주를 마시러 갔었는데, 이번에는 위스키를 찾아서 간다. 다행히 아일랜드는 스코틀랜드보다 여행계획을 짜기가 그리 어렵지 않다. 왜 그럴까? 그 이유는 간단하다. 위스키 증류소가 스코틀랜드에 비해 많지 않으니까. 이게 정답이다. 어? 위스키 역사가 오래되었다고 들었는데, 어떻게 증류소가 별로 없지? 궁금할 터이지만 이건 아일랜드 위스키의 역사를 잠깐이나마 들여다보면 금방 알 수 있다. 사실 19세기까지는 아일랜드가 스코틀랜드보다 더 많은 증류소를 가지고 있었고, 아이리시위스키의 전성기였던 1800년대 말에는 나라에서 허가를 받은 증류소가 88곳이나 있었다. 하지만 1, 2차 세계대전과 아일랜드 독립전쟁, 그리고 미국 금주법의 영향으로 아일랜드 위스키는 계속 쇠락의 길을 걸었다. 이후 증류소의 수도 급감하여 1930

년에 6개로 줄었고, 1960년에는 3개밖에 남지 않았다. 게다가 이 3 개의 증류소도 1966년에 하나의 회사로 합병되었다. 이 정도면 아이리시위스키의 몰락이라고 해도 과언이 아닌 셈이다. 그나마 다행인 것은 최근 아이리시위스키가 부활의 조짐을 보이고 있다는 것이다. 옛 증류소들도 다시 기지개를 피고 있고, 소규모의 위스키 증류소들도 하나씩 생겨나고 있다. 아마 10년 후에는 증류소를 찾아가는 길이 좀 더 복잡해질지 모르겠다. 개인적으로는 그랬으면 좋겠다.

이번 아이리시위스키 여행길에서는 먼저 북아일랜드에 있는 올드 부시밀스Old Bushmill's 증류소를 갔다가 벨파스트에서 아일랜드 남쪽으로 내려오면서 코크Cork, 킬라니Killarney, 케리Kerry를 차례로 다녀오려고 하는데, 이 정도면 대충 아이리시위스키에 대해 감이 잡힐 것 같다.

세계에서 가장 오래된
올드 부시밀스 증류소

오전 11시 20분에 벨파스트로 가는 비행기를 탔다. 비행기는 강한 프로펠러 소리를 내면서 하늘로 올라갔다. 그러고 나서 한 10분 정도 지났을까? 어느새 비행기가 글래스고 상공을 벗어났는가 싶더니 파란 바다가 보이고, 이어 기장의 안내 방송이 들려왔다. "현재 벨파스트는 화창하며 기온은 섭씨 19도입니다. 이 비행기는 20분 후에 벨파스트에 도착할 예정입니다." 이처럼 매번 영국과 아일랜드를 오갈 때마다 느끼는 거지만 두 나라는 참으로 가까운 이웃 나라임에는 틀림없다. 적어도 거리상으로는 그렇다는 이야기다. 그렇다면 위스키도 같은 맛일까? 그건 아일랜드에 가보면 확인할 수 있을 것이다.

　벨파스트 공항에서 버스를 타고 벨파스트 시내에 있는 버스 터미널에 가보았더니 부시밀스 마을로 가는 버스가 오후 1시 45분

하늘에서 바라 본 벨파스트의 모습

에 있다. 이 버스를 타면 4시 25분에 부시밀스 마을에 도착하니 그리 가까운 거리는 아니다. 게다가 스코틀랜드와 아일랜드를 오가는 뱃길에 비하면 아주 돌아서 가는 길인 셈이다. 하지만 처음으로 북아일랜드에 간다고 생각하니 벌써부터 마음이 설렌다. "네가 오후 네 시에 온다면 나는 세 시부터 설렐 거야. 네 시가 가까워질수록 더 행복해지겠지."라고 말한 『어린 왕자』에 나오는 사막여우의 심정이었달까.

　2시간 반 너머 도착한 부시밀스 마을은 작고 아담한 곳이었다. 게다가 자그마한 식당들도 여럿 있어 위스키 한잔 하며 하룻밤 묵고 가도 아주 좋을 것 같다. 마을 중심가를 지나 살짝 언덕진 길을 따라가자 저 멀리 올드 부시밀스 증류소가 보여 나는 먼저 방문자 센터로 들어가 40분짜리 위스키 투어를 신청했다. 8파운드를 내

작고 아담한 부시밀스 마을   부시밀스 증류소의 방문자 센터

면 세 가지 위스키를 시음할 수 있는 프로그램인데, 아마도 지금은
위스키 생산을 쉬는 기간이라 투어 시간이 조금 짧은 것 같다.

오늘의 투어 가이드는 젊은 남성이 맡았다. 그는 먼저 "올드 부
시밀스 증류소는 400년이 넘는 역사를 가지고 있는 세계에서 가
장 오래된 증류소"라고 소개하면서 아이리시위스키와 부시밀스
증류소의 역사에 대한 이야기를 풀어 놓았다. 그의 말에 따르면
"원래 아일랜드를 대표하는 포트 스틸 위스키pot still whiskey는 발아
보리(몰트)와 미*발아 보리를 주재료로 사용하여 3회 증류를 거쳐
만들어지는 것이 통례이지만, 오늘날 이러한 전통 제조법을 지키
는 곳은 많지 않다."며 "올드 부시밀스 위스키는 일반적인 포트 스
틸 위스키와 달리 3회 증류를 한 몰트 위스키와 그레인위스키를
블랜딩하여 만들어진다."고 알려주었다.

증류소 시설을 모두 돌아보고 나자 가이드는 "각자 건물 안에

있는 레스토랑에 가서 올드 부시밀스 10, 올드 부시밀스 12, 블랙 부시를 마시면 된다."고 했다. 그렇다면 올드 부시밀스 위스키의 맛은 어떨까? 한 마디로 맛이 부드러워 마시기가 편했다. 그래서 그런지 오늘도 위스키 세 잔을 비우는 데 그리 시간이 걸리지 않았다. 한 잔 더 하기로 마음을 먹었다. 게다가 이렇게 먼 곳까지 왔는데 평소 즐기던 위스키만 마시고 갈 수는 없는 노릇이다. 그래서 이번에는 올드 부시밀스 위스키 가운데 가장 숙성 연수가 오래된 위스키인 21년산 싱글 몰트 부시밀스를 골랐는데, 이 위스키는 19년간 버번 캐스크와 셰리 캐스크에서 숙성한 위스키를 다시 마데라 madeira 와인 캐스크에서 2년간 재숙성하여 만들어진 것이라 좀 전에 마신 위스키들보다 훨씬 깊은 맛이 느껴졌다. 역시 돈을 쓰니 위

올드 부시밀스 위스키

스키의 맛도 달라졌다.

증류소 구경을 마치고 다시 시내로 돌아왔다. 한잔 더할까 살짝 고민이 됐다. 하지만 벨파스트로 가는 버스 시간을 확인해 보니 조금 후에 버스가 한 대 올 예정이고, 그다음 버스는 막차라서 불안감이 엄습했다. 물론 부시밀스 마을에서 하룻밤 묵고 가도 되지만 아일랜드에서도 돌아다닐 곳이 많고, 지금은 커다란 가방을 끌고 다녀야 하는 처지인지라 오늘은 아쉬운 마음을 뒤로 하고 그냥 벨파스트로 넘어가기로 했다.

벨파스트에서
아이리시위스키에 푹 빠지다

벨파스트에 도착하니 벌써 저녁 8시가 훌쩍 넘어 부리나케 스마트폰을 꺼내어 호텔을 검색해보았으나 시간이 늦어 숙소를 찾기가 쉽지 않았다. 그나마 마음에 드는 중급호텔이 하나 있어 체크인을 마치고 나니 9시 반이 지났다. 배도 매우 고팠다. 그렇다면 밥 먼저? 위스키 먼저? 잠시 고민했지만 결국 선택은 위스키였다. 게다가 벨파스트가 항구도시라서 그런지 정서적으로 묘하게 술이 당기는 곳이다. 바다와 술? 같은 물이라서 그런가? 물론 과학과는 먼 이야기지만 바닷가에 올 때마다 술이 더 생각난다. 그 신비한 욕망의 기원을 나는 모르겠다.

　나는 술 마실 확률을 높이기 위해 펍과 레스토랑이 많이 모여 있는 캐시드럴 쿼터Cathedral Quarter 쪽으로 발걸음을 재촉했다. 그리고 한동안 큰길을 따라가다 골목 안으로 들어가자 화려한 색감의

1 듀크 오브 요크 펍 거리의 벽화
2 듀크 오브 요크 펍의 외관
3 듀크 오브 요크 펍 내부의 모습
4 그린 스폿 샤토 레오빌 바르통

벽화가 가득 차 있고, 내가 미리 점찍어 둔 듀크 오브 요크The Duke of York 펍 밖에서는 사람들이 맥주잔을 들고 담소를 나누고 있었다. 그런데 펍 안으로 들어가자 바 앞쪽은 물론이고 테이블 자리도 사람들로 꽉 차 있다. 혹시나 해서 안쪽 홀을 들여다보니 라이브 공연이 한창인데, 이곳도 대만원이다. 이 집은 매일 이러는지 모르겠지만 이날 밤은 완전 파티 분위기였다. 문제는 내가 앉을 자리가 눈에 띄지 않았다는 것이다.

그렇다고 물러설 내가 아니다. 나는 오늘은 여기서 무조건 마셔야 한다는 일념으로 펍 안을 구석구석 뒤져 마침내 빈자리를 하나 찾아내 자리를 잡고 앉았다. 그러고는 이번 위스키 여행을 위해 만든 '나만의 위스키 수첩'을 꺼내 들고 '오늘은 뭘로 시작하면 좋을까?' 생각하면서 이리저리 훑어보고 있노라니 그린 스폿Green Spot 이 "저요, 저요." 이러면서 얼굴을 내미는 듯한 느낌이 들었다. 그렇다면 오늘은 산뜻하게 그린 스폿으로 시작하는 곳도 좋을 듯해 젊은 여성 바텐더에게 "그릿 스폿 한 잔 주세요."라고 하자 그릿 스폿은 세 가지가 있다면서 "먼저 향을 맡아보라"고 권하는 것이다. 그래서 내가 하나씩 냄새를 맡아보고 "다 좋은데요."라고 하자 그녀는 그린 스폿 샤토 레오빌 바르통Green Spot Château Léoville Barton을 가리키며 "가격은 조금 비싸지만 맛이 아주 좋아요. 한번 마셔보세요."라고 했다. 그녀 말마따나 이 위스키는 한 잔에 10파운드 조금 넘는 가격인지라 그리 싼 거는 아니지만 이런 식으로 권하면 마셔보지 않을 수 없는 거다. 게다가 일반 그린 스폿과 옐로 스폿 Yellow Spot은 이미 많이 마셔보았던 터라 바텐더가 권한 위스키에 먼저 눈이 가기도 했다.

샤토 레오빌 바르통 위스키는 마셔보지 않아도 대충 그 맛을 짐작할 수 있다. 위스키의 이름에 힌트가 들어 있기 때문이다. 아마도 프랑스 와인에 대한 지식이 있는 사람이라면 "아 이거 보르도Bordeux 와인하고 관계가 있는 거 아냐?"라고 말할지 모른다. 맞다. 실제로 샤토 레오빌 바르통은 프랑스 보르도 지역의 생줄리엥Saint-Julien에 있는 포도밭의 이름이며, 이 위스키는 생줄리엥의 와인을 숙성시켰던 오크통에서 재숙성한 것이라 위스키 이름이 '샤토 레오빌 바르통'이 된 것이다. 보르도 와인을 떠올리면서 한 모금 하자 그린 스폿 특유의 상큼한 향이 올라오면서 내게 미소를 짓는 듯하더니 이내 위스키가 내 몸속을 스멀스멀 파고든다. 역시나 빈속에 마시는 위스키 한 잔은 치명적일 정도로 맛난다. 실제로도 '치명적'일지 모르겠지만 말이다. 그런데 주변이 조금 시끄럽다. 이곳은 벨파스트에 온 기념으로 혼자 축배를 들기에는 꽤 좋지만 차분히 위스키를 음미하기에는 너무 들뜬 분위기다. 이곳에서는 샤토 레오빌 바르통 한 잔으로 만족하고 조용한 곳으로 장소를 옮기기로 했다. 위스키를 음미하는 데 있어 나는 애호가로서 남다른 진심과 정성을 갖고 있다고 자부하고 있으니까.

사실 벨파스트에 오기 전에 찜해 놓은 술집이 하나 더 있었다.

비틀스 바의 외관   비틀스 바 내부의 모습

바로 비틀스바Bittles Bar였다. 그런데 수첩을 꺼내 영업시간을 확인해 보니 11시에 닫는다고 적혀 있다. '아, 여길 먼저 갔어야 했는데!' 뭔가 불길했다. 아니나 다를까 잽싸게 짐을 챙겨 나와 잰걸음으로 찾아갔으나 이미 밤 10시 45분이 넘었다. 하지만 이곳에서 위스키 한잔이라도 하고 싶어 바에 들어가 주인에게 "혹시 몇 시에 닫으세요?"고 슬며시 물어보았더니 다행히 "밤 12시"라고 한다. '휴! 됐다.' 나는 안도의 숨을 내쉬며 바 안쪽에 자리를 잡고 앉았다.

바는 작고, 아담하고, 조용했다. 내가 좋아하는 술집 조건을 모두 갖추고 있는 셈이다. 게다가 위스키 종류도 꽤 다양했다. 그 모습을 보니 이제야 제대로 된 술집에 들어온 것 같아 마음은 매우 흡족스러웠으나 "뱃가죽이 등에 붙었다."고 말하고 싶을 정도로 허기가 느껴졌다. 하지만 이 시간에 음식이 있을 리 만무하니 그냥 참을 수밖에 없다. 그래도 한 시간 정도 여유가 생겼으니 아이리시

위스키나 제대로 맛봐야겠다.

　다시 가방에서 수첩을 꺼냈다. 그러고는 잠시 머릿속으로 마실 순서를 궁리해보았는데, 좀 전에 산뜻한 맛의 위스키를 마셨으니 이번에는 스모키한 위스키로 분위기를 바꾸어 보는 것도 좋을 것 같아 바에 가서 주인에게 코네마라Connemara를 한 잔 달라고 했다. 그러자 주인이 코네마라 위스키 다섯 병을 가져오더니 바 테이블에 나란히 펼쳐놓는다. 와우! 코네마라가 다섯 종류라니! 이러니 현지에 올 수밖에 없다. 그는 "오리지널은 5파운드이고, 12년산은 조금 더 비싸지만 조금밖에 남지 않았으니 5파운드만 내라."고 한다. 그렇다면 당연히 12년산이다. 나는 코네마라 위스키를 건네받고 다시 자리에 앉았다.

　코네마라는 '아이리시위스키의 이단아'라고 할 수 있는 매우 흥미로운 위스키다. 왜냐하면 코네마라는 다른 아이리시위스키와는 달리 스모키한 맛이 강하기 때문이다. 이런 코네마라를 마시고 있노라니 마치 아일랜드에서 아일라섬을 바라보고 있는 기분이 든다. 그런데 갑자기 배에서 '꼬르르' 신호를 보내면서 "야! 지금 밥이 들어와야지. 술을 먼저 넣고 있으면 어떻게 하나!"라고 투덜대는 것만 같다. 하지만 지금은 참아야지 별도리가 없다. 사실 10년 전 아일랜드로 맥주 여행을 왔을 때도 이랬다. 하나 달라진 게 있다면, 그때는 맥주를 끼니로 삼아 마셨는데, 지금은 위스키가 이를 대신하고 있다는 것뿐이다. 어쨌든 맥주나 위스키 모두 곡식으로 만든 거니 근본은 밥과 똑같다. 주식동원酒食同源이랄까? 나는 '뭐, 밥과 술의 차이일 뿐, 근본은 다 똑같은 거지'라고 내 자신을 속여가면서 꿀꺽 하고 잔을 비웠다.

다시 자리에서 일어나 위스키를 주문하러 갔더니 주인이 "코네마라 어때요? 좋죠?"라고 물어본다. 그래서 내가 바로 "12년산이라 더욱 좋네요."라고 맞장구를 치면서 "이번에는 파워즈Powers를 마시고 싶은데요."라고 하자 그는 파워즈도 다섯 종류가 있다면서 그중 네 가지를 꺼내 보여준다. 나머지 하나는 벽 찬장에 걸려 있다. 파워즈는 레귤러regular와 존스 레인Johns' Lane을 서로 비교하면서 마시고 싶어 둘 다 달라고 했다. 레귤러는 3.7파운드, 존스 레인은 8파운드였다.

다시 자리에 돌아와 두 위스키를 한 모금씩 마셔보니 역시나 파워즈는 전통적인 아이리시 포트 스틸 위스키답게 스파이시하면서 곡물의 풍미가 물씬 풍겼다. 게다가 허기가 점점 더 심해지니까 오히려 위스키의 맛이 보다 섬세하게 느껴졌다. 이처럼 음식과 술맛에는 반비례의 법칙이 적용된다. 이른바 '술맛과 음식량의 반비례 법칙'이다. 물론 세상에 이런 법칙은 없다. 내가 그냥 지어낸 말이다. 하지만 배가 고플수록 술맛이 좋아지고 배에 음식이 차면 술맛이 떨어지는 것은 분명한 사실이다. 그러니 공복空腹이 최고의 안주일 수밖에 없다.

내친김에 한 잔 더 해야겠다. 나는 다시 수첩을 들여다보고 이

1 코네마라 위스키   **2** 파워즈 위스키

3 틸링 33년산   **4** 틸링 위스키

                                      5 메소드 앤 매드니스 위스키

번에는 틸링을 마셔봐야겠다는 생각에 주인에게 "틸링 플리즈!"
라고 하자 나를 바라보는 주인의 눈빛이 달라진 것 같았다. 그도
그럴 것이 다른 테이블에 앉아 있는 사람들은 모두 맥주를 마시고
있는데, 나 혼자 아이리시위스키를 하나씩 골라가며 마시고 있으

니 그 모습이 유독 인상적이었을 것 같다. 그래서 그런지 주인이 선반에서 틸링 위스키를 세 병 꺼내 테이블에 올려놓고 나더니 나보고 "잠깐 안으로 들어와 볼래요?"라고 하면서 안쪽으로 먼저 걸어 들어가는 것이다. 그를 따라 바 테이블 안쪽으로 들어갔더니 자그마한 방이 하나 보인다. 주인은 "이곳이 제 웨어하우스입니다."라며 껄껄 웃더니 병 하나를 집어 들고는 "이건 틸링Teeling 33년산이고, 가격은 1,500파운드입니다."라고 자랑하듯 말한다. 우리 나라 돈으로 따지면 200만 원이 훌쩍 넘는 가격이니 그럴 만도 하다. 이어 그는 메소드 앤 매드니스Method and Madness 31년산도 보여주면서 "이것도 비싸게 샀어요."라고 신난 듯이 이야기하는 것이다.

어쨌든 오늘 이곳에 온 덕분에 아이리시위스키를 제대로 구경했다. 그리고 주인에게서 특별 대접을 받은 것 같아 덩달아 기분도 좋아졌다. 그렇다면 한 잔 더 마셔야겠다. 희한한 게 술집에 들어오면 꼭 더 마실 이유가 생긴다. 이게 바로 술의 마법인가 보다.

시계를 보니 벌써 밤 11시 30분이다. 하지만 지금 이곳을 빠져나갈 수는 없다. 아이리시위스키도 널려 있고, 사람들도 그리 많지 않아 아이리시위스키를 제대로 음미하기에 이보다 좋은 술집은 없을 것 같기 때문이다. 나는 "이런 기회는 놓칠 수 없지."라고 중얼거리면서 다시 위스키를 주문하러 갔다. 그랬더니 이번에는 주인이 먼저 메소드 매드니스 싱글 그레인single grain, 싱글 포트 스틸single pot still, 싱글 몰트single malt 세 가지를 보여주면서 싱글 그레인은 6파운드, 싱글 포트는 12파운드라고 가격을 알려주는 것이다. 나는 싱글 포트 스틸을 달라고 했다. 그리고 이제는 그냥 바 테이블에서 마시기로 하고 다시 흐뭇한 표정을 지으며 위스키를 음미하고 있자 주인이 내게 다가와 "지금 가장 좋은 위스키를 마시고 있는 겁니다." 하고 웃으며 말했다.

그런데 자정이 넘었는데도 주인은 문을 닫으려고 하지 않았다. 그렇다면 조금 더 머물러 있어도 될 것 같아 마시는 속도를 조금 늦추기로 했는데, 사실 이 집에 들어오고 나서 나름 꽤 바빴다. 먼저 마실 위스키를 선택하고, 바에 가서 위스키를 주문하고, 위스키병 사진도 찍고, 자리에 돌아와서 위스키를 음미하고, 시음 평을 수첩에 적고, 매우 할 일이 많았던 것. 이런 내 모습이 신기했는지 옆 테이블에 앉아 있던 여성이 내게 다가와 "책을 쓰는 건가요? 아니면 잡지 기사인가요?"라고 물어본다. 그래서 "지금 위스키 책을 쓰고 있어요."라고 하자 잠시 테이블 쪽에 와 있던 주인도 "이곳을 어떻게 알았나요?"라고 궁금해하기에 "벨파스트에 있는 펍과 바를 거의 모두 뒤졌어요. 제가 이런 건 잘 찾거든요. 그리고 이곳은 위스키 마시기가 너무 좋은 것 같아요."라고 하자 "찾아와줘서 고맙다."고 하면서 매우 흡족한 표정을 짓는 것이었다. 사실 내가 더 고마웠다. 이곳 덕분에 벨파스트와 아이리시위스키에 대한 좋은 추억이 생겼으니 말이다. 역시 아무 곳에나 가서 음식이나 술을 먹고 마시는 건 금물이다. 이건 음식과 술에 대한 나의 오랜 신념이자 철학인데, 오늘도 이걸 지키길 잘했다.

　00시 17분. 술이 오르며 약간 불쾌한 느낌이 들기 시작했다. 하지만 위스키 잔에서 손을 뗄 수는 없다. "내가 벨파스트에 오려고 얼마나 노력했는데." 그리고 "우리 나라에서 오자면 이곳이 얼마나 먼 곳인데."라고 현지인은 못 알아들을 혼잣말을 중얼거리며 다시 한 모금했다. 물론 스코틀랜드에서도 매일 밤 이런 핑계를 대면서 술을 마셨지만, 오늘은 위스키 한 잔 한 잔 음미하는 시간이 더욱 더 소중하게 느껴졌다. 그건 왜냐하면, 아일라섬에서 배가 고장 나지 않았다면 벨파스트에 올 일도 없었기 때문이다. 이것도 인연이다. 그러니 벨파스트에서 위스키의 밤을 제대로 보내지 않을 수 없다. 그리고 그 사이 주인과도 많이 친밀해졌다. 이것도 위스키가 준 선물이리라. 그런데 시간을 보니 0시 41분을 지나가는데도 주인은 여전히 문을 닫으려 하지 않는 것이다. 아마도 내가 먼저 마무리해야 영업을 마칠 것 같아 주인에게 "오늘 정말 위스키 잘 마셨습니다."라고 감사의 말을 전하고 나왔다. 이젠 배고픔도 사라졌다. 기분 좋은 취기만 느껴질 뿐이다.

드디어 400년 된 술집에서
밥을 먹다!

어젯밤도 위스키 덕에 잘 잤다. 이제는 위스키를 마시지 않으면 잠이 오지 않을 것 같은 기분이 들 정도다. 아침은 간단하게 블랙베리와 바나나 한 개로 때웠다. 그리고 잠시 벨파스트 시내를 걸어다니다 보니 볼거리가 제법 많다는 걸 알았다. 시내 중심 도네갈 광장Donegall Square에 있는 벨파스트 시청사도 멋지고, 세인트 앤 대성당St. Anne's Cathedral의 웅장한 모습도 인상적이었다.

점심시간이 다가오자 슬슬 배가 고파졌다. 게다가 아까부터 뱃속에서 "제발 밥 좀 주세요."라고 조르는 것 같아 잰걸음으로 시내 중심가에 있는 화이트태번White Tavern을 찾아갔다. 이곳은 일명 '벨파스트에서 가장 좁은 길' 안에 있는 유명 태번인데, 커다란 도로를 벗어나 좁은 골목길을 따라 들어가자 오랜 연륜이 느껴지는 집이 눈에 들어오고, 문 위에는 "벨파스트에서 가장 오랜 된 태번.

도네갈 광장의 벨파스트 시청사   벨파스트에서 가장 좁은 길

Whites Tavern, 1630. 어떻게 우리가 이 나라에서 이렇게 오랫동안 살아남았는지는 신神만이 알고 계신다."라는 문장이 적혀 있다. 400년 가까이 된 집이라! 그 모습이 무척 궁금하여 묵직한 나무 대문을 열고 들어가자 여느 아이리시 펍처럼 흥겨운 아이리시 음악이 흘러나오고, 테이블에는 사람들로 가득했다. 특히 나이 지긋한 손님들이 많았다.

　오랜만에 아이리시 태번에 들어왔으니 위스키를 한잔 하지 않을 수가 없다. 하지만 대낮부터 위스키를 스트레이트로 마시기에는 좀 그렇고 해서 토마스 진저 에일Thomas Ginger Ale이 들어간 위스키 칵테일 한 잔 주문하고, 식사 겸 안주로는 오늘의 스프와 모샘치(잉어과의 작은 민물생선) 튀김을 시켰다.

　잠시 후 넓은 접시 위에 모샘치 튀김과 함께 감자 칩, 완두콩이

1 벨파스트에서 가장 오래된 화이트태번
2 화이트태번의 내부 모습
3 토마스 진저 에일 위스키 칵테일과 모샘치 튀김

곁들여 나왔다. 모샘치 한 점을 뜯어먹어 보니 살이 야들야들하고 맛났다. 그런데 모샘치 튀김을 먹다 보니 갑자기 맥주가 생각났는데, 공교롭게도 이곳 벨파스트에서 코크의 맥주를 팔고 있는 게 아닌가! 그렇다면 미리 맥주로 코크를 느껴보는 것도 좋을 것 같아 코크의 코튼 볼 양조장Cotton Ball Brewery에서 만든 크래프트 맥주를 한 잔 달라고 했다. 물론 이것도 술을 마시기 위한 핑계에 불과하지만 어쨌든 이렇게 술이 있어 안주를 먹게 되고, 안주가 있어 술을 마시게 된다. 그러니까 이 둘은 떼려야 뗄 수 없는 관계이다. 그래서 '술과 안주'라고 부르는 건데, 이 둘을 잘 맞추면 천생연분처럼 되는 거고, 잘못 맞추면 악연이 되는 거다. 모샘치 튀김과 크래프트 맥주는 궁합이 아주 좋아 나는 며칠 굶은 사람처럼 접시를 깨끗이 비워버렸다. 물론 맥주도 한 방울 남기지 않고 다 마셨다. 오랜만에 제대로 된 점심을 먹고 나니 몸이 다시 충전된 기분이다.

10년만의
코크 여행

이제 아일랜드 남쪽으로 내려가면 된다. 나는 벨파스트에서 버스를 타고 잠시 더블린에 들렀다가 다시 코크 행 버스로 갈아탔다. 코크에는 밤 9시에 도착했으니 벨파스트에서는 5시간이 조금 넘게 걸린 셈이다. 게다가 B&B가 코크 터미널에서 조금 떨어져 있어 체크인을 마치고 나자 벌써 밤 10시가 넘었다. 하지만 이번 여행의 아이콘인 위스키 한잔은 해야겠기에 오늘도 나는 밤의 마왕魔王처럼 거리로 나왔다.

갈 곳은 미래 정해놓았다. 10년 전 맥주를 마시러 갔던 무톤 레인 인Mutton Lane Inn이다. 내 책 『유럽맥주견문록』에도 나오는 집인데, 오랜만이라 제대로 찾아갈 수 있을까 다소 걱정이 됐다. 그래도 한 가지 머릿속에 남아 있는 건 골목 안쪽에 있었다는 거였는데, 옛 기억을 더듬어가며 가보았더니 골목 벽화도 그대로 남아 있

1 무톤 레인 인 펍의 선간판   **2** 무톤 레인 인 펍의 골목 모습
3 무톤 레인 인 펍의 내부 모습

고, 펍 안쪽도 그다지 변한 게 없는 것 같아 다행이었다. 하나 달라진 게 있다면 크래프트 맥주가 새로 들어왔다는 거다.

사실 코크는 스타우트stout 맥주인 머피Murphy로 유명한 곳이다. 그래서 예전에 맥주 여행을 왔을 때는 머피 맥주만 마셨지만, 오늘은 다른 맥주를 마셔보는 것도 좋을 것 같아 바 테이블이 있는 곳으로 가보았더니 생맥주 탭tap이 여러 개 걸려 있다. 그리고 바텐더가 라이징 선스Rising Sun's 맥주 옷을 입고 있어 그 뜻을 물어보니 이

지역 말로 "좋다It's nice는 뜻"이라며 나에게 "여기 출신 아닌가요?"라고 물어보는 것이다. 재미있는 질문이다. 하기야 이 집에 오는 사람들이 거의 지역 사람들일 터이니 그렇게 물어보는 것도 당연한 것 같긴 했다. 여하튼 오늘의 첫술은 이 지역의 맥주인 라이징 선의 미 다자Mi Daza 스타우트로 정했다.

잠시 후 맥주가 가득 담긴 잔을 받아드니 "저 스타우트 맥주인데요."라고 뽐내듯 새까만 자태를 드러낸다. 그리고 바로 한 모금 하자 초콜릿 맛이 강하게 올라오는 게 아이리시 스타우트 맥주인 게 틀림없다. 게다가 오랜만에 현지에서 마시는 스타우트 맥주라서 그런지 유난히 맛있었고, 잔을 비우고 나니 몸이 서서히 풀리는 기분이 들었다. 실제로 오늘 같은 날 마시는 술 한 잔은 약藥이나 다름없다. 아니 술이 약이라고? 이렇게 반문하는 사람이 있을지 모르겠지만, 이럴 때면 꼭 들려주고 싶은 일화가 하나 있다.

몇 년 전, 나는 대학생들과 함께 아프리카로 여행을 간 적이 있다. 그때 우리는 며칠 동안 남아공에서 지내다가 다음 날 레소토Lesotho로 넘어가기로 했다. 그런데 레소토에서 머물기로 한 숙소가 산속에 있어 미리 음식 재료를 장만하려고 동네 마트에 들렀더니 그 옆에 술을 파는 리쿼스토어가 있는 게 아닌가! 나는 학생들에게 들어가 보자고 했다. 그러고는 위스키를 한 병 집어 들면서 "이건 비상용 약이야."라고 하자 한 여학생이 눈을 똥그랗게 뜨면서 "선생님, 어떻게 술이 비상용 약이 되나요?"라고 말하면서 의심의 눈길을 보내는 것이다. 마치 '선생님이 술을 마시려고 꼼수를 부리시는구나!' 하는 표정이었다.

다음 날 우리는 아침 일찍 남아공을 떠나 레소토로 향했다. 하지만 레소토로 가는 길은 쉽지 않았다. 오랜 시간 버스를 타고 가다가 다시 지프로 갈아타고 산으로 올라가야 하는 데다 산길도 아주 험한 탓에 학생들 얼굴에는 불안한 기색이 역력했다. 하긴 학생들 모두 첫 여행이라고 했는데, 멀리 아프리카 땅까지 와서 평소에 들어보지도 못한 레소토라는 나라를 가고 있으니 이래저래 마음이 복잡했을 것이다. 게다가 게스트하우스에 도착했을 때는 이미 날이 어두워졌고, 숙소 또한 깊은 산속에 있어 쌀쌀한 기운마저 감돌았다. 그리고 나도 아침부터 계속 차 안에 있었던 탓에 몸살 걸린 듯이 몸이 으스스했고, 학생들 얼굴에도 피곤이라는 두 글자가 선명히 쓰여 있는 듯했다. 이때 나는 비장備藏의 위스키를 꺼내 학생들에게 한 잔씩 따라주고 나서 "자! 레소토에 왔으니 한 잔씩 하자!"고 했다. 그러고는 모두 "건배!"를 외치고 꿀꺽 잔을 비웠는데, 잠시 후 어제 나에게 의구심 가득한 눈빛을 보냈던 여학생이 "아, 이제 알겠어요. 선생님이 위스키를 보고 비상용 약이라고 하신 말씀의 뜻을요."라고 말하면서 환하게 웃는 얼굴을 내보이는 게 아닌가. 아마도 그때 위스키가 없었더라면 다들 몸살이 났을 거다. 가끔 술은 이렇게 요긴하게 쓰일 때가 있다. 사실 과거에 위스키는 약으로도 많이 쓰였고, 옛 위스키의 이름도 '생명수生命水'라는 뜻의 '아쿠아 비태aqua vitae'였다.

　오늘도 나는 이 생명수를 한잔하려 한다. 메뉴를 훑어보니 위스키 종류가 꽤 많다. 사실 10년 전에는 오로지 맥주에만 정신이 팔려 위스키는 거들떠보지도 않았는데, 지금은 위스키만 눈에 들어온다. 첫 위스키는 싱글 포트 스틸 위스키인 레드 브레스트Red Breast 12로 정했는데, 이 위스키는 원래 옛 제임슨 증류소에서 1939년부터 만들어왔으나 지금은 코크에 있는 미들턴Midleton 증류소에서 생산된다. 바텐더로부터 레드 브레스트를 건네받고 바로 한모금 하자 나도 모르게 "좋다!"라는 말이 튀어나왔다. 하지만 오늘은 어제와 달리 위스키가 팍팍 넘어가는 느낌은 아니다. 사실 어제는 조금 흥분했었다. 그리고 오랜만에 아일랜드에 와서 들뜬 마음이 없지 않았으나 무엇보다도 좋은 위스키를 만나서 신난 듯이 마셨다. 무리한 것도 맞다. 하지만 무리하길 잘했다. 덕분에 아이리시위스키가 몸에 각인刻印된 셈이니까.

　오늘은 어두운 조명 때문인지 한잔 술에도 몸과 마음이 내려앉는 기분이 든다. 시끄러운 음악 소리도, 사람들의 재잘거림도 내겐 아무런 방해가 되지 않는다. 그건 아마도 위스키 때문일 것이다. 이처럼 위스키는 어디서건 나만의 시공간을 만들어 준다. 그래서 위스키를 마시고 있노라면 잠시 어디론가 떠나 있는 기분이 든다. 삼차원적인 공간이 무화되는 느낌이랄까. 게다가 지금처럼 비가 올 때는 위스키가 딱이다.

레브 브레스트 위스키

　잔을 비우고 나자 갑자기 허기가 느껴졌지만, 오늘은 배가 고파도 희망이 있다. 이곳에 들어오기 전에 치킨집의 영업시간을 확인해 두었기 때문이다. 그래도 11시 반까지는 나가야 닭튀김을 먹을 수 있을 것 같아 부리나케 아이리시위스키의 간판격이라고 할 수 있는 제임슨Jameson을 골라 마셔보았는데, 역시나 제임슨은 블랜디드 아이리시위스키답게 목 넘김이 좋고 닭튀김과도 잘 어울릴 것 같았다. 그래서 그런지 계속 치킨윙이 눈앞에 아른거려 도무지 위스키에 집중이 되지 않아 남은 위스키를 입에 털어 넣고 치킨을 사기 위해 밖으로 나갔다.

　프라이드치킨을 20분 만에 손에 넣고 종종걸음을 걸으면서 숙소로 향했다. 그런데 보슬비가 내려서 그런지 치킨윙의 고소한 기름 냄새가 스멀스멀 올라와 그 와중에도 참기 힘들 지경이었다. 나는 발걸음을 재촉했다. 그러고는 숙소에 도착하자마자 후닥닥 나만의 저녁상을 차려 놓고 닭튀김을 모두 해치웠다. 위스키가 없는 것이 조금 아쉬웠지만 고픈 배를 채우고 나니 몸에 대한 죄책감도 사라지고 비로소 하루가 마무리되는 기분이 들었다.

아이리시위스키 백화점,
미들턴 증류소

오늘 가장 먼저 찾아가기로 한 곳은 미들턴 증류소다. 이곳은 코크 버스터미널 근처에서 출발하는 미들턴 증류소 버스를 타면 쉽게 다녀올 수 있다. 시간도 불과 버스로 20분밖에 걸리지 않았는데, 미들턴 증류소를 처음 본 인상은 '예쁘다'였다. 회색 벽돌과 빨간 나무창으로 장식된 증류소 건물을 바라보고 있노라니 마치 동화 속에 나오는 집을 보는 듯했다.

　방문자 센터도 정성을 들여 깔끔하게 꾸며놓았다. 그리고 매장에는 제임슨, 그린 스폿, 파워스, 레드 브래스트, 메소드 앤 매드니스 등 내가 아일랜드에 와서 마신 위스키가 모두 진열되어 있었다. 그 모습을 보고 나니 한편으론 반갑기도 했지만, 아이리시위스키 역사의 단면을 보는 것 같아 마냥 즐거운 것만은 아니었다. 그 역사란, 1966년에 아일랜드의 위스키 증류소들이 한 회사로 합병되면

뉴 미들턴 증류소의 외관

서 기존의 증류소를 모두 폐쇄하고, 이곳 코크 현^{縣}의 미들턴 증류소에서만 위스키를 생산하도록 결정한 것을 말한다. 당시 더블린에 있었던 구^{舊} 미들턴 증류소도 1975년에 문을 닫아 현재 이곳 코크에 있는 미들턴 증류소를 '뉴^{New} 미들턴 증류소'라고 부르기도 한다. 어쨌든 소비자의 입장에서는 여러 위스키를 한눈에 볼 수 있어 편리하기는 하지만, 이렇게 많은 위스키 브랜드를 한 곳에서 만들고 있다고 생각하니 조금 쓸쓸한 마음이 드는 것도 사실이었다.

투어는 11시 45분에 시작하여 12시 15분에 끝난다고 했다. 투어치고는 조금 짧은 편이다. 아마도 지금은 위스키를 생산하지 않는 계절이라서 그런 것 같다. 우리는 먼저 아이리시위스키와 미들턴 증류소의 역사가 담긴 영화 한 편을 보고 나서 여러 건물을 옮겨 다니면서 증류소 시설을 돌아보았는데, 무엇보다도 가장 인상적인 것은 오랜 연륜이 느껴지는 커다란 나무 발효조와 둥글납

1 뉴 미들턴 증류소의 1차 증류시(와시 스틸)
2 뉴 미들턴 증류소의 커다란 나무 발효조
3 뉴 미들턴 증류소의 숙성고

작한 와시 스틸('포트 스틸'이라고도 부름), 즉 1차 증류기였다. 게다
가 나무 발효조의 용량은 무려 4,500갤런이나 되고, 와시 스틸 앞
에는 "1825년 만들어진 세계에서 가장 큰 와시 스틸이며, 용량은
143,872리터"라고 적혀 있다. 숙성고는 스코틀랜드 증류소처럼
단층 구조로 되어 있고, 오크통들도 세 겹으로 층층이 보관되어
있었다.

뉴 미들턴 증류소의 시음 위스키와 뉴 미들턴의 위스키

이제 시음할 차례였다. 테이블을 보니 1회 증류하여 새 아메리칸 오크통에서 숙성한 위스키, 2회 증류하여 시즌드 오크^{seasoned} ^{oak}(오크 나무를 적당한 크기로 잘라 실외에서 말려 만든 오크통)에서 숙성한 위스키, 3회 증류하여 시즌드 오크에서 숙성한 위스키가 준비되어 있었다. 그리고 위스키의 풍미를 적어 놓은 종이를 보니 1회 증류한 위스키는 '달콤한 풍미', 2회 증류한 위스키는 '강한 피트의 풍미', 3회 증류한 위스키는 '오크나무와 바닐라, 매우 달콤한 풍미'라고 설명되어 있었다. 이들 중 시중에서 시판되는 것은 3회 증류한 위스키다. 이렇게 오늘 테이스팅에서는 많은 위스키를 맛본 건 아니었으나 증류 회수와 숙성에 따라 어떻게 위스키 맛이 다른지 알 수 있어 나름 꽤 유익한 시간이었다.

아이리시위스키를 맛보려면
이곳으로!

코크에서 버스로 한 시간 반 걸리는 곳에 있는 킬라니^{Kilarney}는 아담하고 차분한 분위기가 무척 마음에 들었다. 내가 킬라니에 들른 이유는 아이리시위스키 익스피어런스^{Irish Whiskey Experience}를 둘러보고 이곳에서 위스키를 한잔 하고 싶었기 때문이다. 시내 안쪽으로 걸어가자 거리마다 원색으로 치장한 집들이 줄지어 있어 이곳이야말로 동화 속 마을을 거니는 기분이 들었다. 게다가 일찍이 문을 연 술집도 여럿 보였다.

아이리시위스키 익스피어런스 간판이 보이는 건물 안으로 들어가자 중정中庭처럼 꾸며진 곳에 둥근 나무판으로 벽면을 장식해 놓아 하나씩 들여다보았더니 1700년대에서부터 2000년대까지의 아이리시위스키 소사小史를 적어 놓은 것이었는데, 먼저 1700년대에 관한 글을 읽어보니 "1779년에 1,000곳의 위스키 증류소가 있

아담하고 차분한 분위기의 킬라니 다운타운

었으며, 1700년대 말에는 위스키가 아일랜드를 대표하는 국가적인 술이 되었고, 당시 2,000개의 증류기가 등록되어 있었다."라고 적혀 있다. 한때 화려했던 아이리시위스키의 역사를 한눈에 살필 수 있는 대목이다.

2000년대에는 어떤 변화가 있었는지 알고 싶어 다른 나무판을 들여다보니 "프랑스의 다국적 기업 페르노리차드Pernod-Richard의 자회사가 된 IDLIrish Distillers Limited에서 제임슨, 파워스, 패디Paddy, 털러모어 듀Tullamore Dew와 같은 위스키를 만들고 있으며, 이 회사의 프래그십 위스키들이 매년 급성장하고 있다."는 내용이 나오고, 이어지는 글에도 주류업계의 거물들이 여럿 등장하면서 "2005년에는 영국의 디아지오사가 부시밀스를 인수해 덩치를 키운 다음, 2014년에 멕시코의 호세 쿠엘보Jose Cuervo에게 팔아넘

아이리시 위스키의 소사를 적어 놓은 둥근 나무판

겼고, 2010년에는 스코틀랜드의 윌리엄 & 선스가 털러모어 듀의 브랜드를 사들였으며, 쿨리Cooley 증류소는 일본의 빔 산토리Beam Suntory의 손으로 넘어갔다.”는 이야기가 나온다. 이 글을 읽고 나니 “전 세계의 대기업들이 아이리시위스키를 장악하고 있구나.” 하는 생각이 들었지만, 다행히 글의 끝머리는 “2012년 11월, 케리에 있는 딩글 증류소Dingle Distillery에서 첫번째 위스키를 선보였으며, 이어 수많은 증류소가 문을 열 계획이거나 새로이 만들어지고 있다. 지금 아이리시위스키는 황금시대를 맞이하고 있다.”는 희망찬 구절로 끝나고 있다. 사실 앞선 글에서는 위스키업계의 공룡들이 판을 치는 듯한 모습을 보는 것 같아 그리 기분이 유쾌하지만은 않았는데, 이 말미의 문구를 보고 나니 조금이나마 숨통이 트이는 기분이다. 그와 함께 나도 이런 아이리시위스키의 새로운 도약과 흐름을 응원하는 의미에서 내일 딩글 증류소에 다녀오겠다는 계획을 세웠다.

자그마한 뜰을 지나 건물 안으로 들어가보았더니 깔끔하게 꾸며진 레스토랑과 바가 들어서 있고, 다른 한쪽은 카페 내부처럼 꾸며 놓았다. 나는 이곳에서 1시간짜리 위스키 강의를 들을 예정으로 원래는 마스터 클래스를 예약했는데, 막상 와보니 치즈와 위스키에 관한 강의를 듣고 싶어 직원에게 ‘위스키와 치즈 페어링’으로 변경할 수 없냐고 물어보았더니 “10유로만 더 내면 된다.”고 했다. 그래서 30유로를 지불하고 수업을 바꾸었다.

잠시 후 말쑥하게 차려입은 중년 남성 강사가 방 안으로 들어오더니 향수병 모양의 아로마 테이스팅 키트가 담긴 나무상자를 꺼내 놓는다. 그는 "먼저 위스키 아로마 테이스팅을 해보겠다."며 가장 오른쪽에 있는 병의 뚜껑을 열어 내게 건네주더니 "이건 무슨 향이죠?"라고 물어본다. 이건 맞히기가 그리 어렵지 않아 바로 "시나몬?"이라고 대답을 하니 맞다고 한다. 이어 내가 코를 킁킁거리면서 다른 병에 들어 있는 향을 맡아보고 "바닐라?", "캔디?", "빵?"이라고 말하자 "오! 잘 맞히는데요."라고 하면서 웃음을 짓는다. 그리고 내가 연이어 "넛맥^{nutmeg}", "토피^{toffy}?", "시트러스?"라고 하자 모두 정답이라는 것이다. 이렇게 하나씩 답을 맞혀가다 보니 제법 재미가 느껴졌다. 그가 다음 병을 내밀길래 다시 코를 들이대고 나서 "캐러멜 아닌가요?"라고 하자 그는 "아주 좋습니다."라면서 나를 추켜세운다. 다음 병은 피트 스모크인 게 분명하여 "스모키한데요."라고 하니 "오, 이 사람, 제법인데." 하는 눈치다.

　　사실 나는 후각이 발달해서 냄새를 잘 맡는 편이다. 가끔 농담으로 "감기 걸린 강아지보다 낫다."고 말할 정도로 냄새 맡는 데에는 자신이 있다. 어머니도 냄새에 민감한 걸 보니 선천적으로 후각이 발달한 것 같다. 하지만 내가 다른 사람보다 냄새를 잘 맡는다는 건 나중에서야 알게 된 사실이다. 이걸 좀 더 일찍 알았더라면 다른 길을 갈 수도 있었을 텐데, 타고난 재능을 살리지 못한 것 같아 가끔은 아쉬울 때가 있다. 그래도 이렇게 세계 곳곳으로

1 향수병 모양의 아로마 테이스팅 키트
2 위스키 테이스팅 용 위스키
3 위스키 테이스팅을 위한 위스키와 치즈 페어링

미식美食 미주美酒 여행을 다니면서 나름 타고난 후각의 재능을 써먹고 있으니 그리 억울하지만은 않다.

  아로마의 이름을 척척 맞히자 강사도 내 정체가 궁금한지 "혹시 식당에서 일하세요?"라고 물어본다. 그래서 원래는 인류학자인데 여행과 음식을 좋아해서 많은 나라를 돌아다녔고, 책도 여러 권 출간했으며 10년 전에는 아일랜드 맥주도 소개했다고 알려주고 나서 "지금 위스키 여행을 하고 있는데, 얼마 전에는 스코틀랜드의 아일라섬과 오크니섬도 다녀왔고, 그제 올드 부시밀스 증류소에 갔다가 오늘 미들턴 증류소에 들러 지금 이곳에 온 겁니다." 라고 하니 자못 놀라는 눈치였다.

잠시 강사와 그런 이야기를 주고받고 있는데 젊은 연인 한 쌍이 들어와 수강생이 셋으로 늘었다. 이들도 나처럼 아로마 테이스팅을 받고 나서 우리 셋은 함께 아이리시위스키에 관한 영상을 보았다. 위스키의 탄생에서부터 아이리시위스키의 흥망성쇠, 그리고 몇 년 전부터 아일랜드에 새로운 위스키 증류소가 생겨나고 있다는 이야기까지 흥미로운 이야기가 담겨 있었는데, 영화를 보고 나니 아이리시위스키의 역사가 머릿속에 체계적으로 정리되는 듯했다.

다음은 오늘의 주요 프로그램이라고 할 수 있는 '치즈와 위스키 페어링'이었다. 테이블 위를 보니 털러모어 듀, 레드 브레스트 12, 올드 부시밀스 10, 던빌스 베리 레어Dunville's Very Rare 10이 준비되어 있다. 이 가운데 올드 부시밀스와 레드 브레스트는 그제와 어제 마신 위스키들이고, 털러모어 듀는 제임슨 다음으로 높은 출하량을 자랑하는 블렌디드 아이리시위스키다. 바디감으로 따지자면, 레드 브레스트와 올드 부시밀스 10이 조금 묵직한 편이고, 털러모어 듀가 가장 가볍다. 그리고 던빌 베리 레어는 버번 오크통에서 숙성을 마친 후, 페트로 시메네스 셰리 캐스크^{Petro Ximenez sherry cask}에서 추가 숙성을 한 위스키다. 사실 이 위스키는 벨파스트에서 마셨으면 더욱더 좋았을 듯했다. 증류소가 벨파스트에 있으니까 말이다.

치즈도 부드러운 맛, 순한 맛, 크리미한 맛과 진한 맛의 고트 치즈, 네 가지를 내놓았다. 모두 이 지역에서 만든 치즈들이라고 하는데, 털러모어 듀는 순한 맛의 치즈, 올드 부시밀스는 부드러운 맛의 치즈와 잘 어울렸고, 묵직한 풍미의 레드 브레스트는 크리미한 치즈, 그리고 더욱 강한 맛의 던빌은 고트 치즈가 잘 맞았다. 역시 위스키와 치즈는 환상의 짝꿍이었다. 덕분에 위스키 4잔을 20분 만에 모두 해치웠다.

아이리시위스키와
낯선 사람들과의 즐거운 만남

수업이 끝나자 연인 커플이 내게 "바에 가서 함께 위스키를 마시자."는 제안을 했다. 물리칠 특별한 이유가 없었던 나는 "그러죠."라고 화답하고 나서 두 사람을 따라갔는데, 아까 아이리시위스키 익스피어런스 건물 안으로 들어오면서도 느낀 것처럼 바의 분위기는 더할 나위 없이 좋았다. 게다가 선반 가득 위스키로 가득 채워져 있는 모습을 보니 오늘도 아이리시위스키를 원없이 마실 수 있을 것 같다는 행복감이 밀려왔다.

바에 앉아 연인들과 정식으로 인사를 나누고 보니 남자는 북아일랜드 사람이고, 여자는 호주 브리스번^{Brisbane} 출신이라고 하는데, 두 사람 모두 그리스를 좋아해 "얼마 전 그리스의 툴라니^{Tulaney}에서 결혼식을 올리고, 양가 부모 친척 20명씩 40명이서 함께 1주일간 그리스 여행을 다녀왔다."는 것이다. 그리고 이들 부부는 "2

아이리시 위스키 익스피어런스의 위스키 바

주 더 여행을 하고 있는데, 지금은 아일랜드에서 위스키를 마시러 돌아다니고 있다."고 했다. 신혼여행을 위스키와 함께 하다니! 내게는 정말 꿈같은 이야기다. 젊은 부부의 파격적인 행보가 참으로 부럽게 느껴졌다.

　나는 이들의 말에 화답하며 "저도 지금 위스키 여행 중입니다." 라고 말하고는 가방에서 내 위스키 수첩을 꺼내 보여주었더니 두 사람 모두 "오!" 하며 놀라는 표정을 지었다. 그도 그럴 것이 자그마한 수첩 안에 갖가지 위스키 이름들이 빼곡히 적혀 있는 데다 위스키 여행 첫날부터 가지고 다닌 터라 이제는 오래된 문서처럼 조금 너덜너덜해졌기 때문이다. 그 해진 자국들이 수첩에 묘한 권위와 아우라를 부여하는 듯했다. 여하튼 이들 부부가 위스키에 관심이 많은 것 같아 아일라섬과 스페이사이드에 관한 이야기를 들려주면서 이번 여행에서 찍은 사진도 보여줬다. 역시나 오늘 밤도 술을 좋아하는 사람을 만나니 이야기가 술술 풀리는 느낌이었다. 게다가 둘 다 모두 성격이 개방적이어서 함께 술 마시기에도 마음이 매우 편했다.

내 옆에 앉아 있는 또 다른 남자는 바의 매니저였다. 어쩐지 아까부터 손님들에게 위스키에 관해 설명해주는 모습이 남달라 보여 누군가 했다. 잠시 그와 이야기를 나누면서 아이리시위스키 익스피어런스에 관해 물어보았더니 1년 전에 문을 열었다고 하는데, 아마도 내 생각에는 스코틀랜드 에든버러에 있는 스카치위스키 익스피어런스Scotch Whisky Experience를 본따 만든 듯 보였다. 물론 에든버러의 위스키 익스피어런스에 비하면 이곳은 소박하다고 할 정도로 자그마하다. 그리고 프로그램의 내용도 전혀 다르다. 한 마디로 에든버러의 위스키 익스피어런스가 관광객들을 위한 곳이라면, 이곳 아이리시위스키 익스피어런스는 위스키 애호가들이 좋아할 만한 공간이라고 할 수 있다.

내 앞에 서 있던 바텐더가 내 수첩을 슬쩍 들여다보더니 "아직 패디Paddy는 안 마셨네요?"라고 말을 건넨다. 내가 아직 마시지 않은 위스키에 빨간색으로 동그라미를 쳐놓았는데, 귀신같이 그걸 알아보고 그런 말을 한 것이다. 이 정도면 센스가 있는 친구다. 그렇다면 패디 위스키를 한 잔 마셔야 할 것 같아 바텐더에게 패디 센티나리Paddy Centenary 7년산을 달라고 했다. 이 위스키는 2013년

1 아이리시 위스키 익스피어런스 바에 진열되어 있는 위스키
2 아이리시 위스키 바 내부의 모습

에 100주년 기념으로 나온 한정판 아이리시 포트 스틸 위스키로 100년 전 코크 디스틸러스Cork Distillers의 레시피를 따라 만들어졌으며, 라벨도 그 당시 모습 그대로 재출시되었다. 병 라벨을 보니 "1913 2013"이라고 적혀 있다. 가격은 한 잔에 12.95유로로 조금 비싼 편이지만, 맛은 일반 패디 블랜디드 위스키보다 한 수 위였다.

패디 센티나리 7과 나포크 캐슬 14

100년 전의 위스키를 맛보고 나자 다음 위스키도 색다른 것으로 한 잔 하고 싶었는데, 역시나 눈치 빠른 바텐더가 나포그 캐슬 Knappogue Castle 14를 권한다. 이 위스키는 독립병입업자independent bottler(증류소를 소유하고 있지 않은 위스키 회사)인 캐슬 브랜즈사社 Castle Brands Inc.가 출시한 '싱글 몰트 아이리시위스키'이며, '나포그'는 게일어로 '입맞춤의 언덕'이라는 뜻이자 아일랜드 서쪽 클레어Clare에 있는 성城의 이름이기도 하다. 라벨에도 성의 모습이 그려져 있는데, 이 위스키는 버번 캐스크와 셰리 캐스크에서 14년 숙성을 하여 맛이 부드럽고 프루티한 풍미가 인상적이었다.

잔을 비우고 나자 바텐더가 내게 무슨 위스키를 좋아하느냐고 물어본다. 그래서 나는 얼떨결에 아드벡이라고 대답했다. 그런데 막상 말을 뱉고 나니 아차 싶었다. 아일랜드 위스키 가운데 하나를 말했어야 했는데, 갑자기 물어보는 바람에 나도 모르게 무심코 스카치위스키의 이름을 대고 만 것이다. 그러자 바텐더는 이번에도 재치 있게 "그렇다면 코네마라를 좋아하실 것 같네요. 이거 마시면 오늘 끝날 겁니다."라며 코네마라 터프 모르^{Connemara Turf Mor}를 보여준다. 그의 말대로 이 위스키는 스모키한 맛에다가 알코올 도수 58.2도인 캐스크 스트랭쓰다. 그러니 맛보지 않아도 대충 어떤 맛이 날지 짐작이 갔는데, 역시나 한 잔 달라고 해서 마셔보니 피티한 맛도 아주 강하고, 알코올 도수도 무척 세게 느껴졌다. 권투로 치자면 엄청난 한 방이었지만, 맛 하나는 꽤나 인상적이었다.

그런데 참으로 이상한 일이다. 사실 오늘은 연인들과 함께 가볍게 위스키 한잔하고 다른 곳으로 가려 했는데, 이렇게 또 계속 마시게 된다. 제대로 된 저녁을 먹기가 이렇게 어렵다니! 아마도 위스키는 음식의 천적^{天敵}인가 보다. 하지만 이 많은 위스키가 내 눈앞에 펼쳐져 있는데, 이를 마달 수도 없는 노릇이다. 마치 사랑하는 연인을 앞에 두고 떠날 수 없는 것처럼.

한 잔 더 할까? 잠시 고민하면서 오른쪽으로 고개를 돌리자 선반 끝에 일본 위스키들이 나란히 진열되어 있는 게 아닌가! 산토리^{Suntory}도 눈에 들어오고, 히비키^{Hibiki}의 모습도 보여 바텐더에게 "일본 위스키도 있네요?"라고 하자 매니저가 "미야히쿄도 있어요."라고 덧붙인다. 하지만 발음이 틀렸다. 맞는 발음은 미야히쿄가 아니라 '미야기쿄^{Miyagikyo}'다. 그래서 매니저에게 미야기쿄라고 말해주었는데도 계속 미야히쿄라고 한다. 그 광경이 재미있는지 내 앞에 서 있던 키 큰 바텐더가 껄껄 웃다가 "미야기쿄"라고 정확히 발음하길래 내가 "맞아요, 맞아요!"라고 말해주었더니 아주 신이 났다. 내친김에 이들에게 선반에 있는 일본 위스키 이름을 하나씩 알려주자 이들 모두 어린 학생들처럼 "미 야 자 키", "히 비 키"라고 또박또박 내 발음을 따라 했다. 그리고 이렇게 여러 명이 합창하듯 위스키 이름을 몇 번이고 부르다 보니 바가 시끌벅적해졌다. 아니 화기애애해졌다라는 표현이 더 맞을 것 같다. 신혼부부는 이 모습을 흡족한 듯이 바라보더니 "여행 잘하세요!"라고 하면서 먼저 자리를 떴다. 나도 그들에게 다시 한번 "결혼 축하합니다!"라고 인사말을 건넸다.

이제 나도 슬슬 마무리하는 게 좋을 것 같아 주섬주섬 짐을 정리하고 나갈 채비를 하고 있었는데, 바 테이블 한쪽 끝에 앉아 있는 한 젊은 남자가 나를 힐끗 쳐다보더니 자기네 일행과 함께 술을 마시자고 하여 나는 다시 가방을 내려놓고 이들 자리에 합석을 하고 말았다. 그리고 이렇게 오늘도 저녁 밥을 먹을 기회가 날아갔다.

내게 합석을 권하며 말은 건넨 사람은 미국 변호사였는데, "지금 뉴욕에 살고 있다."고 하여 "저도 미국 필라델피아에서 10년 넘게 살았어요."라고 했더니 그들 모두 "정말이세요? 지금 우리가 필라델피아 이야기를 하고 있었는데요."라고 하면서 놀라는 표정이다. 이왕 필라델피아 이야기가 나온 김에 이들에게 "혹시 영화《록키^{Rocky}》를 본 적이 있나요?"라고 물어보았다. 그러자 모두 봤다고 하기에 "그럼 영화에서 주인공 록키가 아침에 운동을 마치고 높은 계단 위에서 두 손을 힘껏 뻗치는 장면이 나오는데, 그 모습 기억하세요?"라고 말했더니 모두 그렇다고 하여 내가 다시 "그곳이 필라델피아 미술관인데, 제가 바로 그 앞 아파트에 살았어요."라고 하자 모두 "정말요? 믿을 수가 없네요."라며 모두 함박웃음을 짓는다. 오늘은 이렇게 영화《록키》로 서로 말문이 트였다. 물론 오늘도 술이 뚜쟁이 역할을 해준 거지만 말이다.

　이들과 인사를 나누면서 대화를 섞다 보니 변호사와 함께 술을 마시고 있는 두 젊은 남녀도 신혼부부였다. 덩치가 큰 남자는 오스트리아 출신이고, 인상 좋은 여자는 미국 텍사스 사람이었다. 변호사와는 이곳 바에서 우연히 만난 것 같은데, 이들 모두 맥주를 마시고 있어 나도 분위기를 맞출 겸 맥주를 한 잔 시켰다. 그러자 오스트리아 남자가 "한국말로 '프로스트^{Prost}'(독일 사람들이 건배할 때 사용하는 말)는 뭐라고 하죠?"라고 물어보길래 내가 "건배"라고 알려주었다. 그러고는 이들과 함께 '건배'를 외치며 시원스럽게 맥주를 들이켰다. 오스트리아 남자는 신이 났는지 갑자기 셀카봉을 들고 와서 함께 사진을 같이 찍자고 한다. 그러고는 바로 페이스북에 올린다고 했으니 아마 지금도 그때 찍은 사진이 어디선가 떠돌고 있을지 모르겠다. 내친김에 이들에게도 "지금 위스키 여행하고 있고, 내년에는 미국 켄터키로 버번위스키 여행을 가려 합니다."라고 했더니 변호사는 "저는 이런 국제적인 분위기가 아주 마음에 듭니다. 이렇게 여러 나라 사람들과 함께 이야기하면서 술 마시는 것을 아주 좋아하죠."라고 흥분된 어조로 떠들어댔다. 한동안 이들과 신나게 떠들면서 술을 마시다 보니 마치 시간을 도둑맞은 것처럼 훌쩍 밤이 흘러가 버렸다.

잠시 후 신혼부부는 "먼저 가보겠다."고 하면서 자리를 떴다. 이제 변호사와 나만 남았는데, 그가 "미국 위스키도 아주 좋아요."라고 자랑하면서 "버번위스키를 한 잔 사겠다."고 하여 한 잔 더 마셨더니 취기가 점점 올라오는 게 느껴졌다. 시간도 자정을 훌쩍 넘어 있었다. 그런데 변호사가 살짝 혀 꼬부라진 목소리로 "한잔 더 하러 가자."고 하여 아이리시 익스피어런스 옆에 있는 펍으로 들어가 한동안 바 테이블 앞에 서서 맥주를 마시며 이런저런 이야기를 나누었는데, 다음 날 일어나 보니 그날 밤 무슨 이야기를 했는지 잘 기억이 나지 않는 것이다. 아마도 그 변호사도 마찬가지였을 것이다. 그래도 유쾌하고 좋은 시간이었다는 것만은 머릿속에 남아 있다.

아이리시위스키의 새로운 희망, 딩글 증류소

아침 식사가 아주 마음에 들었다. 게다가 음식 서빙을 해주는 주인 딸은 미인에다가 매우 친절하기까지 했다. 나는 만족스러운 식사를 마치고 숙소를 나와 캐리 행 버스에 올랐다. 그런데 가는 길까지 한 폭의 그림 같았다. 아니 예술이라고 표현해도 과장이 아닐 정도로 아름다웠다. 한동안 양, 소, 말들이 한가히 노닐고 있는 초원과 파란 바다를 번갈아 감상하다 보니 어느덧 버스가 캐리 마을에 들어섰다. 시계를 보니 정확히 정오를 가리키고 있다. 그렇다면 켈라니에서는 1시간 반 걸린 셈이다.

버스에서 내리자 저 멀리 선착장이 보이고, 바로 앞에 자그마한 관광안내소가 있어 여성 안내원에게 딩글 증류소에 대해 물어보았더니 "10분 정도 걸어가면 된다."는 것이다. 아, 기분 좋은 거리다. 그렇다면 증류소에는 조금 있다가 가도 될 것 같아 잠시 선착

캐리 행 버스에서 바라 본 풍광

장 앞을 서성이고 있는데 갑자기 강한 바람과 함께 폭우가 쏟아지는 게 아닌가! 아, 이럴 수가! 잽싸게 가방을 뒤져 바람막이 옷을 꺼내 입었지만, 이미 때는 늦었다. 나는 예기치 못한 비의 일격一擊을 맞고 졸지에 비에 젖은 새앙쥐 신세가 되었다. 그나마 다행히 길 건너편에 어린이 박물관이 있어 옷매무새를 가다듬고 다시 밖으로 나왔더니 거짓말처럼 날씨가 활짝 개었다. 이럴 수가! 변화무쌍한 대기의 모습을 보고서는 나는 하늘에 대고 "지금 장난하냐?"라고 말할 뻔했다. 참으로 스코틀랜드와 아일랜드의 날씨는 변덕스럽기짝이 없다. 어쩌면 이렇게 날씨까지 서로를 빼닮았는지 경이로우면서도 기가 막혔다.

관광안내소 여직원이 알려준 대로 바다를 끼고 걸어가자 길 양쪽에 가정집과 원색으로 치장한 B&B가 여럿 늘어서 있었다. 한

1 캐리 항구의 모습
2 캐리의 다운타운

1 캐리 바닷가의 모습
2 딩글 중류소로 가는 길의 B&B

10분 정도 지났을까? 저 멀리 "딩글 증류소"라고 적힌 자그마한 건물이 눈에 들어오는데, 사실 멀리서 바라보면 그냥 오래된 창고 같은 모양새에다 뉴 미들턴 증류소와 같은 곳에 비하면 크기도 형편없이 왜소했다. 하지만 딩글 증류소는 아이리시위스키의 역사에서 꽤 중요한 의미가 있는 곳이다. 2000년대부터 아이리시위스키의 새로운 중흥을 꿈꾸며 설립되기 시작한 소규모 증류소의 선두격인 증류소니까 말이다.

그래서 그런지 규모에 비해 방문객들이 꽤 많았다. 어림잡아도 40명 정도는 되는 듯한데, 알고 보니 대부분 독일 단체관광객들이었다. 오후 2시에 투어가 시작되자 나이 지긋하고 몸집이 큰 남성 가이드가 커다란 목소리로 한동안 위스키의 역사에 관한 설명을 이어갔다. 그러다가 갑자기 "독일인 여러분, 다들 솔직하시죠? 그럼 어떤 위스키 좋아하세요? 스카치? 아이리시?"라고 물어본다. 그의 질문에 사람들이 모두 "아이리시!"라고 큰 소리로 대답하자 가이드는 만면에 웃음을 띠며 "그렇죠!"라고 큰소리로 호응하면서 "아일랜드에서는 1405년부터 위스키를 만들었지만, 스코틀랜드에서는 이보다 늦은 1494년에 위스키가 나타났죠."라고 자부심 서린 열변을 토했다. 그는 큰 몸집에 걸맞게 목소리도 쩌렁쩌렁하고 걸걸한 성격에다 농담도 곧잘 해서 투어 내내 웃음이 끊이지 않았다.

이어 가이드를 따라 위층으로 올라가자 발효조와 증류기가 한

눈에 들어왔다. 가이드는 다시 큰 목소리로 "곡물을 발효시키면 맥주가 되고, 다시 이 맥주를 증류시키면 스피릿이 만들어지죠. 그리고 스피릿을 오크통에 넣고 숙성시킨 것이 바로 위스키입니다." 라며 아이리시위스키 공정에 대해 열심히 설명하고서는 증류기에서 스피릿을 꺼내 사람들에게 나누어주면서 손에 문질러 보라고 권하는 것이다. 그의 말대로 스피릿을 손등에 묻히고 나서 잠시 기다렸더니 시원한 느낌과 함께 곡물 향이 솔솔 올라왔다.

시음하는 곳도 2층 끝에 마련되어 있었다. 사람들이 모두 자리를 잡고 앉자 가이드가 위스키와 진gin을 한 병씩 들고 왔다. 이처럼 딩글과 같은 작은 증류소에서는 위스키뿐만 아니라 진과 같은 증류주를 함께 만들기도 한다. 그건 왜 그럴까? 이는 제품의 다양화를 위한 것이기도 하지만 무엇보다도 경제적인 측면이 크다고 할 수 있다. 다시 말해서 위스키는 오랜 숙성이 필요한 술이기 때문에 딩글과 같은 곳에서는 증류를 마치고 바로 출시할 수 있는 진을 만들기도 하는 것이다.

오늘은 단체 관광객들이 많다 보니 시음하는 내내 다소 시끌벅적했다. 다행히 내 앞에는 미국 콜로라도에서 온 가족이 앉아 있어 이들에게 "지금 3주간 위스키 여행을 하고 있습니다."라고 말을 건네자 한 중년 여성이 "그럼 보통 혼자서 위스키 여행을 다니시나요?"라고 궁금한 듯 물어보길래 내가 다시 "원래 혼자 여행 다니는 걸 좋아하기도 하지만 위스키 여행은 함께 다닐 사람이 없어요."라

1 딩글 증류소의 외관
2 딩글 증류소를 알리는 안내판
3 딩글 증류소의 내부 모습

고 하자 모두 껄껄대며 웃기 바빴다. 옆에 앉아 있던 젊은 연인들이
오후에 킬라니에 갈 예정이라고 하기에 이들에게 어제 아이리시위
스키 익스피어런스 바에서 찍은 사진을 보여주었더니 "오 마이 갓.

위스키가 이렇게 많아요?"라며 놀라는 반응을 보였다. 아마도 이들은 오늘 저녁 이곳에 가서 위스키를 맛볼 것만 같다. 나는 이들과 잠시 이야기를 나누다가 증류소에서 선물로 주는 커다란 잔을 받아들고 밖으로 나왔다.

다시 선착장으로 돌아와 마을 여기저기를 돌아다녀 보니 캐리는 칼라니보다는 자그마하지만 아기자기하면서 정감이 넘치는 마을이라는 것을 다시 한번 느낄 수 있었다. 그리고 천천히 길을 가다가 언덕길이 보여 그쪽으로 잠시 올라가 보았더니 자그마한 빵집과 가게들이 줄지어 있고, 커다란 교회 앞에는 1899라는 숫자가 적힌 딕 맥스Dick Mack's라는 이름의 펍이 떡 하니 자리를 잡고 있었다. 100년이 넘은 술집이라니! 그렇다면 한번 들어가보지 않을 수 없다.

묵직한 나무 문을 열고 들어가자 한쪽에 가죽 공예품을 파는 자그마한 가게가 들어서 있고, 안쪽에는 자그마한 바가 자리 잡고 있는데, 앉을 곳이 마땅치 않았다. 그래도 일단 들어 온 김에 그린 스폿을 한 잔 받아들고 혹시나 해서 뒷문으로 나가보았더니 바로 뒤뜰이 나오고, 그 옆으로 크고 작은 방들이 미로같이 이어져 있다. 아마도 이곳은 커다란 가정집을 개조해 만든 술집인 것 같은데, 지금은 낮 시간이라 방들이 텅텅 비어 있었다. 사람도 없겠다, 나는 방 하나를 독차지하고 느긋하게 위스키를 즐겼다. 그러면서 가만히 생각해보니 아직 점심을 먹지 않아 나는 잽싸게 짐을 챙겨

1 캐리 다운타운의 딕 맥스 펍
3 딕 맥스 펍에서 마신 그린 스폿

2 딕 맥스 펍의 내부 모습
4 킬라니 다운타운의 저녁 풍광

나와 언덕 위에 있는 자그마한 빵집에 가서 샐러드와 오늘의 수프
로 간단하게 점심을 해결하고 킬라니 행 버스에 올랐다.

킬라니에 도착하니 가랑비가 내리다 그치다를 반복하고, 빗물
은 머금은 아스팔트 길은 가로등 불빛을 받아 수채화처럼 은은하
게 빛난다. 사실 오늘이야말로 술 한잔 하기 딱 좋은 날이다. 하지
만 술은 어제 충분히 마셨으니 오늘은 한 박자 쉬어가는 기분으로
지내는 것이 좋을 것 같다. 위스키는 내일 에든버러에 가서 다시 마
시면 되니까.

에든버러에서
가볍게 위스키 한잔

오랜만에 도시로 돌아오니 아무래도 조금 번잡한 느낌이 들었다. 게다가 숙소 잡기도 만만치 않아 어렵사리 호텔을 찾고 나니 이미 해가 넘어갔다. 하지만 나는 '오늘도 숙제를 해야지' 하는 심정으로 에든버러 중심에서 벗어나 웨스트엔드West End 쪽으로 걸어갔는데, 비가 내려서 그런지 지나다니는 행인도 별로 없어 거리에는 썰렁한 분위기마저 감돌았으나 다행히 내가 찾아 들어간 우스쿠아배 바Usquabae Bar는 고급하면서 중후한 분위기가 물씬 풍기고, 손님들과 웨이터의 차림새도 깔끔했다. 역시 에든버러 술집은 뭔가 다르긴 달랐다.

밤 10시가 다 되어 웨이터에게 음식 되냐고 물어보니 조금 후에 음식 주문을 마감할 거라고 한다. 나는 서둘러 메뉴를 훑어보고 나서 발베니 더블우드 12와 새우 오리 가슴살 스테이크를 시켰다.

1 비 오는 날의 애든버러 웨스트엔드
2 웨스트엔드의 우스쿠아배 위스키 바
3 발베니 더블우드 12와 새우 요리 가슴살 스테이크
4 우스쿠아배 바의 내부 모습

이 정도면 썩 괜찮은 저녁 식사가 될 듯싶었다. 게다가 위스키 가격은 4파운드밖에 되지 않았다.

잠시 후 한 접시 가득 오리 가슴 스테이크와 커다란 새우가 담겨 나와 먼저 위스키를 한 모금 하고 이어 오리고기 살점을 한 점 베어 무니 "캬!" 하는 소리가 절로 나올 정도로 맛이 좋았다. 선택한 메뉴가 나를 만족시킬 때의 기쁨, 행복이란 이런 소소한 만족이 하나하나 쌓이면서 만들어지는 것이리라. 나는 천천히 위스키와 음식을 음미하며 지난 며칠간 아일랜드에서 겪었던 일들을 수첩에 적어나갔는데, 생각해보니 이번 아일랜드 여행도 계획 반, 우연 반으로 만들어진 여정이었다는 생각이 들었다. 물론 아이리시위스키를 실컷 마신 게 가장 커다란 성과였지만, 예기치 않게 여러 사람을 만난 것도 큰 기쁨이었고, 새로운 곳에 가본 것도 좋은 추억이 되었다.

여행기 정리를 마치고 나자 밤 11시가 넘어 '한잔 더 할까?' 생각해보았지만 당장은 배가 불러 그리 위스키가 당기지는 않았다. 그래도 마음만은 만복滿腹의 느낌인지라 오늘은 위스키 한잔으로 하루를 마무리하는 것도 좋을 듯 싶었는데, 이런 내 마음을 알았는지 웨이터가 계산서와 토피 한 조각을 놓고 가면서 "매우 달다"고 한다. "그렇지. 토피는 달지" 하면서 토피를 입 안에 넣었더니 토피가 입 안에서 녹으면서 "달콤, 달콤" 하고 속삭이는 것만 같다.

스코틀랜드에서 가장 작은 증류소?
애드라도

토요일이다. 오늘은 글래스고 북쪽에 있는 피틀로츠리Pitlochry를 다녀올 요량으로 에딘버그 역에서 아침 9시 37분 기차를 타고 두 시간 남짓 지나 피틀로츠리 역에서 내렸는데, 기차에서 내리는 사람은 별로 없고 거리도 한산한 편이었다. 하지만 위스키 한잔 하며 하룻밤 묵고 가고 싶을 정도로 아늑한 마을 분위기가 몹시 마음에 들었다.

마을 안쪽으로 들어가자 자그마한 관광안내소가 보여 나이 지긋한 여성 안내원에게 애드라도Edradour 증류소 가는 길을 물어보 았더니 그녀는 "밖으로 나가 길을 걷다 보면 블레어 아톨Blair Athol 증류소가 보일 거예요. 그곳을 지나 두번째 길로 올라가면 폭포가 나오는데, 애드라도 증류소는 그 근처에 있어요. 지금 12시 30분 이니 오후 1시 투어에 할 수 있을 거예요."라고 하면서 지도에 동그

1 블레어 아톨 증류소의 전경
2 3 블레어 아톨 증류소의 위스키

라미 표시를 해준다. 폭포 옆 증류소라니! 그 모습이 무척 궁금해
질 수밖에 없었다.

한 손엔 우산, 다른 손에는 지도를 들고 길을 따라가자 안내원
의 설명대로 블레어 아톨 증류소가 눈에 띄어 잠시 매장에 들렀
다. 사실 블레어 아톨 증류소에서 만들어지는 위스키는 주로 블랜

디드 스카치 위스키인 벨스Bell's에 사용되기 때문에 시중에서 만나기가 그리 쉽지 않았는데, 잠시나마 시간을 내어 블레어 아톨 위스키를 구경할 수 있었다.

길을 가다 보니 왼쪽으로 난 샛길이 보여 긴가민가하면서 올라가 보았으나 좁은 산길만 이어질 뿐 증류소가 있을 분위기가 좀처럼 나타나지 않았다. 하지만 길을 물어볼 데가 없으니 계속 올라가는 수밖에 없다. 시계를 보니 투어 시간까지 딱 10분 남아 나는 가방을 메고 뛰기 시작했다. 사실 내가 이렇게 서두르는 건 이곳에서 증류소 투어를 마치고 다시 에든버러로 돌아와 스카치위스키 익스피어런스에 가려고 계획을 세워놨기 때문이다. 그렇다면 오후 1시 투어에 참가해야만 했다.

헉헉 소리를 내가며 발걸음을 옮기다 보니 멀리서 물 흐르는 소리가 들려왔다. '그렇다면 증류소가 가까이 있다는 건데.' 하지만 오후 1시에는 맞추기 힘들 것 같다. 그래도 열심히 달리다 보니 넓은 들판 너머로 빨간 건물이 하나 눈에 들어오고, 때마침 젊은 남녀 한 쌍이 걸어오길래 애써 헐떡거리는 숨을 참아가며 "저게 증류소인가요?"라고 물어보았더니 맞다는 것이다. 나는 그 말을 듣고 다시 뛰기 시작했다. 그런데 건물 옆으로 자동차 길이 나 있는 게 아닌가! 사실 어제 위스키 안내책에서 "애드라도 증류소는 역에서 편안하게 1마일만 가면 된다."는 문구를 보았는데, 그건 자동차로 오는 걸 말한 것이었다. 이 길로 왔으면 아주 쉬운 일인데, 나

1　애드라도 증류소의 이정표
2 3 애드라도 증류소로 가는 길

만 열심히 산속을 헤집고 온 거였다. 참으로 어이가 없다.

방문자 센터가 있는 건물로 걸어가자 문밖에 서 있던 여직원이 "투어 오셨어요?"라고 물어본다. 그래서 나는 애써 지친 얼굴을 내보이며 "예. 원래 1시 투어를 하려고 했는데 길 찾기가 힘들어서 조금 늦었어요."라며 변명 섞인 말을 건넸다. 이렇게 말한 건 '조금 늦었지만 지금 들어가면 안 되냐?'라는 뜻이었는데, 그녀는 태연한 표정을 지으며 "잠시 후에 다음 투어가 있어요."라며 미소를 내보인다. 이 말을 듣고 나니 '휴, 잘 됐다'라는 기분은 들었지만, 왠지 허망한 기분이 들었다. 이 사실을 미리 알았더라면 이렇게 힘들게 뛰어올 필요가 없었는데 말이다.

애드라도는 스코틀랜드에서 가장 작은 증류소로 알려진 곳이라 오래전부터 꼭 오고 싶은 곳이었다. 나는 먹고 마시는 것과 관련된 것이라면 무엇이든지 작은 것이 좋다. 그래서 평소 음식점이나 술집도 자그마한 집만 골라 다닌다. 이건 국내건 국외건 똑같다. 특히 뒷골목에 있는 소박한 분위기의 음식점이나 술집을 좋아하는데, 이건 양조장이나 증류소도 마찬가지다. 이렇게 자그마하고 아담한 게 좋다.

오늘 투어 가이드는 젊은 여성이 맡았다. 그녀는 먼저 위스키 시음을 하면서 애드라도 증류소에 관한 영화를 한 편 볼 것이라고 투어 순서를 알려줬다. 이것도 다른 증류소와 순서가 거꾸로다. 시음 위스키는 애드라도 10년산과 발레친Ballechin 10년산이 나왔다.

그런데 흥미로운 것은 이 두 위스키의 풍미가 전혀 다르다는 것이다. 두 위스키를 한 모금씩 마셔보니 애드라도 10에서는 약간 오일리oily하면서 진한 셰리의 풍미가 느껴졌고, 발레친 위스키는 스모키한 맛이 도드라졌다. 잠시 후 영화 상영이 끝나자 가이드가 사람들에게 "다들 어디서 오셨나요?"라고 물어보면서 자신은 현지인이며 이곳에서 1마일 걸리는 곳에 살고 있다고 웃으면서 밝힌다. 참가자들도 차례로 아일랜드, 이탈리아, 독일, 미국, 스위스라고 출신을 밝혔는데, 맨 끝에 서 있던 내가 "한국에서 왔습니다."고 하자 가이드가 "오! 오늘은 꽤 국제적이네요"라며 소리를 지르더니 "슬란자바Slàinte Mhaith"(스코틀랜드와 아일랜드에서 '건배'를 뜻하는 말)라고 하면서 잔을 높이 치켜드는 것이다. 우리도 그녀를 따라 슬란자바를 외치면서 잔을 비웠다.

　건물 밖으로 나가자 시냇물을 사이에 두고 증류소 건물들이 여기저기에 산재해 있는 것이 눈에 띄었다. 이것도 다른 증류소와 다른 모습이었는데, 우리가 먼저 들어간 곳은 숙성고였다. 가이드는 오크통 앞에 서서 "위스키 향이 느껴지시죠? 지금 여러분들이 위스키 향을 만끽할 수 있는 것은 바로 엔젤스 셰어angle's share 덕분이죠. 그리고 천사가 항상 웃는 얼굴을 하고 있는 것도 바로 이 위스키 향 때문이에요."라면서 환한 웃음을 짓는다. 그녀의 말대로 위스키는 오크통에서 조금씩 증발되어 없어지는데, 이를 '천사의 몫'이라는 뜻의 '엔젤스 셰어'라고 부른다. 엔젤스 셰어는 증류소마다 조금씩 차이는 있지만 일반적으로 매년 1~3퍼센트 정도의 위스키가 오크통에서 사라진다고 본다. 이어 그녀는 "애드라도 증류소에서는 위스키를 주로 와인 통에서 숙성하는 것이 특징"이라며 "와인 통마다 맛이 다르기 때문에 애드라도 위스키의 맛도 매우 다채롭다."고 힘주어 말했다.

숙성고를 나와 이번에는 다른 건물 안으로 들어가자 발효조와 증류기가 한 눈에 들어왔다. 발효조 용량은 그리 크지 않았고, 증류기도 작고 소박하게 느껴졌다. 실제로 애드라도 증류소에서는 1주일에 평균 12통의 위스키를 만든다고 했다. 이 말을 듣고 나니 '애드라도 증류소는 확실히 모든 게 크래프트 증류소다운 면모를 가지고 있구나!' 하는 생각이 들었다.

투어를 마치고 나니 이미 오후 2시 반이 지났다. 그렇다면 제시간에 에든버러로 돌아가기는 글렀다는 이야기다. 나는 잠시 매장에 들렀다. 그런데 위스키를 구경하다 보니 불현듯 애드라도 위스키 라벨에는 뭐라고 적혀 있는지 궁금하여 위스키병 하나를 집어 들었더니 "스코틀랜드의 작은 보석. 애드라도. 1825년 설립, 남부 하일랜드 피틀로츠리의 언덕, 포켓 글렌Pocket Glen에 자리 잡고 있다."라고 적혀 있다. 포켓 글렌(호주머니 계곡)? 이 말이 참 재미있다. 그렇다면 조금 전 내가 열심히 달려온 곳이 바로 호주머니 계곡이었던 것이다. 어쩐지 아까 산을 올라올 때부터 포근한 느낌이 들었는데, 알고 보니 내가 호주머니같이 생긴 계곡을 열심히 뛰어 왔던

자그마한 애드라도 증류소의 증류기　　　애드라도 증류소의 발레친 위스키

것이다. 돌아갈 때도 다시 그 길로 가야겠다는 생각이 들었다. 라벨 문구가 재미가 있어 계속 읽어보았더니 "애드라도 증류소에서는 다른 증류소들이 1주일 동안 만드는 위스키를 1년에 걸쳐 만든다. 지금도 단 세 명의 직인에 의해 만들어지는 진정한 핸드 크래프트 위스키hand craft whisky"라고 적혀 있고, 라벨 뒷면에는 오크통 앞에 서 있는 3명의 남자 직인의 모습이 그려져 있다. 역시나 애드라도는 '작지만 강한' 증류소임을 증명하고 있었다.

　나는 매장 구경을 마치고 자그마한 병에 담긴 애드라도 10년산과 12년산, 그리고 발레친 10년산과 버건디Burgundy 캐스크에서 숙성을 한 캐스크 스트랭쓰 위스키인 발레친 13년산을 사가지고 나왔다. 이번 여행길에서 증류소에서 위스키를 구입한 건 오늘이 처음이다. 사실 증류소마다 사고 싶은 위스키가 넘쳤지만 계속 짐을 들고 돌아다녀야 해서 위스키를 살 기회가 없었다. 이제는 위스키 여

애드라도 증류소의 전경

행도 끝나가고 며칠 후에 에든버러에서 글래스고로 넘어가기만 하
면 되기 때문에 위스키 몇 병 정도는 사두는 것도 좋을 듯 싶었다.

　그런데 애드라도 증류소 이야기를 끝내기 전에 하나 밝힐 게 있
다. 그건 애드라도 증류소가 더는 스코틀랜드에서 가장 작은 증류
소가 아니라는 것이다. 2013년에 애드라도 증류소보다 더 작은 스
트라턴 증류소Strathearn Distillery가 생겼기 때문이다. 하지만 에드라
도는 다른 대형 증류소에 비하면 앙증맞을 정도로 작고 사랑스러
운 증류소임에는 틀림없다.

에든버러 하이스트리트에서
닭을 품은 돼지고기와 위스키 한잔

며칠 후면 그 유명한 에든버러 축제다. 그땐 방 잡기도 힘들 것 같아 축제를 피해서 온 건데 벌써부터 이곳은 들뜬 분위기다. 오늘은 나도 이런 기분을 느끼고 싶어 에든버러에서 가장 유명한 거리인 하이스트리트High Street에 있는 알바나흐 바Albanach Bar를 찾아갔다. 첫 술은 아버펠디Aberfeldy 12로 정하고, 알바나흐 바의 명물 음식으로 알려진 발로랄 치킨Baloral chicken도 시켰다. 아버펠디는 조금 전에 다녀온 피틀로츠리에서 그리 멀리 떨어지지 않은 곳에 있는 증류소다.

먼저 위스키가 나와 한 모금 마셔보니 달큼한 맛과 가볍게 피트 스모크의 풍미가 느껴지는 게 식전주로도 꽤 잘 맞았고, 발로럴 치킨은 알고 보니 닭가슴살에 하기스를 넣고 베이컨으로 감아 만든 음식이었다. '닭을 품은 돼지고기'라고 할까, 여하튼 재미있는 음

1　애든버러의 하이스트리트
2 3　알바나흐 바
4　아버펠디 12
5　발로럴 치킨

식이었다. 그리고 발상도 좋다. 닭가슴살만 가지고 요리를 하면 식감이 조금 퍽퍽하게 느껴질 수도 있는데, 돼지고기가 겉을 감싸고 있어 먹기가 훨씬 편했고, 맛의 균형감도 꽤 좋았다. 게다가 안에는 하기스가 들어 있으니 위스키와 궁합이 좋을 수밖에 없다.

좋은 음식과 위스키를 눈앞에 두고 있으니 우군友軍을 만난 기분이다. 그렇다면 한 잔 더해야겠다. 다음 위스키는 캠벨타운 지역의 위스키를 마시고 싶어 젊은 웨이터에게 스프링뱅크Springbank 12를 달라고 했는데, 이 친구가 "21년산밖에 없다."는 것이다. 21년산이라! 사실 평소 같았으면 가격 때문에 주문을 망설였을지 모르겠지만, 지금은 그리 걱정할 필요가 없다. 오히려 이런 위스키는 스코틀랜드에 있는 동안 많이 마셔두는 게 좋다. 게다가 스프링뱅크 21년산은 현재 단종斷種이 되어 더이상 마시고 싶어도 마실 수 있는 위스키가 아닌가. 잠시 후 웨이터가 위스키를 가져다주면서 살짝 냄새를 맡고 나더니 "오!" 하는 탄성과 함께 눈을 번뜩인다. '그 정도라고?' 궁금한 마음에 바로 한 모금 마셔보았는데, 역시나 부드러우면서 묵직한 맛이 꽤 매력적이었고, 오랜 연륜을 자랑하듯 과일, 꿀, 오크, 그리고 약간의 스모키한 맛과 함께 바다 내음도 살짝 얼굴을 내미는 게 웨이터의 감탄사가 이해되는 맛이었다.

오늘도 잘 먹고, 잘 마셨다. 흡족한 마음으로 바를 나와 에든버러 성 아랫길로 내려가 잠시 밤거리를 배회하면서 하루를 마감했다.

《엔젤스 셰어》의 촬영지,
딘스톤 증류소를 가다

오늘 가장 먼저 찾아간 딘스톤^{Deanston}은 켄 로치^{Ken Loach} 감독 영화《엔젤스 셰어^{Angel's share}》의 촬영지로 알려진 곳인데, 에든버러에서 버스로 2시간이 채 걸리지 않는 곳에 있는 데다 버스 정거장도 증류소 바로 앞에 있어 오가기가 아주 편했다. 버스에서 내리자 바로 오랜 연륜이 느껴지는 건물이 바로 눈에 들어오고, 증류소 바로 앞에는 테이스^{Teith} 강이 흐르고 있었다.

건물 안으로 들어가자 깔끔하게 꾸며진 매장이 보였는데 식당도 꽤 넓은 편이었다. 하지만 아직 오전 시간이라 그런지 다른 방문객들은 보이지 않았다. 아니나 다를까 잠시 후 젊은 남성 투어 가이드가 나타나더니 "오늘 투어 참가자는 당신뿐입니다."라고 말하는 것이다. 그러고는 대뜸 내게 "어디서 오셨어요?"라고 물어본다. 그래서 내가 "한국에서 왔는데요, 서울이요."라고 답하자 그는

1 딘스톤 증류소 앞을 흐르는 테이스 강   **3** 딘스톤 증류소의 증류기
2 딘스톤 증류소의 외관

"저는 서울과 부산밖에 모릅니다."라고 하는 것이다. 나는 평소 습
관대로 손바닥에 우리 나라 지도를 그려놓고 "서울은 한국의 수도
이고, 부산은 항구도시로 두번째 큰 도시예요. 해산물을 좋아하
면 부산이 아주 좋죠."라고 알려주었다.

  가이드의 설명에 따르면 지금은 위스키 생산을 쉬는 기간이라 직접 위스키 제조 공정을 볼 수는 없다는 것이었다. 그래도 다른 증류소 투어처럼 발효조나 증류 시설은 모두 돌아보았고 이제 남은 건 대망의 숙성고다. 사실 내가 오늘 딘스톤 증류소에 오려 한 것은 바로 이 숙성고 때문이다. 그는 숙성고 안쪽으로 걸어가면서 내게 "부나하븐 가보셨나요?"라고 물어본다. 그의 질문을 받고 "아, 부나하븐요? 이야기가 깁니다."라고 주절거리고 싶었지만, 그냥 "물론이죠. 찾아가느라 힘들었어요."라고만 말했다. 알고 보니 딘스톤과 부나하븐은 자매 증류소였다. 어쩐지 매장에 부나하븐 위스키가 많은 것이 조금 의아했었는데, 그 궁금증이 풀린 셈이다. 가이드는 "딘스톤 증류소에는 7개의 숙성고가 있다."며 "지금 우리가 서 있는 곳은 두번째로 지어진 숙성고이고, 18세기에는 면화를 생산하던 공장이었다."라고 설명했다. 그런데 당시 이곳에서는 무려 500명 가량의 사람들이 일을 했다고 하니 대충 현재 숙성고의 규모를 짐작할 수 있다.

　가이드는 숙성고 한쪽에 놓인 오크통을 가리키면서 "저게《엔젤스 셰어》의 감독 켄 로치가 영화 촬영을 마치고 기념으로 남긴 사인입니다."라고 알려주었다. 다른 스태프들의 사인도 보이는데, 내 예감으로는 언젠가 켄 로치 감독이 이 오크통을 통째로 사갈 것 같은 느낌이 들었다. 아니면 위스키 경매에 나올지도 모르겠다. 내가 오크통 사진을 찍으며 여기저기 돌아다니고 있자 가이드가 내게 다가와 "딘스톤의 엔젤 셰어는 매년 2퍼센트"라며 내게 "그런데 왜 엔젤스 셰어라고 부르는지 아세요?"라고 질문을 던지더니 스스로 "그건 우리가 할 수 있는 일이 없기 때문이에요. 그래서 천사가 들어와 마신다고 생각하는 게 편하죠."라고 웃으면서 답하는 것이다. 틀린 말이 아니다. 실제로 위스키의 제조 공정을 생각해보면, 곡물의 선택에서 증류에 이르는 과정은 사람들에 의해 통제가 가능하지만, 숙성은 인간의 영역이 아니다. 그건 자연과 시간의 영역이다.

사실 증류소를 처음 가보면 모든 게 신기하다. 곡물을 분쇄하는 것이나 곡물이 발효되어 맥주가 되어가는 과정도, 그리고 증류기에서 새하얀 증류액이 쏟아져 나오는 모습도, 모든 게 마냥 새롭다. 하지만 숙성고의 느낌은 이와 다르다. 뭐랄까? 숙성고의 문이 열리면 묘하게 안으로 빨려 들어가는 것 같다고나 할까? 그리고 숙성고에 층층이 쌓여 있는 오크통을 보면 잠시 숙연한 마음마저 든다. 그건 아마도 시간의 무게가 전해주는 신비로움 때문일 것이다. 이처럼 위스키는 어두컴컴한 공간에서 오랜 시간 동안 긴 잠을 자며 '숙성'되고 '성숙'되어 간다. 마치 우리네 인간이 어린아이에서 청년, 중년을 거쳐 노년으로 변해가는 것처럼. 어쨌든 나는 이 위스키 향이 어떠한 아로마 향보다 좋다. 그게 내가 위스키 애호가라서 그런지 모르겠지만 오늘도 이 엔젤스 셰어 덕분에 위스키 향을 만끽할 수 있었다. 그나저나 누가 엔젤스 셰어라는 이름을 지었는지 모르겠지만, 참 기가 막힌 조어다. 가이드의 말처럼 어차피

1 딘스톤 증류소의 숙성고
2 《엔젤스 셰어》감독 켄 로치의 사인이 담긴 오크통
3 딘스톤 증류소의 위스키들

딘스톤 증류소의 레스토랑 　　　 샌드위치 콤보

사라져버리는 위스키를 '천사가 마신다'고 생각하는 게 마음이 훨씬 편할 테니까 말이다.

시음 위스키는 딘스톤 15년산 오르가닉Deanston 15 Year Old Organic 과 18년산이 나왔는데, 이 위스키들은 점심 식사 때 반주飯酒로 마시고 싶어 밖으로 챙겨 나왔다. 때마침 식당도 문을 열어 나는 첫 손님으로 자리를 잡고 앉아 샌드위치 스프 콤보와 에스프레소를 시켰다. 그러자 나이 지긋한 남자 웨이터가 "에스프레소는 식사 전에 가져올까요? 아니면 식후에 드실 건가요?"라고 물어보기에 "식사 후에 가져다 달라."고 부탁했다. 그렇게 말했던 것은 먼저 샌드위치를 안주 삼아 딘스톤 위스키를 음미하고 싶었기 때문이다. 잠시 후 커다란 접시 위에 토마토 스프, 치아바타 샌드위치, 포테이토 칩스가 가득 담겨 나왔는데, 내 눈에는 모두 위스키 안주로 보였다. 게다가 샌드위치 안에 체더 치즈가 가득 들어가 있어 위스키와 꽤 잘 어울렸다.

나는 만족스러운 점심 식사를 마치고 잠시 매장에 들러 딘스톤 위스키 12년산 미니어처 병을 몇 개 사가지고 나왔다. 이 미니어처 병은 위스키와 영화를 좋아하는 사람들에게 선물하면 아주 그만일 것 같았다.

밖에서 버스를 기다리고 있자 한 젊은 직원이 건물에서 나와 내게 "한국은 인구가 많죠?"라고 물어본다. 그래서 내가 "5,000만 명인데요."라고 하자 그는 놀란 표정을 지으면서 "그래요? 스코틀랜드는 500만 명이고, 런던은 700만 명밖에 되지 않는데요."라고 말하는 것이다. 그렇다면 스코틀랜드 면적은 얼마나 될까? 궁금하여 계산해보았다. 영국 전체 면적이 한반도의 1.1배이고, 스코틀랜드는 영국 전체 면적의 3분의 1 이니 스코틀랜드는 대략 한반도의 3분의 1 정도가 될 것 같은데, 스코틀랜드의 인구는 영국 전체 인구의 8퍼센트 정도밖에 되지 않는다. 그러니 가는 곳마다 넓은 초원과 산들이 넘쳐나고, 양들과 소들이 한가롭게 풀을 뜯어 먹고 있었던 것이다. 그렇다면 내가 스코틀랜드를 다니면서 계속 한적하다고 느낀 것도 근거가 없는 것은 아니었다. 아니 적확한 표현이었던 셈이다.

그런데 다음 이야기가 재미있다. 젊은 직원의 말을 따르면 "딘스톤 증류소에서는 이곳을 하일랜드 증류소라고 부르지만, 사실 우리가 서 있는 곳은 로랜드이고, 10마일을 더 올라가야 하일랜드"라는 것이다. 그렇다면 왜 이곳을 '하일랜드 증류소'라고 부르는 걸까? 그 이유를 물어보니 "모든 증류소가 하일랜드 증류소로 불리길 원하기 때문이죠."라는 답이 돌아왔다. 이 말은, 스카치위스키의 세계에서는 하일랜드라는 단어에 아우라가 붙어 있다는 뜻이다. 그는 이어 "정확히 말해서 딘스톤은 하일랜드에 가장 가까이 있는 로랜드 증류소이고, 반대로 글렌고인Glengoyne이 로랜드에 가장 가까이 있는 하일랜드 증류소"라고 알려주었다. 어쨌든 위스키의 세계는 알면 알수록 이래저래 복잡 미묘한 서사를 간직하고 있다. 그래서 그토록 매력적인 술이 된 것인지도 모르겠지만.

잠시 위스키 체험을 하고 싶다면
스카치위스키 익스피어런스로

다시 에든버러로 돌아와 스카치위스키 익스피어런스The Scotch Whisky Experience에 들렀다. 이곳은 이름 그대로 잠시 짬을 내어 스카치위스키를 체험할 수 있는 곳인데, 에든버러 성에서 바로 이어지는 로열 마일즈Royal Miles 길 위에 있어 항상 관광객들로 북적인다. 아니나 다를까 오늘도 역시 건물 안쪽에는 긴 줄이 늘어서 있어 나는 위스키 한 잔을 마실 수 있는 실버Silver 프로그램을 신청하고 줄을 섰다. 그러다가 프로그램이 어떻게 진행되는지 궁금하여 맨 앞쪽에 눈길을 주었더니 둥글게 생긴 꼬마 자동차가 돌아 나오면서 사람들을 한 명씩 태우고 들어가는 게 아닌가.

잠시 후 내 차례가 되자 가이드가 차에 올라타라고 해서 얼떨결에 자리를 잡고 앉았더니 자동차가 움직이기 시작하고, 이어 오크통 속으로 내 머리통이 들어가는가 싶더니 오크통 안으로 이스트가 들어와 발효가 일어나면서 마치 내가 위스키로 변해가는 것만 같다. 모두 가상현실을 이용한 위스키 체험인데, 꽤 신기하면서도 재미가 있었다.

다음은 뭘까? 궁금함도 잠시, 자동차가 다시 레일을 따라 움직이더니 이번에는 마치 자동차 극장 안으로 들어가는 기분이 들어서 '이건 또 뭐지?' 하면서 주변을 돌아보자 방 앞쪽 오른쪽 구석에 설치된 자그마한 스크린에 불이 들어오고, 말끔한 예복^{禮服} 차림을 한 남성이 나타나더니 옛 변사^{辯士}의 말투로 "위스키는 아쿠아 비태, 생명수라고 부른다. 보리, 물…… 아! 보리에서 나오는 달콤한 향…… 발효, 그리고 증류, 독특한 형태의 증류기, 캐스크^{cask}에서 12년, 15년…… 색깔이 변한다. 마술처럼 숙성되어 가는 스카치 위스키. 그 가운데 2퍼센트가 사라진다. 이를 엔젤스 셰어라고 부른다. 슬란자바!"라고 하면서 위스키 제조 공정을 압축해서 보여주었다. 이것으로 투어의 1부가 끝났다. 시간을 재어보니 9분 정도가 소요됐다. 2부는 가이드와 함께 진행한다고 했다.

다시 복도로 나가 줄을 서자 여성 안내원이 내게 다가와 "어디서 오셨나요?"고 물어보기에 "한국 사람인데요."라고 하자 그녀는 "한국어 투어도 있어요."라고 했다. 이런 걸 보니 아마도 한국에서도 많은 관광객이 에든버러 성을 구경하고 나서 바로 이곳을 찾아오는 듯했다. 지금 이 건물 안에도 한국인 관광객이 와 있는지는 모르겠지만 나는 그냥 영어 투어에 참가하기로 했다.

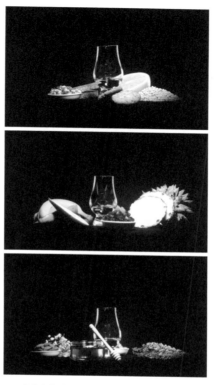
지역마다 다채로운 스카치 위스키의 맛과 향

이번에는 가이드를 따라 진짜 영화관으로 들어갔다. 사람들이 모두 자리를 잡고 앉자 조명이 꺼지고 커다란 스크린에 로랜드의 풍광이 펼쳐지면서 로랜드 위스키 한 잔과 함께 레몬, 토스트, 과자, 너트, 시리얼이 한 상 차려져 나왔다. 이어 하일랜드에서는 아몬드, 흰색 꽃, 꿀, 보라색 꽃이 올려져 있고, 스페이사이드에서는

클레비브 비디스 디아지오 위스키 컬렉션

바나나, 서양 배, 파인애플, 건포도, 캠벨타운은 햇사과, 토피가 나
왔다. 그리고 끝으로 아일라섬으로 넘어가자 위스키 잔 옆에 이탄
이 피어오르고, 시가cigar와 미역처럼 생긴 해조류가 놓여 있다. 영
상을 보고 나니 다시 한번 스코틀랜드의 변화무쌍한 자연과 다채
로운 스카치위스키의 테루아가 생생하게 느껴졌다.

　이어 우리는 위스키 블랜딩을 설명하는 영상을 보고 전 세계에
서 가장 많은 스카치위스키를 모아 놓았다고 하는 클레비브 비디
스 디아지오 위스키 컬렉션Claive Vidiz Diageo Whisky Collection 룸으로
들어갔다. 벽 찬장에 가득 채워진 위스키를 바라보고 있노라니
"바로 이게 스코틀랜드의 자산이고, 스카치위스키의 힘이구나. 대

1 위스키 테이스팅 용 위스키
2 3 스카치 위스키 익스피어런스의 위스키 매장에 진열되어 있는 위스키
4 스카치 익스피어런스 위스키 매장에 진열되어 있는 최고가 위스키

단하다!"라는 말이 절로 나왔다. 다른 참가자들도 내 생각과 같았
는지 모두 신기해하면서 저마다 사진 찍기에 바빴다.

  잠시 이 모습을 지켜보고 있던 가이드는 "이제 위스키 시음을
하시죠."라고 하면서 사람들을 방 한가운데로 불러 모아놓고 "여
기에 로랜드, 하일랜드, 스페이사이드, 캠벨타운, 아일라의 위스키
와 블랜디드 위스키가 한 병씩 준비되어 있으니 이 가운데 마음에
드는 위스키 하나를 골라 하나 마시면 됩니다."고 알려주었다. 사
람들은 무슨 위스키를 마실까 꽤 고민하는 눈치였다. 나는 캠벨타
운의 글랜 스코티아 더블 캐스크^{Glen Scotia Double Cask}를 골랐다. 이

위스키는 버번 배럴에서 숙성한 뒤, 다시 한번 페드로 시멘스^{Pedro} Ximenez 셰리 캐스크에서 재숙성하는 것인데, 다른 글랜 스코티아 위스키처럼 스파이시한 과일 맛이 나면서 살짝 짠맛도 느껴졌다.

시음을 마치고 가이드를 따라 옆방으로 들어가자 희귀 위스키 Rare Whisky가 전시되어 있었다. 이곳에서 구경을 마치면 관람객들의 동선은 자연스럽게 바깥 매장으로 연결된다. 매장 한쪽 벽을 보니 스코틀랜드 각 지역의 스카치위스키들이 가지런히 진열되어 있고, 다른 한쪽에는 유리 상자 안에 고이 모셔둔 위스키들이 여러 병 보였다. 이건 뭐지? 궁금한 마음에 위스키 가격을 확인해 보았더니 발베니 50년산은 2만 7,500파운드, 그리고 달모어 콘스텔레이션Dalmore Constellation 1966은 1만 8,500파운드가 매겨져 있다. 와우! 이거야말로 진짜 '그림의 떡'이다. 그것도 아주 비싼 떡이다. 발베니 50년산은 우리 나라 돈으로 한 병에 4,000만 원이나 되니 말이다.

나는 잠시 입맛을 다시다가 위층에 있는 위스키 바로 올라갔는데, 바는 생각보다 그리 크지 않았지만 깔끔한 분위기가 마음에 들었다. 바 한쪽을 보니 '이 달의 위스키'의 이름과 가격이 적혀 있어 종류를 세어보니 모두 여덟 가지다. 나는 이들 중 글렌 킨치 Glen Kinchie 12를 골라 마셔보았는데, 역시나 글렌 킨치는 로랜드 위스키답게 맛이 부드러워 마시기에 편했다. 게다가 가격도 한 잔에 3.4파운드밖에 되지 않는다. 그렇다면 아까 매장에서 본 발베니

글렌 킨치 12

50년산을 살 돈으로 이 위스키를 1,176잔을 마실 수 있다는 계산
이 나온다. 어쨌든 스카치위스키는 맛도 가격도 천차만별 다르다
는 것을 다시 한번 각별히 깨닫는 오후였다.

에든버러 외곽에서
새로이 만난 스카치위스키

이틀 동안 에든버러 중심가에서 지내다 보니 나도 모르게 다소 싫증이 났던가 보다. 그래서 에딘버러 중앙역에서 기차를 타고 웨스트엔드 쪽으로 딱 한 정거장 가보았더니 분위기가 확연히 달랐다. 기차역도 아담하면서 깔끔한데다가 역 주변에 펍과 식당들이 여럿 보이고, 게다가 기차역에서 그리 멀지 않는 곳에 호텔도 하나 있어 바로 체크인을 마치고 나왔다. 잠시 동네 여기저기를 돌아다니다 보니 역 근처 오르막길 중턱에 M 바가 보인다. 바를 지키고 있는 중년 남성의 복장도 깔끔하고, 손님들도 별로 없는 것 같아 안으로 들어가 보았다.

예상대로 바 분위기는 차분했고, 재즈 음악이 흘러나오는 것도 꽤나 마음에 들었다. 바 앞에 자리를 잡고 위스키 리스트를 훑어보니 유명 독립병입업자인 케이든헤드Cadenhead 위스키들이 눈에 들

1 애든버러 외곽에 있는 M 바의 전경
2 케이든 헤드의 셰리 캐스크 캠플타운
3 4 올리브와 캐슈너트
5 킬호만 위스키
6 M 바의 내부 모습
7 케이든 헤드의 윌리엄 케이든헤드

어온다. 그렇다면 여기서는 바틀러스 위스키bottler's whisky(독립병입 업자가 만든 위스키)로 시작하는 것이 좋을 것 같아 셰리 캐스크 캠벨 타운Sherry Cask Campbell Town 16년산을 한 잔 시켰다. 이 위스키는 케이든헤드 회사가 캠벨타운의 글렌 스코티아 위스키를 사들여 상품화한 것이다. 맛을 보니 이름 그대로 셰리 오크통에서 숙성하여 화려한 셰리의 풍미가 돋보였고 다른 위스키를 마중하는 첫 위스키로도 아주 그만이었다.

잔을 비우고 나자 주인이 새로 들어온 킬호만 위스키가 있다면서 병을 내보이며 "이렇게 매년 새로운 에디션이 나온다."고 하길래 그에 호응해 한 잔 달라고 했다. 올리브와 캐슈 너트도 하나씩 시켰다. 잠시 후 킬호만 위스키가 나와 한 모금 맛을 보니 다시금 킬호만 증류소 가던 길이 떠올랐다. 올리브는 짜지 않아서 좋았다. 게다가 가격도 참 착했다. 둘 다 모두 단돈 1파운드밖에 되지 않는다. 특히 캐슈 너트는 고픈 배를 채우기 충분할 정도로 양이 많았지만 주인에게 미안할 정도로 가격이 너무 저렴했다. 그래서 좋긴 했지만.

다음 위스키도 케이든헤드의 윌리엄 케이든헤드William Cadenhead 7년산을 골라 마셔보았는데, 이건 캐스크 스트랭쓰 위스키인지라 알코올 도수도 57.1도나 되고, 피티한 맛도 아주 강했다. 그렇다면 이 위스키는 어느 증류소의 위스키로 만들어진 것일까? 그건 아무도 모른다. 많은 사람들이 아일라섬의 킬달톤Kildalton 해안에 있는 증류소들 가운데 하나일 거라고 추측하고 있지만, 정확히 그게 어떤 증류소인지는 아직 밝혀지지 않았다. 라가불린 증류소일 거라는 설説도 있으나 그것 또한 확실하지 않다. 어쨌든 베일에 가려진 아일라의 위스키를 마시고 있노라니 다시금 '피티한 아일라 삼총사'를 만나러 가던 길이 생각났다.

재즈 음악을 들으면서 위스키를 마시고 있노라니 몸이 살짝 내려앉는 것 같고, 슬슬 허기도 느껴졌다. 게다가 밤도 꽤 깊어 나갈 채비를 하고 있는데, 바 테이블 위에 '타이타닉 플럼 포터Titanic Plum Porter'라고 적혀 있는 글씨가 보이는 게 아닌가! '으흠, 플럼 포터 생맥주라!' 이 문구를 보자마자 나는 바로 밥 먹는 걸 포기했다. 이럴 땐 아주 결정이 빠르다. 다른 건 모르겠는데, 나는 음식에 관한한 단호하면서도 아주 집요한 면이 있다. 이게 향유와 탐닉을 기본으로 하는 애호가의 기질인지도 모르겠다. 먹고 싶은 것이 있으면, 무조건, 그리고 반드시 먹으니까.

타이타닉 플럼 포터를 한 잔 시켜 '꿀꺽' 하고 한 모금 크게 들이켰더니 역시나 포터 맥주답게 커피 향이 입 안에서 맴돈다. 그런데 이미 센 위스키를 석 잔이나 마시고 난 터라 이건 술이 아니라 그냥 음료수처럼 느껴졌다. 마치 푹 삭힌 홍어를 계속 먹다가 싱싱한 광어회를 한 점 먹는 느낌이랄까? 그래도 맥주라 술술 잘 넘어갔다.

밤 11시가 다 되었는데도 길 건너 케밥 집은 아직 불을 밝히고 있다. 그렇다면 '케밥? 아니면 술 한잔 더?' 잠시 고민했지만, 결국

톰슨스 바의 외관   톰슨스 바의 내부 모습

승리하는 쪽은 술이었다. 어느 술집을 갈지는 그리 고민하지 않았
다. 아까 기차역에서 나올 때 톰슨스 바Thomson's Bar를 봐두었기 때
문이다. 사실 이곳은 역사가 꽤 오래된 곳이라 겉모양새는 조금 남
루해 보였으나 안으로 들어가니 동네 술집 같은 분위기가 물씬 풍
기는 게 무척이나 마음에 들었다. 게다가 영국의 '리얼 에일real ale'
이라 불리는 캐스크 비어cask beer가 메뉴에 들어 있어 나는 잠시 위
스키로 덥혀진 몸의 열기를 에일 맥주로 시키면서 이날 하루를 마
감했다.

위스키 여행의 끝,
글렌고인 증류소

여름 위스키 여행도 이제 하루밖에 남지 않았다. 일정상 증류소는 한 곳 정도 더 다녀올 수 있을 것 같은데, 어딜 갈지 결정을 내리기가 쉽지 않다. 지금까지 스코틀랜드의 대표적인 여섯 지역 가운데 아일라, 스페이사이드, 하일랜드, 그리고 통칭 '아일랜즈'로 구분되는 스카이섬과 오크니 아일랜드는 다녀 왔으니 이제 남은 곳은 로랜드와 캠벨타운뿐이다. 이 가운데 에든버러에서 가까운 로랜드 증류소는 쉽게 갔다 올 수 있고, 하일랜드의 서쪽 끝에 위치한 항구도시 캠벨타운도 조금만 무리하면 하루 만에 다녀올 수 있을 것 같은데, 두 곳 모두 마음이 확 끌리지는 않았다. 그 이유는 간단하다. 사실 두 곳 모두 과거에는 화려한 위스키의 역사를 가지고 있었던 곳이지만 현재 로랜드에는 오첸토샨Auchentoshan, 브래드녹Bladnoch, 글렌 킨치Glen Kinchie 증류소만 가동중이고, 캠벨타운에도 스프링뱅크Springbank, 글렌 스코티아Glen Scotia, 글렌가일Glengyle 증류소만 남아 있기 때문이다. 결국 로랜드와 캠벨타운은 다음 기회로 미루기로 하고, 오늘은 에든버러에서 그리 멀지 않은 곳에 있는 글렌고인 증류소를 다녀오기로 했다.

글래스고의 서쪽에 위치한 글렌고인은 하일랜드와 로랜드의 경계 선상에 있는 증류소다. 글래스고에서는 버스로 1시간, 에든버러에서는 2시간 조금 더 걸린다. 그렇다면 여기서 질문 하나. 만약 위스키를 하일랜드에서 증류하고, 숙성은 로랜드에서 한다면 이 위스키는 하일랜드 위스키라고 불러야 할까? 아니면 로랜드 위스키라고 해야 할까? 글렌고인 증류소가 이 경우에 속하는데, 글렌고인에서는 자신들이 만든 위스키를 하일랜드 위스키라고 부른다. 그 이유는 딘스톤 증류소에서 만난 젊은이의 말을 떠올리면 쉽게 이해할 수 있다.

글렌고인은 글래스고와 가까운 증류소라 그런지 방문객들이 꽤 많았으나 투어 내용은 다른 곳과 그리 별반 다르지 않았다. 다른 게 있다면, 증류소가 언덕진 곳에 있어 뒷산 오르내리듯 돌아다니면서 구경을 해야 한다는 것이다. 오크통을 전시해놓은 공간 또한 꽤 인상적이었다. 은은한 조명이 깔린 방 안으로 들어가자 한쪽 벽에 글렌고인 10, 12, 15, 18, 21, 캐스크 스트랭쓰를 나란히 진열해 놓고 있었다. 이걸 보면 숙성 연수에 따라 위스키의 색깔이 어떻게 변해 가는지 쉽게 알 수 있다. 그리고 다른 한쪽 공간에는 아

1 글렌고인 증류소의 외관
2 글레고인 증류소의 증류기
3 글렌고인 증류소의 위스키

메리칸 오크통과 유럽 오크통을 따로 전시해 놓았다. 오크통 아래에 적혀 있는 문구를 보니 아메리칸 오크통에 대해서는 "구멍이 적어 증발이 덜 일어나고 색깔이 연하며, 부드러운 풍미, 달콤한 시트러스, 바닐라, 코코넛, 신선한 과일 꿀의 맛이 난다."고 설명되어 있고, 유럽 오크는 "구멍이 많아 증발이 더 많고 색깔도 더 진하며, 스파이스의 풍미도 더 많이 드러나고, 말린 과일, 풍부한 맛, 스파이시한 오크, 초콜릿, 계피, 크리스마스 케이크Christmas cake의 맛이 난다."고 적혀 있다. 모두 위스키 애호가들이 알아두면 좋을 내용이다.

시음 위스키로는 글렌고인 10년산과 18년이 나왔는데, 만약 오크통 전시실에서 보았던 여섯 가지 위스키를 모두 맛보고 싶다면 투어 신청할 때 돈을 조금 더 내면 되었다. 나는 평소에 글렌고인 위스키를 많이 마셔보았기 때문에 오늘은 위스키 두 잔으로 만족하고 증류소를 빠져나왔다.

글래스고에서
낮술 한잔

다시 글래스고. 슬슬 여행 마감 시간이 다가오고 있다. 하지만 아직 대낮이니 위스키를 마실 시간은 충분한 터라 잠시 마실 나가는 기분으로 글래스고 중심가에서 살짝 벗어나 웨스트엔드 쪽으로 가보았더니 카페와 레스토랑도 여럿 보이고, 길가 모퉁이에는 벤 네비스Ben Nevis 펍이 자리를 잡고 있다. 벤 네비스는 스코틀랜드는 물론 영국에서 가장 높은 산의 이름이기도 하다. 하지만 정상의 해발 고도는 1,344미터에 불과하다.

펍 안은 꽤 넓고 편안한 분위기였다. 게다가 바를 지키고 있는 주인의 인상도 좋았고, 서로 높이가 다른 나무 테이블을 띄엄띄엄 배치해 놓은 것도 마음에 들었다. 나는 자리를 잡고 앉아 지금 내 몸이 무엇을 원하는지 생각해보았는데, 그건 바로 '맥주'였다. 그래서 주인에게 "혹시 로컬 비어 있나요?"라고 물어보았다. 주인은

벤네비스 펍 내부의 모습   오크 아일랜드 스타우트 맥주

두 가지가 있다고 했다. 그런데 하나는 오크니 아일랜드 스타우트라고 한다. 오크니 아일랜드? 이 소리에 귀가 번쩍 뜨였다. 사실 내가 오크니 아일랜드에 가보지 않았더라면 "아, 그래요?"라고 했을 터이지만, 지금은 오크니란 말을 듣고 나서 "뭐?"라고 반문할 뻔했다.

내가 "오크니 맥주를 맛보고 싶은데요."라고 하자 주인이 시음용으로 맥주를 조금 따라준다. 한 모금 마셔보니 맛이 좋아 주인에게 한 잔 달라고 하면서 "2주 전에 오크니 아일랜드에 갔다 왔어요."라고 했더니 "그래요? 그럼 옛 유적지에도 가봤나요?"라고 되묻는다. 그래서 내가 "아, 이번 여행 목적이 위스키라 못 갔어요. 그게 조금 아쉬워요."라고 하자 그는 "아깝네요. 그러면 하일랜드 파크에서 엄청 커다란 고양이 봤나요?"라고 물어보길래 나는 다시 "아뇨. 그 대신 양같이 생긴 돼지는 보았어요."라고 대답했다.

고양이가 얼마나 크길래 '엄청 커다란 고양이'라고 하는지 모르겠
지만, '양처럼 생긴 돼지'는 오크니섬에서 꽤 유명하다. 어쨌든 오
늘은 뜻밖에도 고양이와 돼지 이야기로 대화의 물꼬가 트였다.

사실 오늘은 왠지 모르게 하일랜드 파크 위스키를 한잔하고 싶
었는데, 지금 오크니 아일랜드 맥주를 마시고 있다니 참으로 희한
한 일이다. 잔을 비우고 나자 피로감이 확 날아가는 기분이 든다.
이제 계획대로 하일랜드 파크를 마시면 될 것 같아 주인에게 "하일
랜드 파크 위스키 있죠?"라고 하자 그는 벽장에 사다리를 걸쳐 놓
고 위스키를 하나씩 꺼내오더니 하일랜드 파크 12년산, 18년산,
발키리Valkyrie를 바 테이블 위에 늘어놓는다. 나는 발키리를 선택
했다. 발키리는 스칸디나비아 신화에 등장하는 여성의 이름이자
하일랜드 파크의 '바이킹 전설 시리즈Viking Legend Series'로 출시된
첫번째 위스키다. 빈속에 위스키가 들어가자 살짝 허기가 느껴져

하일랜드 파크 위스키들과 하비스토운 올라 딥 맥주

주인에게 "혹시 음식도 되나요?"라고 물어보니 "이 바에는 음식이 없지만 주변에 이탈리아 레스토랑도 있고, 다른 음식점도 여럿 있다."고 하는 것이다. 그렇다면 여기서는 할 수 없이 술이나 마시기로 마음을 정해야 했다.

잔을 비우고 나자 주인이 기다렸다는 듯이 다른 맥주를 들고 오더니 "이건 하비스토운 브루어리Harviestoun Brewery와 하일랜드 파크 증류소가 협업해 만든 맥주예요. 하일랜드 파크 18년산 캐스크에서 피니시한 맥주죠."라고 설명한다. 그 말에 다시 귀가 솔깃해졌다. 라벨을 보니 '하비스토운 올라 덥Harviestoun Ola Dubh'이라고 적혀 있다. '올라 덥'은 게일어로 '까만 기름'이라는 것은 알겠는데, 맥주에 왜 이런 이름이 붙은 것일까? 그 이유가 궁금하여 주인에게 물어보았더니 "이 맥주를 만든 사람이 미국 포드Ford 자동차 회사에서 일한 적이 있어 맥주 이름이 '올라 덥'이 되었다."는 것이다. 여하튼 특별한 사연을 가져다가 잘 지은 이름 같다. 맥주를 만든 사람의 과거 이력도 드러나고, 사람들의 이목도 끌 수 있으니 말이다. 크래프트 맥주다운 작명作名이다. 주인의 말로는 "라비스토운 올라 덥은 글래스고 맥주"라고 한다. 게다가 하일랜드 파크 오크통에서 재숙성한 맥주라고 하니 나로선 한번 마셔보지 않을 수 없었다.

사실 최근 유럽과 미국 등지를 돌아다니면서 오크통에서 재숙성한 맥주를 많이 마셔보았다. 보통 이런 맥주들은 위스키 오크통에 담아 재숙성하는 것이 일반적이지만, 때로는 와인이나 럼을 담았던 오크통을 사용하기도 한다. 그렇다면 이런 맥주에서 위스키나 와인 맛이 날까? 그건 맥주에 따라 다르다. 때로는 위스키나 와인, 럼의 풍미가 나기도 하지만, 그렇지 않은 맥주도 많다. 대체로 도수는 센 편이다. 게다가 하비스토운 올라 덥은 임페리얼 포터 imperial porter인지라 색깔도 새까맣고, 알코올 도수도 8도나 된다. 하지만 직접 마셔보니 아주 희미하게 하일랜드 파크 위스키의 스모키한 향이 느껴질 뿐, 위스키의 풍미는 그리 도드라지지는 않았다. 그래도 묵직한 질감이 위스키를 생각나게 하는 맛이었다.

오늘은 잠시나마 위스키 한 잔과 맥주 두 병으로 오클리섬에 다녀왔다. 그리고 낮술도 꽤 만족스러워 주인에게 "잘 마셨다."고 인사를 건네고 술집을 나왔다.

위스키 여행 마무리는
다시 포트 스틸에서

3주 만에 다시 찾은 포트 스틸은 사람들로 북적였으나 나는 지난 번과는 달리 바 안쪽 깊숙한 곳에 자리를 잡고 앉았다. 그러고 나서 젊은 바텐더에게 가서 "크라이겔라키 한 잔 주세요."라고 말했는데, 그가 "다시 말해주실래요?"라고 하는 것이다. 그래서 내가 다시 "크라이겔라키요."라고 재차 확인했는데도 그 친구의 표정이 갸우뚱하는 분위기다. 내가 '발음이 틀렸나? 그럴 리가 없는데'라고 생각하며 잠시 머뭇거리고 있자 몸짓 큰 주인아저씨가 크라이겔라키 병을 들고 오더니 바텐더에게 "야, 이게 크라이겔라키야"라고 말하듯 흔들어 보여준다. 젊은 바텐더가 조금 겸연쩍어했으나 내 발음이 틀리지 않았다는 것을 다시 한번 확인할 수 있어 나름 뿌듯했다. 역시 공부한 보람이 있다. 위스키를 받아들고 나서 주인에게 "혹시 하기스 있나요?"라고 물어봤더니 미안하다며 "다 팔리

1 포트 스틸 바의 내부 모습
2 클라이겔라키 위스키
3 4 5 6 스카치 파이와 칼릴라 12

고 파이밖에 없다."고 한다. 사실 오늘 이곳에서 하기스와 위스키를 마시면서 올여름 위스키 여행을 마무리하고 싶었는데, 할 수 없이 오늘도 스카치 파이로 대신해야겠다. 스코틀랜드 첫날도 위스키와 스카치 파이, 마지막 날도 위스키와 스카치 파이. 이런 걸 '수미쌍관首尾雙關'이라고 하나? 어쨌든 우연찮게도 그렇게 되었다.

다음 위스키는 칼릴라 12년을 마실 요량으로 주인에게 직접 가서 칼릴라를 달라고 했더니 "콜라요?"라고 되묻는다. 그래서 "아뇨, 칼릴라요."라고 다시 말하자 이번에는 제대로 알아들었다. 사실 이 위스키 이름도 발음하기가 조금 난해하다. 그래서 주인에게 "카올라? 칼릴라? 어느 발음이 맞나요?"라고 물어보았더니 주인은 숨을 한 번 깊이 들이키고 나더니 "칼, 릴라"라고 한다. 그렇지, 칼릴라, 이번에도 내 발음이 맞았다. 이것도 내가 멋지게 발음할 수 있는 위스키 이름 가운데 하나인데, 칼릴라는 '칼'과 '릴' 사이에서 잠시 숨을 쉬었다가 '릴'에서 올려주면서 길게 발음하는 게 좋다. 그래야 원어 발음에 가까워진다. 내가 위스키 잔을 내려놓고 사진을 찍으려고 하자 주인이 친절하게도 위스키병을 바 테이블 위에 나란히 놓아준다. 큰 덩치답게 성격도 시원시원하다. 내친김에 주인에게 "얼마 전에 크라이겔라키와 칼릴라 증류소에 모두 갔다 왔다."고 했더니 "와우!"라고 소리치며 흐뭇한 미소를 지어준다.

이제 진짜 위스키 여행을 끝낼 시간이다. 그렇다면 마무리 술은 뭐로 하는 게 좋을까? 잠시 고심하다가 '끝내기 홈런' 같은 위스키가 좋을 것 같아 아드벡 콜리브레칸을 달라고 했다. 그러고는 다시 자리에 앉아 마음속으로 "이게 막 잔이야."라고 중얼거리며 한 모금 마셨더니 역시나 스모키한 맛의 캐스크 스트랭쓰인지라 넘기기가 쉽지 않고, 계속 물을 마시는데도 가슴이 조금 아렸다. 그러니 천천히 마실 수밖에 없었지만, 이 여름 내내 알레그로의 속도로 다녔으니 여행의 마무리는 이렇게 아다지오의 기분으로 갈무리하는 것도 좋을 듯하여 천천히 잔을 비우고 바를 나왔다. "스카치 위스키여 안녕!"을 외치면서.

위스키여, 안녕!,
스코틀랜드여, 안녕!

어제는 호텔 방에 들어오자마자 그대로 쓰러져 잠이 들었다. 역시 위스키는 센 술이다. 그런데 혼자서 도보로, 혹은 뛰기도 하면서, 또는 자전거를 타고, 벗겨진 체인을 갈아 끼우기도 하면서 이런 술을 더운 여름 내내 마시면서 돌아다녔다니 내가 위스키에 미쳐도 단단히 미쳤었나 보다. 이제는 위스키를 마시지 않아도 된다. 나는 "임무 완수!"를 외치며 호텔을 나와 공항행 버스에 올랐는데, 기분이 좀 묘했다. 갑자기 실직자가 된 기분이 이와 같달까? 여하튼 아침부터 서두를 일이 없어 좋긴 하지만, 막상 글래스고를 떠나려니 뭔가 아쉽고, 마음이 허전하다.

오늘은 비행기를 국내선과 국제선을 번갈아 타야 한다. 나는 다시 한번 마음속으로 "위스키여, 안녕!"을 외치면서 기내로 들어갔다. 그러고는 잠시 창밖을 바라보다가 이내 깊은 잠에 빠졌다가 다시 눈을 뜨니 어느덧 비행기가 런던 상공을 날고 있었다. 잠시 후 비행기에서 내리면서 다음 항공편 시간을 확인해 보니 환승까지 두 시간이나 남아 잠시 면세점 위스키 매장에 들렀다. 위스키를 사려고 한 건 아니고, 그냥 런던 공항에 어떤 위스키가 들어와 있는지 한 번 확인해 보고 싶었는데, 역시 위스키 여행을 하고 나니 위스키마다 추억이 느껴지고, 위스키 라벨 속 이름들이 머릿속에 쏙쏙 들어왔다.

내가 흐뭇한 표정으로 위스키를 바라보고 있자 젊은 여직원이 "헬로!" 하면서 내게 다가온다. 하지만 나는 위스키를 살 생각이 없어 "그냥 구경이나 할게요."라고 하고 나서 여기저기 돌아보고 있었는데, 잠시 후 그녀가 다시 내 옆으로 오더니 재차 말을 건다. 그래서 이번에는 그녀에게 뭔가 이야기를 해야 할 것 같아 "지금 3주간 위스키 여행에서 돌아오는 길이에요."라고 하자 "그래요?"라고 하면서 놀라는 표정을 짓는다. 내친김에 그녀에게 "아일라섬도 다녀왔고, 오반, 스카이섬, 오크니 아일랜드, 스페이사이드, 그리고 아일랜드 증류소에도 갔다 왔어요."라고 하자 나를 쳐다보는 눈이 달라진 것 같다. 그런데 공교롭게도 바로 앞에 크라이겔라키 위스키가 진열되어 있어 "어, 여기 크라이겔라키가 있네요."라고 말하자 그녀가 "한잔 하실래요?"라며 진열대 맨 아래서 크라이겔라키 19년산을 꺼내오더니 "이거 아무나 주는 것은 아닌데……"라며 한 잔 따라 준다. 뜻밖의 선물을 받은 나는 얼떨결에 "감사합

클라이겔라키 19

니다.”라고 하면서 흔쾌히 마셨는데, 위스키를 받아들고 나니 불현듯 요기 베라의 명언 “끝날 때까지 끝난 게 아니다.”라는 말이 떠올랐다. 정말로 이 말이 딱 맞는 순간이었다. 어쨌든 조금 전까지만 해도 위스키는 안 마실 거고, 당연히 못 마실 줄 알았는데, 이렇게 또다시 위스키와 만난 걸 보니 이래저래 이번 여름은 위스키와 인연이 많은 것 같다.

　내가 위스키를 음미하면서 이번 여름 위스키 여행 이야기를 들려주자 그녀는 말문이 트인 사람처럼 계속 내게 말을 걸어왔다. 그러다가 갑자기 “하나 궁금한 게 있는데요. 왜 한국 사람들은 밸런타인스만 사가는 거죠?”라고 내게 묻는다. 그래서 나는 이렇게 대답했다. “아, 그건 말이죠. 한국 사람들이 면세점에서 위스키를 사가는 건, 본인이 마시려고 하는 것도 있지만 선물용으로 사가는 경우가 많거든요. 그리고 예전에는 조니 워커가 인기가 많았는데, 어느 순간부터 밸런타인스를 고급 위스키라 생각하고 많이 구입하는 것 같아요. 사람들에게 선물하기 좋으니까요."하고 알려주자 여직원이 고개를 끄덕인다. 그런데 뭔가 더 알고 싶어 하는 얼굴이다. 그래서 한마디 더 했다. "사실 요즈음에는 한국에서도 싱글 몰트 위스키를 마시는 사람이 많아졌지만, 아직도 밸런타인스 같은 블랜디드 위스키를 선호하는 편이죠. 여러모로 무난하니까요. 예를 들어 만약 누군가가 피트향이 강한 아일라 위스키를 사가지고 가서 선물 한다면 '이게 뭐야? 웬 소독약 냄새?'라고 말하는 사람들이 많을 것 같아요."라고 하자 그녀는 웃음을 지으면서 "이제야 알겠어요."라며 만족한 표정을 짓는다. 그래서 그녀에게 "제 책이 나오면 한국 사람들이 밸런타인스 말고도 크라이겔라키와 같은 싱글 몰트 위스키를 찾을지도 모르겠네요. 어쨌든 위스키 잘 마셨습니다."라고 인사말을 건네고 자리를 떴다.

드디어 '위스키만을 위한 여행', '위스키에 미치기 위해 위스키에 미친 여행'이 모두 끝났다. 지금 이 순간 사람들 앞에 서서 "이것으로 이번 여름 위스키 여행의 막을 내리겠습니다."라고 인사를 건네고 싶은 심정이다. 심장과 혼을 다 던져넣은 공연을 끝내고 무대에서 내려오는 배우들의 시원하면서도 허허로운 마음을 느끼면서.

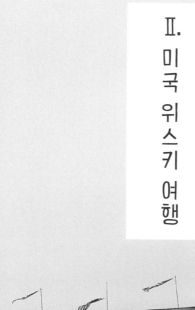

Ⅱ.
미국
위스키
여행

겨울에 떠난
미국 위스키 여행

유럽에서 돌아오고 6개월 만에 다시 짐을 쌌다. 이번에도 위스키 투어를 가기 위해서인데, 목적지가 미국이란 것만 다르다. 그리고 겨울 여행이다. 그렇다면 미국 위스키 여행은 어디로 가는 것이 좋을까? 내가 내린 답은 '미국 위스키의 고향'이라고 할 수 있는 켄터키Kentucky와 테네시Tennessee다. 미국 남동부에 위치한 이 두 지역은 서로 인접해 있어 여행계획을 짜기는 그리 어렵지 않았지만, 교통이나 문화적 특성상 지난여름보다는 먼 여행길이 될 것이다.

인천공항을 떠난 지 13시간이 지나 중간 기착지인 디트로이트Detroit에서 입국 수속을 마치고 다시 국내선으로 갈아타고 나니 이제야 미국에 들어왔다는 게 실감이 난다. 그럼 미국 입국 기념으로 위스키를 한잔 하는 게 마땅한 순서겠다. 이런 의례가 나의 여행길을 돌보리라 생각한다. 음료 리스트를 훑어보니 잭 대니얼스Jack

Daniel's No. 7과 잭 대니얼스 테네시 허니 위스키Jack Daniel's Tennessee Honey whiskey가 눈에 들어온다. 역시 테네시 행 비행기라 테네시 위스키가 먼저 나를 반겨준다. 나는 잭 대니얼스 No. 7을 마시면서 미국 위스키 여행의 운運을 빌었다.

내슈빌에 도착하여 짐을 찾으러 가다 보니 여기저기에서 '뮤직 시티Music City'라는 글자가 눈에 띈다. 그렇지. 내슈빌, 음악도시. 위스키에 너무 골똘하여 내슈빌이 음악의 도시라는 것을 잠시 잊고 있었다. 아마도 이번 여행의 주제가 위스키가 아니었더라면 내슈빌에는 음악 여행을 위해 왔을 것이다. 그리고 멤피스Memphis를 거쳐 재즈의 도시 뉴올리언스New Orleans까지 내려가 미국 음악에 푹 빠졌다가 돌아왔을 거다.

공항 밖으로 나오자 바깥 공기가 꽤 차가웠다. 하지만 오랜 시간 비행기 안에 있다 나와서 그런지 시원한 공기가 꽤 향긋하게 느껴졌다. 잠시 후 호텔 셔틀버스에 짐을 싣고 나서 나이 지긋한 기사 아저씨에게 "내슈빌은 처음인데요."라고 했더니 "오, 예, 웰컴Oh, Ye, Welcome"이라며 반겨준다. 그런데 평소 듣던 영어 발음과 조금 달라 내가 의아한 표정을 짓고 있자 그는 "테네시 악센트"라며 "여기는 무슨 일로 왔나요?"라고 물어본다. 그래서 내가 "위스키 때문에 왔습니다. 몇 주 동안 켄터키와 테네시를 돌아다닐 예정입니다."라고 했더니 그는 "어릴 적 테네시 시골에서 자랐는데, 그땐 문샤이너moonshiner가 많았어요."라고 하는 게 아닌가. 여기서 '문샤이너'는 '밀주密酒를 만드는 사람'을 말한다. 한동안 기사와 테네시 이야기를 나누다 보니 어느덧 호텔 앞이다.

호텔 안으로 들어가자 로비에서는 컨트리 음악이 흘러나오고, 벽에는 온통 컨트리 음악가 사진들로 장식되어 있다. 그 모습을 보는 순간 위스키 한잔이 생각났지만, 이미 밤 11시가 넘은 데다 첫날부터 무리하지 않는 것이 좋을 것 같아 잠시 로비에서 휴식을 취하다 방으로 올라왔다. 위스키는 내일부터 마시면 되니까. 내일은 내일의 해가 뜨듯 내일은 내일의 위스키가 있으니까.

7대를 이어오는
짐 빔 증류소

미국에서는 차를 빌려 돌아다니기로 했다. 달리 다른 방법이 없다. 여름 여행지였던 스코틀랜드와 아일랜드는 기차나 버스로 갈 수 있는 곳도 많았지만, 미국은 위스키 증류소들이 대부분 도시에서 제법 떨어져 있는 데다 증류소를 오갈 수 있는 대중교통수단도 없어 직접 차를 몰고 다녀야 한다. 차는 한국에서 미리 예약해 놓았다. 이제 공항에 가서 차만 빌려 나오면 된다.

다시 셔틀버스를 타고 공항으로 가다 보니 아일라섬이 떠오른다. 그땐 수동 기어였던 렌터카 때문에 첫날부터 식겁했지만, 이번 미국 여행길을 그리 어렵지 않을 것 같다. 미국에서 10년 넘게 살았고, 자동차 여행도 꽤 많이 다녔으니까. 나는 오전 11시경 차를 빌려 공항을 빠져나왔다. 그것도 아주 쉽게.

오늘 첫 목적지는 내슈빌과 루이빌Louiville 중간에 있는 짐 빔Jim

Beam 증류소다. 가는 길이 매우 편하다. 하지만 스코틀랜드나 아일랜드의 풍광과는 전혀 달리 그냥 널찍널찍한 고속도로 양옆으로 광활하게 트인 평지가 이어질 뿐, 눈요깃감은 그리 많지 않았다. 그리고 매번 미국 여행을 다닐 때마다 느낀 거지만, 미국은 땅덩어리가 참으로 큰 나라다.

짐 빔 클레몬트Clermont 증류소에는 정확히 오후 2시에 도착하였다. 내슈빌에서는 자동차로 두 시간 반이 걸린 셈이다. 차에서 내려 방문자 센터가 있는 건물 쪽으로 걸어가다 보니 짐 빔 가문의 4대代인 제임스 B. 빔James B. Beam의 동상이 보인다. 그는 1933년 이곳에 증류소를 만들고 처음으로 '짐 빔 위스키'를 출시한 인물로 알려져 있다. 그리고 여기서 살짝 언덕진 곳으로 발걸음을 옮기면 위스키 잔을 들고 앉아 있는 부커 노Booker Noe의 동상이 자리 잡고 있다. 부커 노는 짐 빔 가문의 6대손孫이자 한때 마스터 디스틸러

제임스 B. 빔과 부커 노의 동상

1   짐 빔 증류소의 방문자 센터
2   짐 빔 가문의 내력을 보여주는 사진
3 4 짐 빔 증류소의 놉 크릭과 짐 빔 위스키

master distiller로 이름을 날린 위스키 장인이었다. 여기서 '마스터 디스틸러'란 증류소에서 '위스키 생산을 총괄하는 사람'을 말한다.

바깥 구경을 마치고 방문자 센터 안으로 들어가자 한쪽 벽에 커다란 짐 빔 로고와 함께 짐 빔 가문의 내력을 보여주는 사진들이 걸려 있다. 위스키 매장도 꽤 잘 꾸며져 있어 1, 2층을 오르락내리락하며 위스키를 구경하고 나서 투어가 시작되기를 기다렸는데, 투어 참가자는 나를 포함해서 딱 세 명뿐이었다. 오하이오에서 온 나이 지긋한 부부가 없었더라면 미국 위스키 여행 첫날부터 혼자 투어를 할 뻔했다.

잠시 후 젊은 남자 가이드가 나타나더니 대뜸 나에게 "한국에서 오셨죠? 안녕하세요? 김치만두 주세요."라고 웃으며 말하더니 "켄터키에 한국인 친구도 여럿 있고, 서울, 부산, 울산, 진해에도 가보았는데, 특히 벚꽃 축제가 좋았다."며 은근히 친근함을 드러낸다. 그리고 내가 와서 하는 말이겠지만 "루이빌에 사는 아시아계 미국인들 가운데 90퍼센트가 한국인"이라는 말을 하는 것이다. 한국 전쟁의 영향 때문으로 보였다. 어쨌든 증류소 첫 탐방에서 한국어로 인사를 받고 한국에 관한 이야기를 듣고 나니 기분은 좋았다.

가이드는 먼저 7대째 내려오는 짐 빔의 가족사를 들려주고 나서 버번Bourbon에 대한 설명을 이어갔다. 그는 버번위스키에는 여섯 가지 조건이 있다고 하면서 그 내용을 하나하나씩 설명해 주었는데, 이 가운에 가장 먼저 알아두어야 할 것은 버번 재료 가운데 '옥수수가 51퍼센트 이상 들어가야 한다는 것'과 '위스키 숙성을 위해 새 오크통을 사용해야 한다'는 규정이다. 일단 이 둘만 보더라도 미국의 버번위스키는 스카치위스키나 아이리시위스키와 본질적으로 다르다는 것을 알 수 있다.

그렇다면 왜 미국에서는 옥수수를 많이 사용할까? 그 답은 켄터키에 옥수수가 많기 때문이다. 좀 싱거운 이야기처럼 들리겠지만, 이건 세계 모든 술에도 마찬가지로 적용되는 원칙이다. 예를 들어, 프랑스, 이탈리아, 스페인은 포도가 자라기 좋은 조건을 갖추고 있기 때문에 오래 전부터 와인 문화가 발달하였고, 이보다 위도가 높은 곳에 위치한 체코, 독일, 벨기에, 영국, 아일랜드와 같은 나라에서는 보리가 잘 자라 풍성한 맥주 문화가 꽃핀 것이다. 그리고 스코틀랜드와 아일랜드에서 보리를 위스키의 주재료로 사용하는 것도 같은 이치이다. 하지만 미국에서 처음부터 옥수수로 위스키를 만든 것은 아니었다. 18세기 말 유럽에서 이주해온 사람들이 미국 동부에서 켄터키로 거주지를 옮기고 나서 옥수수를 주재료로 한 위스키를 만들기 시작하면서 켄터키의 버번위스키가 미국을 대표하는 술이 되었다.

이어 가이드는 당화조 앞에서 서서 "버번은 옥수수, 맥아 보리, 호밀로 만들어진다."며 "이러한 곡물의 비율을 매시빌mash bill이라고 부르는데, 짐 빔의 매시빌은 옥수수 77퍼센트, 호밀 13퍼센트, 맥아 보리 10퍼센트"라는 사실을 알려주었다. 그의 말대로 '매시빌'이란 다름 아닌 위스키의 레시피라고 할 수 있는데, 무엇보다도 매시빌이 중요한 것은 곡물의 비율에 따라 위스키의 풍미가 달라지기 때문이다. 예를 들어, 매시빌에 옥수수가 많이 들어가면 보다 더 달달한 위스키가 만들어지고, 호밀이 많이 들어간 위스키는 톡 쏘는 스파이시한 맛이 도드라지는 식이다. 그리고 맥아 보리는 발효에 도움을 준다. 나는 개인적으로 호밀 함유량이 높은 버번을 좋아한다.

가이드는 발효조가 있는 곳으로 가더니 "버번을 만들려면 먼저 이 세 가지 곡물을 발효시켜 맥주를 만들어야 한다."면서 발효조에서 맥주를 꺼내 우리에게 나누어 주었다. 도수는 8도라고 했는데, 한 모금 마셔보니 역시나 지난여름 브루크라디 증류소에서 마셨던 맥주 맛과는 달랐다. 그때는 벨기에 맥주 맛이 났는데, 이건 일반 맥주 맛이 아니다. 그냥 맥주로 알고 마시라고 하면 못 마

짐 빔 증류소의 금속 발효조

짐 빔 증류소의 스피릿 세이프

실 것 같다. 가이드는 또 다른 발효조를 가리키며 이건 좀 더 숙성된 것이라고 하면서 다시 맥주를 건네주었다. 맛을 보니 먼저 마신 것보다 조금 더 시큼한 맛이 강했다. 그리고 이어 또 다른 발효조를 보여주면서 3일 발효된 것이라고 했는데, 발효가 많이 진행되어 거품도 많이 올라오고, 전형적인 술 냄새도 매우 강했다.

다음은 증류에 관한 이야기로 이어졌다. 그는 증류기 앞에 서서 "버번위스키는 2회 증류를 하는 것이 일반적이며, 1차 증류는 기둥 모양의 연속식 증류기인 칼럼 스틸column still로, 그리고 2차 증류는 '더블러dubbler'라고 불리는 작은 증류기로 증류를 한다."고 설명하면서 "더블러의 모양은 증류소마다 다르고, 일부 버번 증류소에서는 더블러를 쓰지 않고 1, 2차 모두 연속식 증류기를 사용하기도 한다."고 알려주었다.

숙성고도 스코틀랜드나 아일랜드 증류소와는 달랐다. 일반적으로 스코틀랜드나 아일랜드의 숙성고는 단층으로 되어 있으나 버번 증류소의 숙성고는 높은 빌딩처럼 생겼다. 내가 찾은 짐 빔의 숙성고는 무려 9층이나 되었다. 그리고 스코틀랜드나 아일랜드에서는 한 층으로 된 숙성고에 오크통을 세 겹으로 쌓아 보관하는 것이 보통이지만, 버번위스키 증류소에서 오크통을 층층이 쌓아 놓는다. 가이드의 말에 따르면 짐 빔 증류소는 켄터키 이곳저곳에 126개의 숙성고를 가지고 있으며, 클레몬트 증류소에는 330만 개의 배럴이 보관되어 있다고 했다. 숙성고에 들어온 김에 가이드에

짐 빔 증류소의 숙성고

게 "왜 버번위스키는 새 오크통에서 숙성하는 건가요?"라고 물어
보자 그는 "잘 모르겠는데요, 그건 아마도 미국 사람들이 빠르고
강한 것을 좋아해서 새 오크통을 사용하는 거 같습니다."라고 다
소 대답을 얼버무렸다. 물론 그의 말대로 새 오크통에서 위스키를
숙성시키면 오크통의 풍미가 강하게 드러나는 것은 사실이지만,
이는 결과론적인 이야기일 뿐 궁금증을 해소시켜주는 그리 시원
한 설명은 아니었다. 다른 증류소에 가서 다시 한번 물어봐야겠다
는 생각이 들었다.

끝으로 병입 시설이 있는 곳으로 들어가자 컨베이어 벨트가 쉴
새 없이 돌아가고 있다. 그 모습을 보고 있노라니 이건 위스키 증
류소가 아니라 마치 음료수 공장에 들어온 느낌이었다. '그렇다
면 도대체 이곳에서 얼마나 많은 양의 위스키가 만들어지는 걸
까?' 궁금했던 내가 가이드에게 물어보니 "1분에 300병, 그리고

하루에 약 9,000상자가 나온다."는 것이다. 병으로 환산하면 10만 8,000병이 된다는 이야기인데, 그러면 하루에 얼마나 많은 옥수수가 이곳에 들어오는 걸까? 그 물량이 감히 상상조차 되지 않는다. 그와 함께 아일랜드에 갔을 때 아이리시위스키의 증류소들이 자본력을 가진 외국의 거대 주류회사들에게 팔려나갔다는 걸 알았을 때의 씁쓸했던 마음이 다시금 떠올랐다. 미국에 와서 이렇게 엄청난 규모로 대량 생산되는 증류소의 컨베이어 벨트 시스템을 눈앞에서 보고 있자니 음주업이 새삼 엄청나게 큰 산업이라는 냉엄한 현실이 떠오르기도 했다. 이것은 술도가 장인이 연상되었던 스코틀랜드와 아일랜드의 증류소에서는 느끼지 못했던 감정이기도 했다.

잠시 후 가이드는 재미있는 프로그램이 하나 있다며 "방문객이 추가로 돈을 내면 짐 빔의 프리미엄 위스키인 놉 크릭Knob Creek을 병에 담아갈 수 있다."고 했다. 그의 말을 듣고 나는 잠시 고민하다가 해보겠다고 했다. 그러자 한 남자 직원이 내게 빈 병을 가져다주면서 위스키로 병을 씻으라면서 "물로 세척하면 알코올 도수가 떨어지기 때문에 위스키로 씻는 것"이라는 설명을 곁들였다. 그가 시키는 대로 오크통에 달린 꼭지에 위스키 병을 갖다 대자 위스키가 힘차게 솟구쳐 올라온다. 직원에게 세척을 마친 빈 병을 넘겨주자 그는 바로 컨베이어 벨트에 집어넣었다. 그리고 잠시 후 직원이 컨베이어 벨트에서 내 위스키를 꺼내오더니 병뚜껑에 지문을 남

짐 빔 증류소의 시음 위스키   자판기처럼 생긴 기계 안에 담겨 있는 위스키

기라고 해서 나는 그의 말대로 말랑말랑한 고무 병뚜껑 위에 엄지
손가락 지문을 꾹 찍었다. 이렇게 해서 세상에 하나밖에 없는 나만
의 놉 크릭 위스키가 만들어졌다.

테이스팅 룸은 깔끔하고 세련되게 꾸며져 있었다. 그런데 시음
방법이 조금 독특했는데, 가이드는 자판기처럼 생긴 기계를 가리
키면서 저 안에 들어 있는 위스키 중 3가지를 골라 마시면 된다고
알려주었다. 그렇다면 일단 평소 즐겨 마시는 짐 빔 화이트 라벨과
놉 크릭은 제외하고 나서 뭘 마실지 생각해봐야겠다. 결국 나는
부커 노가 개발한 스몰 배치Small Batch 위스키인 베이실 헤이든스
Basil Hayden's, 베이커스Baker's, 짐 빔 데블스 컷Jim Beam Devil's Cut을 골
랐다. 여기서 '스몰 배치'('배치'는 '오크통'이라는 뜻)란 '적은 수의 오
크통으로 만들어진 위스키'를 말하는데, 보통 버번위스키는 수십
개의 오크통에 담겨 있는 위스키를 섞어 제품화되지만, 스몰 배치

는 10통 이하의 원주原酒만으로 만들어진다. 그러니 스몰 배치는 일종의 '소량 생산 위스키'라고도 할 수 있다. 최초의 '스몰 배치 버번'은 1987년 짐 빔 증류소에서 출시된 부커스Booker's로 알려져 있다. 그리고 여기서 한 걸음 더 나가 '하나의 오크통'에 담겨 있는 위스키로 만들어진 제품을 '싱글 배럴single barrel 위스키'라고 부른다. 보통 버번 증류소에서는 스몰 배치 위스키와 싱글 배럴 위스키를 '프리미엄 위스키'의 이름으로 출시한다. 가격으로 따지면 싱글 배럴, 스몰 배치, 일반 위스키의 순서대로 비싸게 팔린다.

　미국 위스키를 마실 때 또 하나 알아두어야 할 게 있다. 그건 위스키 이름이 스카치나 아이리시위스키와 달리 다소 복잡하게 만들어진다는 것이다. 보통 스코틀랜드의 싱글 몰트 위스키의 경우에는 '글렌피딕 10, 12, 15, 17년'처럼 증류소 이름에 숙성 연수를 적는 것이 일반적이다. 하지만 버번위스키의 경우에는 위스키 이름만으로 어떤 증류소에서 만들어진 것인지 알 수 없을 때가 종종 있다. 지금 내가 고른 위스키들만 보아도 짐 빔 데블스 컷을 제외하고는 위스키 이름에 '짐 빔'이라는 말이 들어 있지 않다. 놉 크릭도 마찬가지다. 이럴 경우에는 할 수 없이 위스키를 이름에 따라 하나하나씩 알아가는 수밖에 없다. 예를 들어, 베이실 헤이든스는 1796년 켄터키에서 위스키를 처음 증류하기 시작한 베이실 헤이든스 경卿을 기념하기 위해 짐 빔 증류소에서 만든 위스키다. 그래서 '베이실 헤이든스'라는 이름이 붙었다.

짐 빔 데블스 컷이라는 이름 또한 매우 독특하다. 위스키 이름에 '악마'라는 말이 들어가 있어 조금 으스스한 기분이 들긴 하지만 '데블스 컷'이라는 말은 '오크통의 널빤지 속으로 빨려 들어간 스피릿'를 뜻한다. 사실 '데블스 컷'은 '엔젤스 셰어'와 달리 일반적으로 잘 사용되는 말은 아니지만, 여하튼 오크통 안에서 사람으로서는 어찌할 수 없는 뭔가 신비로운 일이 일어나고 있기 때문에 '천사'나 '악마'라는 말이 생겨났을 거라고 추측하는 것이 합리적이다.

켄터키 첫날밤은
버번위스키와 함께

짐 빔 증류소 투어를 마치고 루이빌 쪽으로 차를 몰았다. 그런데 퇴근 시간이 겹쳐서 그런지 고속도로에는 차들도 많고 모두 쌩쌩 달리는 것이다. 나도 열심히 그들을 따라갔다. 그러고는 한 30분 정도 달렸을까? 저 멀리 루이빌로 빠지는 출구들이 하나씩 나타나기 시작하더니 잠시 후 오하이오 강을 가로지르는 커다란 빅포 브리지Big Four Bridge 대교가 눈에 들어왔다. 이 다리를 경계로 남쪽의 켄터키주와 북쪽의 인디애나Indiana 주로 갈라지는데, 사실 버번위스키 여행을 위해서는 켄터키주의 루이빌에 머무는 것이 좋다. 하지만 루이빌 다운타운은 호텔 값도 비싸고 주차비도 많이 나오기 때문에 나는 오하이오 강 건너 인디애나폴리스Indianapolis에서 머물기로 했다. 어차피 미국에서는 계속 차를 몰고 다닐 예정이고, 버번 증류소가 모여 있는 렉싱턴Lexington, 프랑크포트Frankfort, 바

즈타운Bardstown은 루이빌 다운타운이나 내가 머물기로 한 호텔에서 모두 1시간 거리에 있으니 아무런 문제가 되지 않았다.

호텔 체크인을 마치고 났을 때는 이미 밖이 어두워져 있었다. 게다가 시차 때문인지 서서히 피곤함이 몰려왔다. 하지만 켄터키까지 왔는데 버번 한잔 하지 않을 수는 없다. 그리고 첫술은 루이빌 시내에서 마시고 싶어 택시를 불러 다시 오하이오 강을 건너갔는데, 겨울밤이라 그런지 거리도 한산한데다가 날씨도 쌀쌀하여 여기저기 돌아다니고 싶은 마음이 나지는 않았다. 그렇다고 아무 데나 즉흥적으로 들어갈 내가 아니다. 내 생전에 그런 일은 있을 수 없다. 나는 잠시 주변을 돌아보고 나서 루이빌 다운타운 초입에 있는 다운원Down One에 들어가 레스토랑 안쪽 깊숙이 자리를 잡고 앉았다.

위스키 리스트를 훑어보니 버번위스키 종류가 300가지나 됐다. 평소 마시고 싶었던 버번위스키들의 이름이 좍 적혀 있고, 라이 위스키와 스카치위스키 종류도 꽤 많았다. 역시 버번의 도시답다는 생각이 들었다. 이제 위스키만 마시면 된다. 그런데 불현듯 오늘 짐 빔 증류소에서 시음한 위스키의 가격이 궁금해 다시 메뉴를 들여다보았더니 바실 헤이든스는 한 잔에 13불, 베이커스는 15불, 그리고 짐 빔 4년산은 7불에 팔고 있었다. 이왕 메뉴를 훑어보는 김에 버번위스키 가운데 꽤 이름값을 하는 페피 반 윈클Peppy Van Wincle 23년산의 가격을 확인해 보았더니 이건 한 잔에 150불, 그러

1 　루이빌 시내의 타운 원 레스토랑
2 　타운 원 레스토랑의 내부 모습
3 　치킨윙과 슈림프 칵테일

니까 우리 나라 돈으로 20만 원 가까이 된다. 역시 좋은 술을 마시려면 그만큼의 비용을 치러야 한다는 것을 미국에 와서도 다시 한 번 깨달았다.

오늘은 짐 빔 증류소를 다녀왔으니 짐 빔 위스키로 저녁 시간을 보내는 것이 좋을 것 같아 먼저 첫 위스키는 짐 빔 더블 오크Jim Beam Double Oak로 골라 놓고, 안주로는 슈림프 칵테일과 치킨윙을 시켰다. 사실 짐 빔 더블 오크는 한 잔에 12불로 그리 싼 건 아니었지만 이름 그대로 서로 다른 오크통에서 두 차례 숙성하여 만든 위스키라 그런지 부드러운듯하면서도 바닐라와 오크의 풍미가 강했다. 잠시 후 안주도 모두 나왔다. 그렇다면 한 잔 더 해야겠다.

다음 위스키는 짐 빔 본디드Jim Beam Bonded로 정했다. 가격은 짐 빔 오크와 마찬가지로 12불이다. 그런데 여기서 '본디드bonded'라는 낯선 단어가 눈에 띈다. 이건 무슨 뜻일까? 이를 알려면 잠시 과거로 되돌아가야 한다. 때는 바야흐로 1865년, 4년간의 남북전쟁이 끝나자 미국에서는 위스키 수요가 급격히 늘어나면서 덩달아 질 낮은 위스키가 시장에 쏟아져 나왔다. 그래서 미국 정부는 이에 대한 대책의 하나로 1887년에 일종의 '정부 공인 위스키 인증제도'라고 할 수 있는 '보틀드 인 본드bottled in bond' 법안을 만들었다.

원래 '본디드 위스키'라는 말은 '보세 창고에서 병입한 위스키'를 뜻하며, 실제로 정부에서는 '보틀드 인 본드 위스키'가 보관된 창고에 자물쇠를 채워두는 게 관례였다. 그런데 여기서 가장 주목

할 만한 것은 '보틀드 인 본드' 위스키의 명칭을 얻기 위해서는 '정부가 관리하는 창고에서 최소 4년 이상 숙성을 거쳐야 한다는 것'과 '알코올 도수 50도로 병입을 해야 한다는 것'이다. 그러니까 짐 빔 본디드는 숙성 연도도 어느 정도 될 뿐 아니라 도수도 무척 센 위스키라는 걸 알 수 있다. 역시나 짐 빔 본디드를 한 모금 마셔보니 맛도 세고, 조금 전에 마셨던 더블 오크보다 약간 거친 맛이라 슈림프 칵테일과 그리 잘 어울리는 느낌은 아니었다. 오히려 이 위스키는 바비큐 소스에 버무려진 치킨윙과 잘 맞았고, 슈림프 칵테일은 더블 오크와 궁합이 맞았다.

겨울밤, 오하이오 강 옆의 루이빌 바에서 버번위스키를 마시고 있노라니 지난여름 스코틀랜드에서의 밤들이 생각났다. 그리고 그때 글래스고의 포트 스틸에서 마신 주라 위스키에서는 살짝 스모키한 맛이 났는데, 짐 빔 위스키에서는 오크통의 나무 향이 도드라졌다. 역시 위스키가 달라지니 첫날밤의 느낌도 사뭇 달랐다. 아, 사람의 몸과 감정은 감각의 제국인 것이 틀림없다.

맥주와 위스키를 한 곳에서,
버번 타운 브랜치

일찍 잠에서 깼다. 시차 때문이었을 텐데 오히려 잘 되었다는 생각이 들었다. 이렇게 이른 아침부터 서두르면 하루에 증류소 두 군데는 너끈히 다녀올 수 있을 것 같으니까 말이다. 오늘 오전에는 렉싱턴Lexington 중심가에 있는 버번 타운 브랜치Bourbon Town Branch 증류소를 다녀올 요량이다. 호텔을 나와 1시간 정도 달리자 렉싱턴 시내가 보였다. 그런데 증류소가 뜻밖에도 주택가 안쪽에 있어 30분이나 찾아 헤맸다.

차에서 내려 방문자 센터로 들어가려다 보니 건물 입구에 '켄터키 버번 트레일Kentucky Bourbon Trail'이라고 적힌 팻말이 눈에 띈다. 켄터키 버번 트레일은 이름으로 알 수 있듯이 켄터키 주 정부가 버번위스키를 홍보하기 위해 만든 프로그램이다. 테네시주에도 이와 비슷한 '테네시 위스키 트레일Tennessee Whiskey Trail'이 있는데, 켄

렉싱턴 중심가의 버번 타운 브랜치 증류소   '테네시 위스키 트레일'의 팻맛

터키 버번 트레일이 1999년에 먼저 생겼고, 테네시 위스키 트레일
은 2017년에 만들어졌다. 그리고 두 곳 모두 웹사이트도 잘 갖추
어져 있어 버번위스키나 테네시 위스키 여행 계획을 세우는 데 매
우 유용한 참고가 된다. 또한 '트레일 투어 여권'이라는 것도 있어
버번 트레일에 들어 있는 증류소의 탐방을 모두 마치면 버번 트레
일 기념 티셔츠를 선물로 주기도 한다. 나도 증류소 탐방을 끝내고
티셔츠를 받았다.

　방문자 센터는 작고 깔끔했지만 이른 아침이라 방문객이 별로
없어 혼자 투어를 할 뻔했는데, 다행히 투어 시작 전에 3명의 젊
은 남자들이 들어와 네 명이서 투어를 시작하였다. 가이드는 나
이 지긋한 남성이었다. 그는 먼저 버번 타운 브랜치는 가족이 경영
하는 증류소 겸 양조장이며, 이곳의 대표인 퍼스 리옹스Pearse Lyons
씨가 이스트 전공 박사라는 소개를 했다. 그러면서 "리옹스 씨가

버번 타운 브랜치 증류소의 내부 모습

1999년에 200년의 역사를 가진 옛 맥주 양조장을 인수하였고, 증류소는 2012년에 시작하였다."고 알려주었다. 그리고 타운 브랜치라는 이름은 렉싱턴 땅 밑을 흐르고 있는 지하수의 이름에서 유래한 것이라고 했다. 그의 말을 듣고 나니 이곳에 맥주 양조장과 증류소가 함께 있는 이유를 알 수 있었다.

맥주 양조장은 길 건너편에 있었다. 우리는 가이드를 따라 건물 안으로 들어가 잠시 맥주 제조시설을 돌아보고 나서 양조장 안에 있는 자그마한 바에 자리를 잡고 앉았다. 그러자 가이드가 동전 4개씩을 나누어 주면서 마음에 드는 맥주를 골라 마시라고 한다. 맥주 종류는 꽤 많았다. 하지만 내 눈에 먼저 들어 온 맥주는 배럴 에이지드 비어Barrel Aged Beer였다. 이 맥주는 '데킬라를 담았던 배럴 통에서 6주간 재숙성 시킨 맥주'라고 설명되어 있는데, 한 모금 마셔보니 도수도 세고 묵직한 맛이었지만, 데킬라 맛은 거의 느껴지

버번 타운 브랜치 양조장에서 만든 맥주들

지 않았다.

맥주 시음을 끝내고 다시 건너편 증류소 건물로 들어갔는데, 이곳은 시내에 있는 증류소라 그런지 마치 커다란 카페에 들어와 있는 느낌이 들었다. 게다가 모든 시설이 한 공간에 있어 발효 시설과 증류기를 돌아보는 데는 시간이 그리 오래 걸리지 않았다. 숙성고도 화재의 위험 때문에 렉싱턴 시내에는 없다고 했다. 위스키 숙성에 대한 이야기가 나온 김에 가이드에게 다시 한번 새 오크통을 사용하는 이유에 관해 물어보았더니 "과거에 오크통을 만드는 쿠퍼리지 쪽에서 새 통을 사용하도록 국회에 로비해서 그렇게 된 것"이라는 답이 돌아왔다. 꽤 일리가 있는 이야기다. 쿠퍼의 입장에서는 새 오크통을 사용해야 일이 많아지고 수입이 늘 테니까 말이다.

끝으로 병입 시설이 있는 곳을 돌아보았는데, 이곳에서는 병입과 라벨 작업을 모두 손으로 직접 하고 있다. 그 모습을 보고 나니 '역시 크래프트 증류소는 뭔가 다르구나'하는 생각이 들었다.

시음용 술도 크래프트 증류소답게 먼저 진과 럼이 나왔다. 그리고 이어 가이드가 선보인 위스키도 꽤 흥미로운 것들이었는데, 하나는 알코올 도수 50도의 라이 위스키이고, 다른 하나는 62.732도짜리 배럴 프루프 위스키였다. 이 둘을 연달아 마셔보니 라이 위스키는 "나, 라이 위스키야."라고 얼굴을 들이미는 것 같은 톡 쏘는 맛이 매우 인상적이었고, 배럴 프루프는 살짝 입만 댔는데도 혀가 얼얼할 정도로 독한 맛이 진국이었다. 오늘도 운전 때문에 시원스

1 버번 타운 브랜치 증류소의 금속 발효조
2 버번 타운 브랜치 증류소의 나무 발효통
3 버번 타운 브랜치 증류소의 증류기와 스피릿 세이프

버번 타운 브랜치 증류소의 시음 위스키와 술들

럽게 잔을 비우지는 못했지만 짧은 시간에 맥주 양조장과 증류소
를 함께 돌아볼 수 있어 꽤 유익한 시간이었다. 게다가 이곳은 술
애호가들에게는 일석이조一石二鳥의 맛을 즐길 수 있는 곳이라고도
할 수 있다. 투어비 11불만 내면 맥주 4잔에다 위스키 두 잔, 그리
고 럼과 진도 마실 수 있으니까.

세 번 증류한 버번위스키,
우드포드 리저브

한동안 고속도로를 달리다 한적한 길로 빠져나오자 길 양쪽에 드넓은 초원이 펼쳐져 있고, 언덕 위에서는 말들이 한가로이 노닐고 있는 게 흔히 보였다. 그렇다면 왜 켄터키에서는 유독 말이 눈에 많이 띄는 걸까? 이 이유 또한 버번위스키와 관련이 있다.

먼 옛날, 미국 동부와 남부를 오가는 주요 운송 수단은 배였다. 그리고 켄터키 지역에서 만들어진 버번위스키도 루이빌에서 배에 실려 남쪽 끝 항구도시인 뉴올리언스로 운반되었는데, 당시 위스키 상인들은 뉴올리언스에서 위스키를 처분하면서 배도 함께 팔아버리고 말을 사서 루이빌로 돌아왔다. 이런 연유로 켄터키에 말의 수가 늘어났고, 덩달아 말 산업이 발달하게 되었다. 그리고 전 세계적으로 유명한 말 경주인 켄터키 더비Kentucky Derby도 생겨났다. 지금도 매년 5월이 되면 전 세계에서 수많은 사람들이 켄터키

1 우드 포드 리저브 증류소의 외관
2 우드 포드 리저브 증류소의 숙성고

를 찾아와 버번으로 만든 민트 줄렙Mint Julep을 마시면서 말 경주를 즐긴다.

우드포드 리저브 증류소가 있는 베르사유Versailles 마을에는 오후 2시 조금 너머 도착했다. 한눈에 보아도 증류소의 규모가 매우 크다. 게다가 한쪽에는 글렌스크릭Glenn's Creek 개울물이 흐르고 있고, 여기저기 오랜 연륜이 물씬 풍기는 회색 건물들이 흩어져 있어 잠시 자연으로 나들이 나온 기분이 들었다.

오늘의 투어 가이드는 젊은 여성이었다. 그녀는 먼저 버번에 관한 짧은 설명을 마치더니 투어 참가자들에게 "버번위스키는 어디서 만들까요? 켄터키일까요?"라고 질문을 던졌다. 사람들이 잠시 머뭇거리자 그녀는 "버번위스키는 꼭 켄터키에서 만들 필요는 없습니다. 미국 내에서만 만들면 되죠. 하지만 미국에서 생산되는 버번위스키의 95퍼센트가 켄터키에서 생산됩니다."라고 설명했다. 그녀의 말처럼 '버번위스키의 여섯 가지 조건'을 지키기만 한다면, 미국에서 만들어진 모든 위스키를 버번위스키라고 부를 수 있다. 그렇다면 버번위스키가 아닌 다른 방식으로 만들어진 위스키는 어떻게 부를까? 그건 그냥 '아메리칸 위스키American Whiskey'라고 부르면 된다. 단, 테네시 위스키Tennessee Whiskey는 예외다. 그 이유는 테네시의 증류소에 가면 알 수 있다.

이곳은 무엇보다도 나무 발효조가 매우 인상적이었는데, 보통 버번 증류소에 가면 스테인리스 발효조가 많이 눈에 띄지만 우드포드 리저브에서는 100년이 넘는 사이프러스Cyprus 나무로 만든 발효조를 사용하고 있었다. 발효조 #4를 들여다보니 "7,500갤런, 28,390,6리터"라고 적혀 있다. 엄청난 양이다. 가이드의 말에 따르면, "우드포드 리저브의 매시빌은 옥수수 72퍼센트, 호밀 18퍼센트, 맥아 보리 10퍼센트"를 쓴다고 한다. 그리고 "다른 증류소보다 발효 기간이 길다는 것 또한 우드포드 리저브의 또 다른 특징"

이라며 "보통 버번 증류소에서는 사나흘이면 발효가 끝나지만, 우드포드 리저브에서는 6일에 걸쳐 서서히 발효를 시킨다."는 것이다. 그러면서 사워 매시sour mash에 대한 이야기도 꺼냈다. 여기서 사워 매시란 '증류를 마치고 남은 찌꺼기'를 말한다. 보통 버번 증류소에서는 사워 매시를 버리지 않고 남겨두었다가 당화 과정에서 다른 재료와 함께 당화조에 넣는데, 사워 매시는 이름 그대로 산성酸性이라 사워 매시를 당화조에 넣으면 당화조 안의 산도酸度가 올라가 당화가 빨라지고, 위스키 풍미도 일정하게 유지될 뿐 아니라 불필요한 박테리아도 줄일 수 있다는 것이다. 가이드의 말로는 "과거 제임스 크로James Crow라는 장인이 우드포드 리저브에서 일하면서 사워 매시 방식으로 위스키를 만들기 시작했다."고 한다. 그녀가 사워 매시에 대한 이야기를 꺼낸 건 바로 이런 이유 때문이었다.

증류기의 모습도 다른 버번 증류소와 달리 스코틀랜드에서 많이 본 항아리 모양의 포트 스틸 증류기였다. 실제로 우드포드 리저브에서는 스코틀랜드에서 만든 증류기를 사용하며, 증류 방식 또한 다른 곳과 다르다. 가이드의 설명에 따르면 "보통 버번 증류소에서는 컬럼 스틸과 자그마한 더블러를 이용하여 1, 2차 증류를 하지만, 우드포드 리저브에서는 포트 스틸로 세 번 증류한다."고 했다.

우리는 증류 시설을 모두 돌아보고 건물 밖으로 나와 "배럴 하우스Barrel House C. 1890-1892년 제작"이라는 문구가 적혀 있는 회색 벽돌의 숙성고 안으로 들어갔다. 가이드는 "위스키 플레이버의

1 우드포드 리저브의 당화조
2 우드포드 리저브의 숙성고
3 우드포드 리저브의 증류기

50~60퍼센트가 오크통에서 나온다."며 "새 오크통에서 위스키를 숙성하면 바닐라의 풍미가 강해진다."고 설명했다. 나는 이때다 싶어 다시금 여전히 완벽하게 해소되지 않았던 궁금증, 미국의 증류소에서 새 오크통을 사용하는 이유를 그녀에게 물었다. 그러자 아마도 위스키 맛 때문일 거라고 했다. 이번에도 내 궁금증을 해소하기엔 뭔가 부족한 답이었다. 나는 그 이유 때문은 아닐 거라고 속으로 되뇌기도 했다. 숙성고 탐방이 끝나자 사람들이 우르르 밖으

로 몰려 나갔는데, 나는 조금이라도 위스키 향을 더 맡으려고 대열의 뒤꽁무니에 붙어 천천히 빠져나왔다. 그리고 끝으로 병입하는 곳을 돌아보고 다시 방문자 센터가 있는 건물로 돌아왔다.

테이스팅 룸으로 들어오자 창밖 너머로 증류소 건물들이 힐끔힐끔 보이고, 방 앞쪽에 화로가 놓여 있어 마치 자그마한 술집에 들어와 있는 느낌이 들었다. 그리고 오크나무로 만든 탁자 위에는 위스키의 풍미를 적어 놓은 플레이버 휠flavor wheel과 위스키 받침대가 가지런히 놓여 있고, 그 옆에는 두 가지 종류의 위스키와 버번 볼Bourbon ball이 올려져 있다. 버번 볼은 '버번위스키를 넣어 만든 초콜릿'을 말하는데, 켄터키 특산품으로 1938년 루스 부Ruth Booe가 처음 만들었다고 알려져 있다.

시음 위스키로는 더블 오크트Double Oaked와 디스틸러스 셀렉트Distiller's Select가 나왔다. 가이드는 "두 가지 위스키 맛을 비교해보세요."라고 말하면서 "하나는 가볍고, 다른 하나는 진하게 느껴질 겁니다. 어느 것이 가벼운가요?"라고 물어보더니 잠시 후에 "오른쪽이 더 진하죠?"라고 말하는 것이었다. 오른쪽에 있는 위스키는 더블 오크트였는데, 이름 그대로 오크통에서 두 번 숙성 시켜 맛이 진했다. 버번 볼을 한 점 베어 물고 위스키를 마시니 이 둘이 찰떡궁합처럼 느껴졌다. 이런 걸 보면 동서양을 떠나 음식과 술도 끼리끼리 잘 논다는 걸 알 수 있다.

증류소를 나오자 빗방울이 떨어지는 듯싶더니 고속도로를 달

1 우드포드 리저브의 테이스팅 룸
2 우드포드 리저브의 위스키 매장

릴 즈음에는 잠시 진눈깨비로 바뀌었다가 이내 함박눈이 펄펄 내리기 시작했다. 역시 겨울은 겨울인가 보다. 호텔에 도착하자 서서히 어둠이 찾아오고, 시차 때문인지 조금 멍한 느낌이 들었다. 그도 그럴 것이 미국 동부는 우리 나라와 13시간이나 시차가 난다. 그러니까 한국이 아침이면 이곳은 밤이니 시차로만 본다면 최악이라고 할 수 있다. 게다가 오늘은 아침 일찍부터 서둘렀던 탓에 몹시

피곤하기도 했다. 이럴 때 위스키 한 잔이면 꿀잠을 잘 것 같지만 호텔 주변에 마땅히 들를 만한 바는 없었다. 그렇다고 갈 곳이 하나도 없다는 건 아니고, 아직 내가 좋아하는 술집을 찾지 못했다는 이야기다. 갑자기 아일라섬이 그리워졌다. 자그마한 마을 분위기도 그렇고, 아기자기한 술집이 지근거리에 있는 것도, 위스키 한 잔하기에는 스코틀랜드나 아일랜드가 미국보다는 더 좋은 것 같다.

와일드 터키에서
독상을 받다

느긋하게 아침 식사를 마치고 차를 몰다 보니 바로 눈앞에서 해가 떠오르고 있다. 사실 나는 야행성 인간이기 때문에 해 뜨는 것을 제대로 본 적이 없다. 살면서 딱 두 번 본 것 같다. 한 번은 어릴 적 수학여행을 갔을 때였고, 다른 한 번은 아프리카 나미비아 사막에서였다. 그런데 이번 위스키 여행길에서 해돋이를 보게 될 줄이야. 조금 더 시간이 지나자 눈이 부셔 달리기가 힘들 정도였다. 그렇다면 지금 내가 동쪽을 향해 가고 있는 게 맞는 것 같은데, 이렇게 이른 아침에 출근 행렬을 따라 부지런히 차를 몰다 보니 마치 증류소에 일 나가는 기분이 든다.

와일드 터키Wild Turkey에는 오전 9시 조금 전에 도착하였는데, 이곳도 증류소 부지가 만만치 않게 커서 방문자 센터가 있는 곳까지 가는 데도 한참 걸렸다. 건물 안으로 들어가자 직원들 몇몇만 보

와일드 터키 증류소의 전경

일 뿐 방문객은 나밖에는 없는 것 같다. 하기야 '한겨울 이른 아침부터 위스키 탐방을 하러 올 사람이 있을까?' 하는 생각이 들기도 했다.

방문자 센터 한쪽에는 와일드 터키의 역사를 보여주는 자그마한 전시 공간이 마련되어 있고, 다른 한쪽에는 위스키 매장이 들어서 있었다. 내가 여기저기 돌아다니며 구경을 하고 있자 한 젊은 여직원이 내게 다가와 말을 붙였다. 그래서 나도 그녀에게 인사를 건네며 "한국에서 왔는데요."라고 하자 그녀는 "와! 한국 사람으로는 처음이에요."라며 환한 미소를 지으면서 "아직 투어 시간이 안 되었으니 잠시 기다리세요."라고 한다. 나는 이 시점에서 증류소 방문 목적을 밝히는 게 좋을 것 같아 "지금 위스키 책을 쓰려고 여기저기 돌아다니고 있다."고 했더니 그녀는 다른 직원을 불러 "이분이 버번위스키 책을 쓰고 있다고 하네요."라면서 나를 소개해주었다. 그래서 이들에게 뭔가 이야기를 해야 할 것 같아 "한국에도 와일드 터키가 들어와 있어요."라고 하자 한 남자 직원이 고개를 끄덕이며 "그럼 한국 사람들은 주로 무슨 위스키를 마시나요?"라고 물어보기에 "요새 조금 변화가 있습니다. 예전에는 조니워커나 시바스 리갈 같은 블랜디드 스카치위스키를 많이 마셨지만 최근에는 스카치 싱글 몰트 위스키를 많이 마시죠. 그리고 미국 위스키로 말하자면, 짐 빔과 잭 대니얼은 아주 오래전부터 들어와 있고, 요즈음에는 우드포드 리저브나 메이커스 마크도 많이 마십니다. 물론 와일드 터키도요."라고 말해주니 "알려줘서 고맙다."고 했다. 이들과 이야기를 나누다 보니 어느덧 투어 시간이 다 되었다.

나는 젊은 여성 가이드와 인사를 나누고 바로 건물 밖으로 나와 투어 버스에 올라탔다. 아마도 증류소가 넓어 증류 시설이 있는 곳까지 이동을 해야 하는 것 같았다. 그런데 운전기사가 아주 젊었다. 그는 나를 힐끗 쳐다보더니 "이 지역은 아일랜드 이민자들이 정착한 곳"이라며 본인은 6대代라고 알려주었다. 그 말을 듣고 나서 이곳 지역의 증류소 역사에 대해 잠시 생각해보았는데, 옛날 아일랜드 출신 이민자인 리피 형제들Ripy Brothers이 이곳 로렌스버그Lawrenceburg에서 위스키를 만들기 시작한 것이 1869년이었으니 아마도 그의 선조도 이들과 비슷한 시기에 미국에 이민을 왔을 것 같다는 생각이 들었다. 나는 잠시 그와 위스키에 관한 이야기를 주고받다가 버스에서 내렸다. 이제 가이드와 둘만 남았다.

와일드 터키 증류소의 발효조

　가이드를 따라 발효시설이 있는 건물로 들어가자 커다란 스테인리스 발효조가 눈에 들어왔다. 그녀는 버번에 관한 설명을 하면서 "저기 거품 이는 것 보이시죠? 보통 발효는 사흘 동안 진행되는데, 이건 이틀 지난 겁니다."라고 하더니 발효조 안으로 손을 넣어 보라고 한다. 그녀가 시키는 대로 발효조 위로 손을 내뻗자 따뜻한 기운이 느껴졌다. 이처럼 매번 술이 만들어지는 것을 볼 때면 '뭔가 살아 있구나!' 하는 생각이 든다. 그리고 뭐랄까? 딱딱한 곡물이 또 다른 생명체로 변해가는 느낌이랄까? 어쨌든 매번 보아도 볼 때마다 신비로울 따름이다.

　발효조 너머로는 효모를 관리하고 증식시키는 이스트 룸Yeast Room이 보인다. 그녀의 설명을 따르면 "와일드 터키에서는 1950년부터 같은 효모를 사용하고 있으며, 발효 공정은 매우 간단한 작업이라 4명의 직원이 이 모든 것을 관리한다."고 했다. 직원들이 앉아 있는 컨트롤 룸^{control room}도 보여주었다. 이어 그녀는 발걸음을 옮기면서 "발효를 마치고 난 찌꺼기는 소 농장에 무료로 나누어 줍니다. 행복한 소들이죠."라며 환한 웃음을 지었다. 그렇다면 발효가 끝난 이 술지게미를 소가 먹으면 취할까? 그렇지는 않다. 발효를 마친 곡물 찌꺼기는 영양 만점의 사료이지만 알코올은 들어 있지 않다. 그러니 소에게는 아주 좋은 식사감이다.

이곳의 증류기는 다른 곳의 그것과 비슷하게 생겼는데, 증류 과정이 조금 달랐다. 가이드의 말에 따르면 "와일드 터키에서는 다른 곳보다 낮은 도수인 64도에서 증류를 마치고 난 뒤, 알코올 도수를 6.5도만 떨어뜨려 57.5도로 맞춰 오크통에 넣는다."며 "이렇게 하면 위스키를 희석하기 위한 물도 적어지기 때문에 위스키에 무게감이 생긴다."고 했다. 그리고 그녀는 "와일드 터키 증류소에는 시음을 전담하는 직원이 따로 있다."면서 센서리 랩^{Sensory Lab}도 보여주었는데, 이 말을 듣고 나니 '이런 일은 내가 하면 딱일 것 같은데' 하는 생뚱맞은 생각이 들었다. 끝으로 숙성고 구경을 마치고 다시 방문자 센터로 돌아왔다.

2층에 있는 테이스팅 룸은 위스키 바처럼 꾸며 놓았다. 전망도 매우 좋아 내가 창문 밖으로 눈을 돌리자 가이드는 "저 멀리 내려다보이는 게 바로 켄터키 강"이라는 것이다. 이제 와일드 터키 증류소에서 사용하는 물이 어디서 오는지 알겠다. 잠시 후 테이스팅이 시작되었다. 그녀는 먼저 버번 시음법을 알려주겠다고 하면서 "처음에는 입을 벌린 채로 위스키의 향을 맡고, 두번째는 입을 다물고 위스키 향을 맡아 보라"고 했다. 그리고 버번위스키는 세 번에 걸쳐 마시는 게 좋다며 "첫 모금은 위스키로 입 전체를 살짝 코팅하듯 마셔보라."고 권하면서 "사람들은 이걸 켄터키 허그 Kentucky hug라고 부른다."고 알려주었다. 그녀의 말처럼 버번위스키는 이렇게 켄터키 허그로 시작한다. 이때 첫 모금은 사람을 만나 살짝 허그를 하듯이 조금만 마신다. 그녀는 이어 "두번째 모금에서는 위스키의 따뜻함을 느끼고, 세번째는 위스키의 플레이버를 음미해보라."고 했다. 사실 이러한 위스키 시음법을 부르는 말이 있다. 바로 '트리플 십 메소드triple sip method'이다. 우리말로 옮기면 '세 번에 걸쳐 마시는 법' 정도가 될 것 같다. 물론 위스키를 마시는 방법은 한 가지만 있는 것은 아니지만 버번 특유의 시음법이니 알아두는 것도 좋을 듯하다.

와일드 터키 증류소의 테이스팅 룸과 시음 위스키들

시음 위스키는 여러 가지가 나왔는데, 처음 맛본 위스키는 55도의 러셀스 리저브 켄터키 스트레이트 버번위스키 싱글 배럴Russel's Reserve Kentucky Straight Bourbon Whiskey Single Barrel이었다. 그런데 이름이 참 길기도 하다. 이 정도면 영어 문장을 해독하듯 하나씩 끊어 읽어야 할 것 같다. 게다가 '스트레이트 버번Straight Bourbon'이라는 낯선 용어도 눈에 띄는데, 이건 간단히 말해서 버번위스키의 '숙성 연수'에 관한 용어라고 보면 된다. 그렇다면 스카치위스키나 아이리시위스키처럼 버번위스키에도 몇 년을 숙성시켜야 한다는 규정이 있을까? 버번에는 그런 건 없다. 하지만 일반적으로 버번위스키는 2년 이상 숙성하는 게 보통이며, 이 경우 위스키 라벨에 '스트레이트'라는 말을 붙인다. 그리고 버번위스키의 규정에 따르면 '2년에서 4년 미만 숙성한 버번위스키'에는 병 라벨에 숙성 연수를 명시해야 하며, 4년 이상 된 위스키에는 숙성 기간을 따로 적지 않아도 된다. 하지만 오랜 숙성을 거친 위스키에는 숙성 연수를 표기하는 경우가 많다. 이런 위스키에 숙성 연수를 표시하지 않을 이유가 없기 때문이다.

두번째 위스키는 52도의 러셀스 리저브 켄터키 스트레이트 라이 위스키 싱글 배럴Russel's Reserve Kentucky Straight Rye Whiskey Single Barrel이었는데, 이 위스키도 이름이 퍽이나 길고 복잡하다. 이것도 하나씩 해독해보면, 일단 이 위스키는 '라이 위스키'이고 '스트레이트 위스키'이면서 '싱글 배럴 위스키'다. 그런데 이 위스키는 숙성 연수가 적혀 있지 않았으므로 그냥 '4년 이상 숙성한 위스키'라고 보면 된다.

세번째로 나온 위스키는 45도의 러셀스 리저브 켄터키 스트레이트 라이 위스키 6년산Russel's Reserve Kentucky Straight Rye Whiskey 6 Years이었다. 이처럼 같은 스트레이트 위스키라도 숙성 연수가 높아지면 자랑스럽게 라벨에 그 숙성 연수를 표시한다. 그리고 다음에 마신 위스키는 와일드 터키 레어 브리드 배럴 푸르프Wild Turkey Rare Breed Barrel Proof였다. 이 위스키에는 숙성 연도가 표시되지 않았지만 6년에서 12년 숙성을 거친 위스키들을 섞어 만든 위스키다. 게다가 배럴 프루프인지라 '희귀품종Rare Breed'이라는 말이 붙었다.

그녀가 끝으로 내놓은 건 아메리칸 허니 스팅American Honey Sting이었다. 이건 위스키가 아니라 버번위스키와 꿀을 섞어 만든 달콤한 맛의 리큐르liqueur라 알코올 도수도 35.5도밖에 되지 않는다. 이런 위스키 리큐르는 그대로 마셔도 되지만 얼음을 넣어 마시면 색다른 맛이 나며, 음식을 만들 때 사용해도 좋다.

시음을 모두 마치고 나자 가이드가 "어느 게 가장 맛있었나요?"라고 호기심이 가득한 표정으로 물어보는데, 지금 어느 것을 콕 집어 좋다고 말할 처지가 아니었다. 이 정도면 진수성찬을 맛본 것이나 다름없으니까 말이다. 게다가 전망 좋은 바에 앉아 혼자 위스키를 즐기고 있노라니 마치 독상獨床을 받은 기분이라 나는 "다 좋아요."라고 에둘러 말했다. 그리고 오늘 이곳에 와서 새삼 느낀

와일드 터키 증류소의 위스키

건데, 가끔은 사람들과 일반적인 생활 방식 패턴을 달리 가져가는 것도 좋은 것 같다. 사람들 말로는, '여름철에는 증류소를 찾는 사람들이 많아 예약해야 할 정도'라고 하지만, 지금은 겨울철이다 보니 가는 곳마다 한가롭기 그지없고, 그 덕분에 가이드와 둘이서 호젓하게 증류소를 돌아보고 편하게 시음을 즐길 수 있었으니까 말이다. 가이드가 친절한 것도 무척 마음에 들었다. 그녀에게 "오늘 투어 매우 좋았습니다."라고 말을 전하고 나서 "지금 포 로지스 Four Roses에 갈 겁니다."라고 했더니 그녀는 종이 위에 포 로지스 증류소로 가는 방법을 자세히 적어주었다. 나는 그녀에게 다시 한번 고맙다는 감사의 말을 전하고 자리를 떴다.

장밋빛 사랑 이야기가 감미로운
포 로지스 증류소

포 로지스 증류소도 규모가 꽤 컸지만 마침 사방이 흰 눈으로 덮여 있어서 그런지 아늑한 느낌이 들었고, 방문자 센터 건물도 색다른 모습으로 다가왔다. 게다가 오랜 연륜이 느껴지는 연노란색 건물에 자그마한 종이 매달려 있어 마치 옛 성당에 들어가는 느낌이 들었는데, 이 건물은 실제로 옛 스페인 성당 양식으로 지어졌다고 한다.

　방문자 센터 안으로 들어가자 방 한쪽에는 진한 브라운색 가구와 가죽 소파가 놓여 있고, 다른 한쪽에는 자그마한 바를 만들어 놓아 마치 저택 응접실에 들어온 것 같은 기분이 들었다. 나는 위스콘신에서 오신 나이 지긋한 부부와 함께 투어에 참가하였다. 이곳도 가이드는 젊은 여성이었는데, 우리는 먼저 포 로지스 증류소의 역사를 담은 영상을 보고, 그녀로부터 포 로지스 특유의 레시

1 포 로지스 증류소로 가는 길

2 포 로지스 증류소의 전경

3 포 로지스 증류소의 방문자 센터

피에 관한 설명을 들었다. 사실 포 로지스의 레시피는 처음 들으면 조금 복잡한 듯 하지만 포 로지스 위스키를 제대로 즐기기 위해선 필히 알아두어야 할 내용들이다.

포 로지스에서는 두 가지의 매시빌과 다섯 종류의 효모의 조합으로 열 가지 레시피를 만들어 사용한다. 첫번째 B 매시빌은 옥수수 60퍼센트, 호밀 35퍼센트, 맥아 보리 5퍼센트로 되어 있으며, 두번째 E 매시빌은 옥수수 75퍼센트, 호밀 20퍼센트, 맥아 보리 5퍼센트로 구성되어 있다. 그리고 효모의 종류는 F(허브 풍미), K(가벼운 스파이스, 가벼운 캐러멜과 풀 바디의 풍미), O(강한 스파이스, 미디엄 바디의 풍미), Q(플로럴, 스파이시, 미디엄 바디의 풍미), V(섬세하게 프루티하면서 스파이시하고 크리미한 풍미)의 다섯 가지가 있으며, 이들의 조합으로 열 가지 레시피를 만들고, 이를 로마자 알파벳 네 글자로 위스키병에 표시한다. 이 가운데 맨 앞글자와 세번째 글자는 항상 O와 S로 표기하고, 두번째 알파벳과 네번째 알파벳이 매시빌과 효모

포 로지스 증류소의 매시빌

의 종류를 가리킨다. 가이드는 레시피에 관한 설명을 마치고 나서 "두 가지 매시빌 모두 호밀이 많이 들어가 있어 포 로지스 위스키는 대체로 스파이시하며, 풀 바디의 풍미를 지니고 있는 것이 특징"이라고 알려주었다.

'포 로지스' 이름에 관한 이야기도 매우 흥미로웠다. 가이드는 "왜 증류소 이름이 포 로지스가 되었는지 아세요?"라고 궁금증을 유도하면서 다음과 같은 일화를 들려주었다. 그녀의 말에 따르면 포 로지스 증류소의 창업자인 폴 존스 주니어Paul Johns Jr.가 어느 날 무도회에서 만난 아리따운 여인에게 첫눈에 반해 바로 그 자리에서 프러포즈를 했다고 한다. 그러자 그녀는 "내가 당신의 프러포즈를 받아들인다면 그 징표로 다음 무도회 때 장미를 달고 나타날게요."라고 말했고, 그녀는 다음 무도회에 네 송이 빨간 장미 모양을 한 코르사주를 가슴에 달고 나타났다. 이런 연유로 포 로지스 증류소는 1888년부터 '네 송이 장미'를 트레이드 마크로 사용하기 시작했다고 한다.

그토록 고전적이면서도 낭만적인 이름을 가진 포 로지스 증류소를 돌아보면서 가장 인상적이었던 것은 단층으로 된 숙성고였다. 가이드의 말로는 "여러 층으로 된 숙성고보다 위스키의 맛에 일관성이 있다."라고 했다. 맞는 말이다. 이처럼 위스키는 같은 숙성고에서 보관되어 있더라도 오크통이 놓인 위치에 따라 맛이 달라진다. 예를 들어 숙성고가 여러 층으로 되어 있을 경우, 가장 높은 층에 놓인 오크통은 아래쪽보다 뜨거운 열기를 더 많이 받아 숙성이 빠르게 진행되고, 반대로 낮은 곳에 있는 오크통에서는 숙성이 더디게 일어난다. 그러니 단층으로 된 숙성고의 위스키가 보다 일관된 맛을 지닐 수밖에 없다.

숙성고 구경을 마치고 다시 방문자 센터로 돌아왔다. 우리 셋이 바 테이블 앞에 자리를 잡고 앉자 가이드는 먼저 포 로지스 위스키 가운데 가장 대중적인 옐로 라벨Yellow Label을 내놓으면서 "이 위스키는 포 로지스의 10개 레시피를 모두 섞어 만들어졌다."며 "버번에 입문하는 사람에게 딱 좋은 술로 진저 에일ginger ale을 섞어 마시면 매일 편하게 즐길 수 있고, 햄버거 패티를 만들 때 사용해도 아주 좋다."고 했다. 자신만의 소고기 패티 비법을 공개한 셈이다. 그녀의 레시피에 따르면 "먼저 다진 소고기에 옐로 라벨 위스키, 브라운슈가, 간장, 마늘을 넣고 나서 한 5시간 정도 재워두면 맛난 버거 패티가 완성된다."는 것이었다. 그런데 가만히 듣다 보니 이건 위스키가 들어간 것만 빼고는 우리 나라 불고기 레시피와 거의 비슷한 게 아닌가. 그러니 당연히 맛이 좋을 것이고, 버번위스키 안주로도 제격일 것 같았다. 꼭 포 로지스가 아니더라도 나중에 햄버거 패티나 햄버그스테이크를 만들 때 버번위스키를 넣어봐야겠다는 생각이 들었다. 이름은 '버번 햄버거'가 좋겠다.

위스키 맛이 좋았는지 옆에 앉아 있는 여성이 잔을 비우고 다음 위스키를 기다리고 있다. 가이드는 이 모습을 보더니 함박웃음

1 포 로지스 증류소의 10가지 위스키 레시피
2 포 로지스 증류소의 방문자 센터
3 포 로지스 증류소의 시음 위스키

을 지으며 "이분이 다음 위스키를 기다리고 있네요. 그럼 이번에
는 스몰 배치 위스키를 마셔보죠."라고 하면서 위스키를 따라주었
다. 그러면서 그녀는 "스몰 배치에 대한 규정은 따로 없어요. 증류
소마다 만드는 방식이 서로 다른데, 포 로지스에서는 10개의 레시
피 가운데 OBSK, OBSO, OESK, OESO의 네 가지 레시피를 섞
어 스몰 배치를 만든다"고 설명하며 이런 말을 덧붙였다. "이 위스
키는 조금 스파이시하면서 과일과 캐러멜 향이 도드라지죠. 그리
고 좀 전에 마신 옐로 라벨이 매일 집에서 한 잔씩 하기 좋은 위스
키라면, 이 스몰 배치는 토요일 밤에 맨해튼Manhattan이나 올드 패

션드Old Fashioned, 아니면 민트 줄렙과 같은 고급 칵테일을 만들 때 사용하면 좋아요." 이 말은, 스몰 배치 위스키가 좀 전에 마신 옐로 라벨보다 조금 더 고급한 위스키라는 뜻이다. 그녀는 "서로 다른 위스키는 서로 다른 방식으로 즐기는 게 좋은 거죠."라고 힘주어 말했다. 나도 그녀의 말에 전적으로 동감이다. 애주가의 입장에서 보면, 매번 같은 술을 마시는 것은 말이 안 되고, 서로 다른 술을 같은 방식으로 마시는 것 또한 이치에 맞지 않으니까 말이다.

다음으로 나온 위스키는 싱글 배럴이다. 라벨 뒷면을 보니 'OESV'라고 적혀 있는데, 이건 더 고급스러운 위스키인데다가 도수도 50도나 되었다. 가이드는 호밀 함유량도 많고 섬세한 과일의 풍미를 가지고 있어 자신이 참 좋아하는 위스키라면서 환한 미소를 짓더니 바 테이블 끝에 놓여 있는 프리미엄 블랙 레이블Premium Black Label과 슈퍼 프리미엄 실버 레이블Super Premium Silver Label을 가리키면서 "이 위스키들은 일본에서만 맛볼 수 있는 고급 위스키들이죠."라는 것이다. 그녀의 말을 듣고 나서 가이드에게 내가 "여기 블랙 라벨에 일본어로 '위스키'라고 적혀 있네요."라고 하자 그녀는 "그렇게 읽는 거예요? 오, 쿨cool, 나는 몰랐는데요."라며 흡족한 표정을 짓고 나더니 라벨에 적혀 있는 다른 글자를 가리키며 "여기에는 뭐라고 쓰여 있나요?"라고 물어본다. 그래서 다시 "그건 알코올 도수입니다. 그리고 일본에서 알코올 도수를 가리키는 숫자는 미국 알코올 도수의 절반입니다. 그러니까 여기에 적힌

포 로지스 증류소의 위스키 매장　　포 로지스 증류소의 위스키

43은 86푸르프proof가 되는 거죠."라고 설명해주었더니 "알려줘서 고맙다."고 했다.

　그렇다면 왜 이런 프리미엄 위스키를 일본에서만 파는 걸까? 그건 바로 포 로지스가 다름 아닌 일본 기린Kirin 회사 소유이기 때문이다. 물론 그녀는 이에 관한 이야기는 하지 않았는데, 그건 아마도 회사 방침인 것 같았다. 짐 빔 증류소도 마찬가지였다. 사실 짐 빔이야말로 미국 버번위스키를 대표하는 증류소이지만 지금은 일본 산토리Suntory 계열의 빔산토리Beam-Suntory에 속해 있기 때문에 짐 빔 증류소에서도 이에 대해서는 일언반구도 하지 않은 것 같다. 이처럼 세계를 지배하고 있는 음료수나 주류 회사의 소유관계를 들여다보면 일반 소비자들이 짐작할 수 없을 정도로 매우 복잡하다. 게다가 손 바뀜도 꽤 잦은 곳이니 이런 사실에 대해 그리 민감하게 굴 필요는 없을 것 같다.

여긴 뭐든지 크네,
버펄로 트레이스 증류소

버펄로 트레이스는 이름 그대로 옛날 버펄로가 다니던 길 위에 세워진 증류소라 그런지 조금 도시 외곽에 있는 느낌이 들었다. 게다가 한쪽 옆으로는 켄터키 강이 흐르고 있고, 여기저기에 오랜 세월의 흔적이 묻어 있는 건물들이 흩어져 있어 마치 과거 속으로 들

1 　우람한 버펄로 모습이 그려져 있는 버펄로 트레이스의 로고
2 　버펄로 트레이스 증류소의 전경

어가는 기분이었다. 심지어 방문자 센터도 옛 위스키 숙성고를 개조해 만든 것이라고 했다. 1층 매장을 지나 2층으로 올라가자 조금 전 포 로지스에서 만난 노부부가 와 있었다. 이곳 가이드는 나이 지긋한 남성 가이드였다. 그는 "원래 이 시간에는 증류소 내부를 돌아보는 투어는 없지만, 방문자가 세 명뿐이라 증류소 시설을 보여주겠다."고 했다.

가이드를 따라 건물 밖으로 나가자 옥수수 알갱이를 가득 실은 대형 트레일러가 먼저 눈에 들어왔다. 가이드는 "지금 건물 지하에 있는 사일로silo(곡식 저장고)로 옥수수를 옮겨 담고 있다."며 버펄로 트레이스에서는 이런 작업을 하루에 8~10회 한다고 했다. 그러면서 옥수수를 한 줌 잡아 보여주었는데, 그 모양새는 팝콘 재료로 사용되는 옥수수 알갱이를 닮았지만 크기는 조금 더 크고 통통했다. 가이드를 따라 한 건물 안으로 들어가자 당화조와 발효조가

버펄로 트레이스에서 사용하는 옥수수 알갱이

여럿 보이는데, 이곳에서는 촬영은 할 수 없다고 했다. 그건 그렇다 치고 발효조가 엄청 큰 게 인상적이었다. '도대체 얼마나 큰 거지?' 궁금하여 빈 발효조 안을 내려다보았더니 아찔하게 느껴질 정도로 바닥이 깊고, 크기도 엄청났다. 실제로 버펄로 트레이시의 발효조는 버번위스키 업계 가운데 가장 큰 것으로 정평이 나 있다. 가이드의 말에 따르면 "발효조의 높이가 3층 건물과 맞먹고, 용량은 무려 9만 2,000갤런이 된다."고 하는데, 이곳에는 이런 초대형 발효조가 12개나 있다고 한다. 그렇다면 도대체 하루에 얼마나 많은 옥수수가 들어와 술로 만들어지는 걸까? 그건 상상조차 되지 않았다. 다른 발효조를 들여다 보니 마치 찌개가 보글보글 끓듯이 발효가 왕성하게 일어나고 있었다. 가이드가 발효조 안으로 손을 넣어보라고 해서 슬쩍 손을 대어 보았더니 온기가 느껴졌다. 그리고 맛을 보니 조금 시큼했다.

증류기도 발효조에 걸맞게 무척 컸다. 기다란 모양의 1차 증류기는 5층 높이나 되고, 2차 증류기는 둥근 모습을 하고 있었다. 노부부가 신기한 듯 증류기를 들여다보자 가이드가 어디선가 스피릿을 가져오더니 "먼저 손에 비벼보고 향을 맡아보세요. 그럼 알코올 냄새와 함께 곡물과 효모 향이 올라올 거예요."라고 하기에 그의 말대로 해보았더니 스피릿에서 소독용 알코올 냄새가 났지만, 곡물의 향은 그리 강하지는 않았다. 증류기 구경을 마치고 나와 한참 길을 걷다 보니 웨어하우스Warehouse D동이 보였다. 건물

1 버펄로 트레이스 증류소의 1차 증류기
2 버펄로 트레이스 증류소의 2차 증류기
3 버펄로 트레이스 증류소의 숙성고

밖에는 "1907년 세워진 숙성고로 10층 규모이며, 19,454개의 배럴 통이 보관되어 있다."고 적혀 있다. 역시나 여긴 모든 게 컸다. 큰 게 미덕 같았다.

다시 방문자 센터로 돌아왔다. 가이드는 참가자들에게 네 가지 위스키를 시음할 거라고 하면서 먼저 62.5도의 화이트 독 매시 White Dog Mash #1을 내놓았다. 버번 증류소에서 화이트 독이 나온 것은 처음이다. 그런데 '화이트 독'이라는 기묘한 이름의 정체는 뭘까? 그건 바로 증류를 마친 '하얀 스피릿'을 말한다. 이처럼 미국에서는 위스키 스피릿을 '화이트 독', 또는 '화이트 위스키white whiskey', 그리고 때로 '뉴 메이크new make, 또는 '문샤인'이라고도 한다. 그렇다면 화이트 독은 어떤 맛이 날까? 그건 대략 우리 나라 전통 소주를 떠올리면 된다. 물론 똑같은 풍미는 아니지만, 생김새나 맛으로 본다면 우리 나라 술 가운데 증류식 소주에 가장 가깝다.

두번째로 나온 위스키는 '버펄로 트레이스의 플래그십'이라고 할 수 있는 버펄로 트레이스 켄터키 스트레이트 버번위스키Buffalo Trace Kentucky Straight Bourbon Whiskey였고, 세번째 위스키로는 이글 레어 켄터키 스트레이트 버번위스키Eagle Rare Kentucky Straight Bourbon Whiskey가 나왔다. 그런데 보통 버펄로 위스키의 라벨을 보면 우람한 모습의 버펄로가 떡하니 자리 잡고 있는데, 이글 레어 라벨에는 힘차게 날갯짓을 하는 독수리가 그려져 있었다.

가이드는 위스키는 각자 좋아하는 게 좋은 거라고 말하면서 특

1 버펄로 트레이스 증류소의 화이트독
2 버펄로 트레이스 켄터키 스트레이트 버번위스키
3 이글 레어
4 버번 크림 리큐르
5 버펄로 트레이스 증류소의 버번 볼

별히 위스키에 대한 평가는 하지 않았다. 그의 말처럼 때론 이처럼 열려 있는 태도가 좋은 것 같다. 물론 위스키마다 객관적인 풍미가 있는 것도 사실이고, 술에 관한 공부를 할 때는 이러저러한 정보를 많이 익히는 게 많은 도움이 되지만, 가이드의 말마따나 술은 자신의 감각을 믿고 즐기는 게 가장 좋다. 술은 머리로 마시는 게 아니니까 말이다.

끝으로 가이드는 알코올 도수 15도의 버번 리큐르인 버번 크림Bourbon Cream을 한 잔 따라주면서 버번 볼이 가득 들어 있는 상자를 내밀었다. 역시나 달달한 리큐르에는 버번 볼에 딱 맞았고, 시음 마무리용으로도 아주 좋았다. 그런데 버펄로 트레이스가 버번 트레일에 들어가 있지 않는 게 무척 궁금하여 가이드에게 그 이유를 물어보니 "버번 트레일에 들어가려면 협회에 돈을 내야 하는데, 버펄로 트레이스에서는 그 돈을 위스키에 투자한다."고 했다. 아마도 협회에 꽤 많은 돈을 내야 하는가 보다.

투어를 마치고 나자 이미 해가 넘어갔다. 인적이 떠난 증류소도 텅 비었다. 아마도 먼 옛날 버펄로 떼들이 이곳을 지나다닐 적에는 지금처럼 황량한 분위기였을 것 같다. 하지만 오늘은 아침 일찍부터 서둔 덕분에 증류소를 세 곳이나 다녀온 터여서 마음만은 뿌듯했다.

이곳은
뭐 하는 곳이지?

오늘은 가장 먼저 루이빌에서 가까운 스티첼웰러 증류소 불렛 위스키 체험관The Bulleit Whiskey Experience at Stitzel-Weller Distillery을 찾아갔다. 차를 몰고 부지 안으로 들어가자 벽돌로 지어진 자그마한 건물이 보이고, 다른 한쪽에는 커다란 검은색 건물이 자리 잡고 있다. 그리고 '올드 피츠제럴드Old Fitzgerald'라는 글자가 새겨진 매우 인상적인 기다란 굴뚝도 보였다.

투어는 정확히 오전 9시에 시작되었는데, 참가자들이 꽤 많았다. 이런 건 처음 본다. 아마도 위치가 시내 가까운 곳에 있는 곳이라서 단체 관광객들이 떼거리로 몰려온 듯하다. 젊은 여성 가이드는 활짝 웃는 얼굴로 사람들에게 인사를 건네더니 "혹시 버번 트레일을 다녀 본 사람 없나요?"라고 물어보는데, 나 빼고는 한 명도 없었다. 아마도 이들은 단체로 관광을 온 사람들이니 나처럼 증류

스티첼웰러 증류소 불렛 위스키 체험관의 건물들

소를 일일이 찾아다니지는 않았을 것 같다. 가이드는 이어 "원래 이곳은 1935년에 설립된 스티첼웰러 증류소가 있던 곳이었다."면서 "과거 '버번계[界]의 전설'이라고 불리는 줄리언 밴 윙클[Julian P. Van Winkle]이 약 30년 동안 스티첼웰러 증류소를 운영하면서 올드 피츠제럴드와 같은 양질의 위스키를 생산하였으나 그가 세상을 떠나고 난 뒤, 1972년에 증류소가 매각되었고, 증류소의 이름도 당시 베스트셀러 위스키였던 올드 피츠제럴드의 이름으로 바뀌었다."고 설명했다. 그녀의 이야기를 듣고 보니 왜 이곳에 '올드 피츠제럴드'라고 적힌 굴뚝이 남아 있는지를 알 수 있었다. 그녀는 말을 이어가면서 "그 후 이곳은 여러 번 주인이 바뀌었으며, 1992년에 또다시 위스키 생산이 중단되었으나 마침내 다국적 주류 기업인 디아지오가 옛 증류소 부지를 사들여 2014년에 새로 문을 연 곳이 바로 지금의 스티첼웰러 증류소 불렛 위스키 체험관"이라고 알려주었다. 현재 이곳은 디아지오 소유의 불렛 위스키를 홍보하는 목적으로 사용하고 있다.

　우리는 가이드를 따라다니면서 버버위스키와 오크통에 대한 이야기를 듣고, 잠시 숙성고도 돌아보았다. 끝으로 자그마한 건물 안으로 들어가자 대기업 임원 집무실 같은 방이 보인다. 그녀의 말에 따르면 이곳은 옛날 줄리언 밴 윙클이 사용하던 방이었으며, 지금은 불렛 위스키의 창업자인 톰 불렛[Tom Bulleit]이 사무실로 쓰고 있다고 했다. 사람들은 이 말을 듣자마자 너도나도 톰 불렛의 의자에 앉아 사진을 찍느라 야단법석이다. 가이드는 잠시 이들의 모습을 지켜보다가 "이제 시음하러 가실까요?" 하면서 사람들을 옆방으로 안내하였다.

테이스팅 룸은 꽤 넓었다. 가이드가 또다시 듣기 좋은 딕션과 큰 목소리로 "오늘은 먼저 블레이드 앤 보우 켄터키 스트레이트 버번 위스키Blade and Bow Kentucky Straight Bourbon Whiskey를 시음하겠다."고 하면서 "이 위스키는 디아지오 포트폴리오 가운데 하나입니다."라고 하자 사람들이 모두 "아, 디아지오, 디아지오"라면서 웅성웅성 말을 주고받았다. '또 디아지오냐?'는 뜻이었다. 그건 그렇다고 치고 왜 위스키의 이름이 '블레이드 앤 보우'가 되었을까? 그 궁금증을 풀기 위해서는 일단 영어로 블레이드 앤 보우의 '블레이드'가 열쇠의 길쭉한 부분, 그리고 '보우'는 열쇠 장식이 있는 둥그런 부분을 가리키는 말이라는 것을 알아야 한다. 그렇다면 열쇠와 증류소는 무슨 관계일까? 그건 스티첼웰러 증류소의 문에 걸려 있던 5개의 열쇠에서 단서를 찾을 수 있다. 과거 스티첼웰러 증류소에서는 버번위스키에 필요한 다섯 가지 요소들, 즉 '곡물, 이스트, 발효, 증류, 숙성'을 5개의 열쇠로 표현했다고 한다. 지금도 옛 증류소 건물 앞에 이 열쇠가 걸려 있으며, 이 위스키에 옛 스티첼웰러 증류소의 위스키가 들어 있어 '블레이드 앤 보우'라는 이름이 붙여졌다는 것이다.

두번째로 나온 위스키는 스몰 배치 불렛 95 라이Small Batch Bulleit

스티첼웰러 증류소 불렛 위스키 체험관의 위스키 테이스팅

95 Rye였다. 이건 미국에서 꽤 잘 나가는 라이 위스키인데, '95'라는 숫자는 '호밀의 함유량이 95퍼센트'라는 걸 가리키고, 그 나머지 5퍼센트는 보리다. 현재 이 위스키는 포 로지스 증류소에서 만들어지고 있다. 이어 나온 위스키는 오렌지 라벨의 불렛 버번위스키였다. 가이드는 사람들에게 "이건 맛이 어떤가요?"라고 물어보더니 "조금 더 달고 바닐라 맛이 나지 않나요?"라고 동의를 구하듯 물었다.

끝으로 가이드는 불렛 버번 10을 보여주면서 "이건 조금 전에 마신 버번위스키와 같은 매시빌을 사용하여 만들어졌으나 숙성 연수는 두 배인 10년산"이라며 "조금 더 맛이 부드럽죠? 하지만 그렇게 켄터키 허그가 강하게 느껴지지는 않네요. 허그가 전혀 없나요?"라고 하더니 갑자기 "해피 버스데이 빅 대디Big Daddy!"라고 외치는 것이었다. 그러자 모두 생일 노래를 함께 부르면서 테이스팅 룸은 졸지에 생일 파티장으로 변했다. 아마도 오늘 참가자들 가운데 나이 지긋한 남자의 생일인 것 같았다. 어쨌든 오늘 투어는 단체 관광객들이 많은 탓에 조금 산만한 감이 없지는 않았지만, 이들 덕분에 밝은 분위기에서 아침을 시작할 수 있었다.

헤븐 힐 버번의 홍보관,
헤븐 힐 버번 헤리티즈 센터

다음에 찾아간 곳은 헤븐 힐 버번 헤리티지 센터Heaven Hill Bourbon Heritage Center였다. 그런데 이곳은 지금껏 다녀왔던 증류소들과는 달리 넓은 부지에 7, 8층짜리 건물이 띄엄띄엄 자리 잡고 있어 마치 산업단지 안에 들어와 있는 느낌을 주었다. 그렇다면 이 건물들의 정체는 무엇일까? 사실 이곳은 원래 헤븐 힐Heaven Hill 증류소가 있던 곳이었으나 1996년 원인 모를 화재가 발생하여 네 시간 만에 증류 시설과 7곳의 숙성고가 모두 불타 없어졌다. 이때 9만 배럴의 버번위스키도 함께 소실되어버렸는데, 이는 당시 전 세계 위스키의 2퍼센트에 해당하는 양이었다고 하니 대충 이 증류소의 규모가 얼마나 컸는지 짐작할 수 있다. 다행히 44곳의 숙성고 가운데 37곳는 당시의 화마火魔에서 벗어나 현재 이곳에는 37곳의 위스키 숙성고와 병입 관련 시설이 그대로 남아 있다. 그리고 보니 이곳에

1 헤븐 힐 버번 헤리티지 센터의 전경
2 헤븐 힐 버번 헤리티지 센터의 내부 모습

도착해 차를 몰고 들어오면서 본 고층 건물들이 모두 위스키 숙성
고였다.

좀 더 안쪽으로 차를 몰고 가면 헤븐 힐 버번 증류소의 홍보관
이라고 할 수 있는 헤븐 힐 버번 헤리티지 센터가 나온다. 건물 안
으로 들어가자 복도처럼 이어지는 공간에 버번의 역사에 관한 자

료들이 전시되어 있었다. 흥미로운 내용이 꽤 많아 수첩에 모두 적어두었는데, 이 이야기를 잘 정리해서 모아 놓으면 훌륭한 미국 위스키 역사책이 될 것 같다.

이곳에는 증류소 투어 대신 40분짜리 위스키 테이스팅 프로그램이 있었다. 잠시 후 나이 지긋한 남성 가이드를 따라가자 오크통처럼 생긴 방이 나왔는데, 방 앞쪽에는 커다란 TV 스크린이 설치되어 있었다. TV 화면을 보니 시음용 위스키의 풍미를 위스키의 색color, 향aroma, 맛taste, 피니시finish의 네 가지 항목으로 나누어 설명해 놓았다. 가이드는 먼저 "헤븐 힐 증류소는 세계에서 두번째로 많은 위스키 배럴을 가지고 있는 곳"이라며 "현재 60곳의 증류소에 170만 통의 배럴이 보관되어 있고, 매일 1,300통 배럴의 스피릿을 증류하고 있다."고 설명했다. 그리고 "헤븐 힐스의 플래그십 위스키인 에번 윌리엄즈Evan Williams 위스키는 미국에서 가장 많이 팔리는 위스키 가운데 하나이자 버번위스키로는 전 세계에서 두번째로 매출이 높은 위스키"라고 자못 자랑스럽게 이야기했다. 그런데 더욱 놀라운 것은 아직까지도 가족이 경영하는 독립 기업이라는 것이다.

가이드가 먼저 선보인 위스키는 헨리 맥케나 10년산 보틀 인 본드Henry McKenna 10 Years Bottle-in-Bond였다. 맛을 보니 보틀 인 본드 위스키답게 술의 도수가 강하게 느껴졌다. 다음으로 맛본 위스키는 윌리엄 헤븐힐 14년산 싱글 배럴 켄터키 스트레이트 버번 115 푸르

1 헤븐 힐 버번 헤리티지 센터의 위스키 테이스팅 룸
2 헤븐 힐 버번 헤리티지 센터의 테이스팅 룸 앞쪽에 놓인 TV 스크린
3 헤븐 힐 버번 헤리티지 센터의 테이스팅 위스키

프William Heavenhill 14 Years Old Single Barrel Kentucky Straight Bourbon 115 proof

였는데, 이 위스키는 숙성 연도가 꽤 높은 싱글 배럴 위스키인지라 가격이 한 병에 100만 원 가까이 되고, 알코올 도수도 57.5도로 거의 배럴 푸르프에 가까웠다. 한 모금 마셔보니 역시나 진한 '켄터키 허그'가 느껴졌다.

세번째로 나온 위스키는 엘리아 크레익 배럴 푸르프Elijah Craig Barrel Proof였다. 이 위스키는 이름 그대로 배럴 푸르프인지라 알코올 도수가 65.5도나 된다. 아니나 다를까 이 위스키의 첫맛은 '허그'가 아니라 '펀치'에 가까운 만큼 센 맛이다. 그래서 내 나름대로 켄터키 허그 대신 '켄터키 펀치Kentucky punch'라는 새로운 이름을 붙여 보았다. 끝으로 맛본 위스키는 파이크스빌 스트레이트 라이 위스키Pikesville Straight Rye Whiskey다. 원래 파이크스빌는 1895년 메릴랜드주에서 만들어진 위스키였으나 2015년 헤븐 힐즈에서 재출시한 것이다. 이 위스키는 라이 위스키 특유의 스파이시한 풍미와 함께 55도의 강한 알코올 도수를 뽐내고 있었다.

위스키 테이스팅을 마치고 매장을 돌아보다 보니 "싸구려 버번만을 마시고 살기에는 인생이 너무 짧다Life is too short to drink cheap bourbon"라는 재미있는 문구가 눈에 들어왔다. 나도 평소에 사람들과 술을 마시러 갈 때마다 "이왕 술을 마실 거면 좋은 술을 마시자."라고 말하곤 하는데, 이 글이 나의 평소 지론持論을 대변해주는 것 같아 매우 반가운 마음이 들어 조금 전 테이스팅 시간에 마셨던 엘리악 크레익 싱글 배럴과 파이크스빌 스트레이트 라이 위스키를 한 병씩 사가지고 나왔다. 엘리아 크레익 싱글 배럴은 이미 다 마셔버렸고, 파이크스빌 스트레이트 라이 위스키는 아직 미개봉 상태로 보관 중이다. 이 위스키는 그냥 추억용으로 계속 간직하고 있으려 한다.

1 싸구려 버번만을 마시고 살기에는 인생이 너무 짧다
2 3 4 5 6 헤브 힐 증류소의 위스키

'핸드메이드의 정신'을 지켜나가고 있는
메이커스 마크

메이커스 마크는 그야말로 '대자연 속의 증류소'라고 불릴 정도로 매우 넓은 부지에 자리 잡고 있었다. 게다가 방문자 센터도 언덕 위에 있어 산장 분위기가 물씬 풍겼고, 산길 아래에는 빨간 창문으로 장식된 건물들이 여기저기 흩어져 있어 증류소 뒷산으로 나들이 나온 기분마저 들었다. 잠시 후 젊은 여성 가이드를 따라 발효시설이 있는 건물 안으로 들어가자 곡물 향이 물씬 풍겨오기 시작했는데 아니나 다를까 커다란 발효조 안에서 거품이 보글보글 일고 있었다. 가이드의 설명에 따르면 "메이커스 마크의 매시빌은 독특하게 옥수수 70퍼센트, 겨울밀(때로 '가을밀'이라고 부르기도 한다) 16퍼센트, 보리 14퍼센트로 되어 있으며, 발효는 3일 동안 진행된다."고 한다. 이처럼 메이커스 마크는 '호밀 대신 가을밀을 사용하는 것'이 특징이다. 이어 가이드는 메이커스 마크의 증류 방

1 메이커스 마크 증류소의 방문자 센터
2 메이커스 마크 증류소의 건물
3 메이커스 마크 증류소의 발효조

식도 다른 곳과 다르다고 설명하며 "보통 일반 버번 증류소에서는 70~80도로 증류를 끝내지만 메이커스 마크에서는 겨울밀의 풍미를 해치지 않으려고 65도에서 증류를 마친다."고 했다. 우리는 증류기 구경을 마치고 다시 건물 밖으로 나와 숙성고가 있는 곳으로 걸어갔다.

가이드는 오크통 앞에 서서 "켄터키에서는 숙성고를 릭하우스 rickhouse, 랙하우스rackhouse, 웨어하우스warehouse, 배럴 하우스barrel house 등 여러 가지 이름으로 부른다."면서 "지금 우리가 들어와 있는 숙성고는 1809년에 지어졌으며, 메이커스 마크에서 가장 작은 숙성고인지라 9,000통의 배럴밖에 수용할 수 없지만, 새로 지어진 7층 숙성고에는 5만에서 7만 통의 배럴을 보관할 수 있다."고 설명했다. 이어 찾아간 곳은 가정집처럼 생긴 자그마한 건물이었다. 안으로 들어가자 빨간 옷을 입은 여성 직원이 병에 라벨을 붙이고 있었다. 이처럼 메이커스 마크에서는 라벨뿐 아니라 메이커스 마크의 상징이라고 할 수 있는 빨간색의 왁스 병뚜껑도 일일이 사람의 수작업으로 만들고 있으며, 이러한 메이커스 마크의 '핸드메이드 정신'은 '장인의 도장'이라는 뜻의 '메이커스 마크' 이름에 오롯이 담겨 있다.

다시 가이드를 따라 또 다른 건물 안으로 들어가자 방 안에 오크통이 가득 쌓여 있었다. 그런데 왜 숙성고도 아닌 이곳에 이토록 많은 오크통들이 모여 있는 걸까? 그 이유가 궁금하여 오크통 하나를 들여다보니 '댈러스 버번 클럽 프라이빗 셀렉트Dallas Bourbon Club. Private Select'라고 적혀 있었는데, 이처럼 메이커스 마크에서는 고객의 요구에 맞춤한 위스키를 만들어 주기도 하는 것 같았다.

이윽고 옆방으로 들어가자 시음 위스키들이 긴 테이블 위에 가지런히 놓여 있었다. 가이드는 먼저 메이커스 마크의 플래그십 위스키라고 할 수 있는 메이커스 화이트Maker's White와 메이커스 마크 46Maker's Mark 46를 내놓았다. 그녀의 말로는 과거 메이커스 마크 창업자의 아들인 빌 새뮤얼스 주니어Bill Samuels Jr.가 위스키의 추가 숙성 실험을 하던 중 오크 널빤지 열 개를 넣었을 때 위스키 맛이 가장 좋다는 것을 발견하였는데, 이때 사용했던 참나무에 '46번'이라는 숫자가 적혀 있어 위스키의 이름을 '메이커스 마크 46'이라고 했다는 것이다. 실제로 메이커스 마크 위스키 46의 라벨을 보면 "오크 널빤지를 이용하여 추가 숙성하였음."이라고 적혀 있다. 세

1 메이커스 마크 증류소의 테이스팅 룸
2 메이커스 마크 증류소의 위스키 매장에 진열되어 있는 위스키

메이커스 마크 증류소의 '맞춤 위스키' 저장고

번째로 맛본 위스키는 메이커스 마크 캐스크 스트랭쓰였다. 이 위스키는 다른 캐스크 스트랭쓰 위스키보다 도수가 조금 낮아 55.2도밖에 되지 않는다. 하지만 일반 사람들은 이 정도의 알코올 도수만 되어도 '워우!' 소리를 내며 쉽게 마시지 못할 것이다.

증류소 투어를 마치고 잠시 매장에 들려 메이커스 마크 위스키를 구경하다 보니 몇 년 전 일본 위스키 여행 때 겪은 일이 생각났다. 당시 나는 일본 전역에 있는 증류소를 돌아다니다가 야마나시현縣에 있는 산토리 하쿠슈 증류소에 들렀다. 그런데 산토리 위스키 매장에서 메이커스 마크의 위스키 잔을 팔고 있는 게 아닌가! 나는 그걸 보고 '대단하네! 역시 산토리는 다르구나. 다른 나라의 위스키에도 관심이 많은 걸 보니'라고 감탄하면서 고급스럽게 생긴 은색 메이커스 마크 잔을 하나 사가지고 왔는데, 나중에 알고 보니 메이커스 마크가 짐 빔산토리의 소유였다. 사실 며칠 전에 짐 빔 증류소에 갔을 때도 한쪽에 메이커스 마크의 위스키가 진열되어 있는 것을 보았으나 현재 메이커스 마크는 이곳 로레토Loretto 증류소에서 만들어지고 있다.

옛 루이빌 '위스키 거리'에 있는 에번 윌리엄스 체험관

오후에는 루이빌로 숙소를 옮기고 나서 시내 중심가에 있는 에반 윌리엄스 버번 체험관Evan William Bourbon Experience을 찾아갔다. 내가 생각해도 상당히 열정적이고 부지런한 투어 탐방이었다. 투어 가이드는 나이 지긋한 남성이었다. 그는 먼저 "에반 윌리엄스는 헤븐 힐스와 쌍둥이 회사이며, 에반 윌리엄스 체험관은 2013년에 문을 열었다."고 소개하고 나서 바로 버번위스키의 역사와 에번 윌리엄스에 관한 이야기를 풀어 놓았다.

때는 바야흐로 미국 독립전쟁이 한창이던 1778년으로 거슬러 올라간다. 이때 버지니아 출신의 조지 로저스 클라크George Clark 중령이 60여 명의 이주민을 데리고 오하이오 강의 던모어Dunmore 섬에 들어왔는데, 당시 이곳은 옥수수가 잘 자라 '콘 아일랜드Corn Island'라고도 불리던 곳이었다. 그 후 1783년에 미국 독립전쟁이 끝

1 에번 윌리엄스 버번 체험관의 위스키 매장
2 1700년대 루이빌의 모습
3 1783년 루이빌의 '위스키 거리' 모습을 재현한 골목길

나자 던모어섬에서 옥수수 농사를 짓던 몇몇 사람들이 지금의 루이빌로 넘어와 도시를 세웠으며, 이 무렵 루이빌로 이민 온 웨일즈 출신의 에번 윌리엄스도 오하이오 강둑에 켄터키 최초의 상업 증류소를 세웠다고 한다.

우리는 가이드의 설명을 듣고 나서 1700년대 말 루이빌의 모습을 담은 짤막한 영화를 한 편 보았다. 오하이오 강가에서 일하는 사람들과 통나무집도 여럿 보이고, 한쪽에서는 군복을 입은 사람들이 증류기 옆에 서서 이야기를 나누는 모습도 눈에 들어왔다.

이어 가이드를 따라가자 좁은 골목이 나왔는데, 이곳은 1783년 루이빌의 '위스키 거리Whiskey Row'를 그대로 재현해 놓은 곳이라는 것이었다. 한쪽 벽을 보니 "증류업자, 정류기 판매업자. 위스키 수입업자, 위스키 수출업자들이 오가던 메인 스트리트Main Street"라고 적혀 있다. 이처럼 루이빌은 한 때 '버번의 도시'로 이름을 날리던 곳이었으나 1920년에 금주법이 시행되면서 위스키 증류소들이 문을 닫고 많은 사람들이 타지로 떠났다. 그렇다면 그때 사람들이 위스키를 전혀 마시지 못했을까? 그건 아니다. 가이드 말로는 "당시 미국에는 의료 목적으로 위스키 생산 허가를 받은 곳이 여섯 곳 있었으며, 의사의 진단서만 있으면 위스키를 마실 수 있었다."는 것이다. 가이드는 그러면서 당시 실제로 아픈 사람들도 있었지만 꾀병으로 위스키를 처방받아 위스키를 마신 사람들도 많았다고 덧붙였다.

이어 우리는 위스키 거리에 있는 바 안으로 들어갔다. 가이드는 그곳도 옛날 루이빌에 실제로 있었던 바를 그대로 복원해 놓은 곳이라며 "현재 미국에서 생산되는 버번위스키의 95~96퍼센트가 켄터키에서 만들어지고 있다."고 말하면서 "한 가지 재미있는 사실은 켄터키에 있는 버번 배럴의 수가 켄터키 인구보다 많다는 것"이라며 껄껄대며 웃었다. 상당한 자부심이 느껴지는 웃음이었다. 실제로 켄터키주의 위스키 숙성고에 보관된 버번 배럴의 수는 해마다 늘어나 2021년 말 현재 1,000만 배럴이 넘는다. 이는 켄터키 주민 한 명당 2배럴, 병으로는 1인당 400병이 훌쩍 넘는 숫자다. 그러니 '버번위스키' 하면 '켄터키', '켄터키' 하면 '버번위스키'라고 하는 것일 테다.

시음 위스키는 네 가지가 나왔다. 이 가운데 가이드가 먼저 내놓은 위스키는 에번 윌리엄 블랙 레이블스Evan William Black Labels였다. 위스키 병 라벨을 보니 '켄터키 최초의 증류소'라고 적혀 있다. 가이드는 블랙 레이블스를 가리키며 "이 위스키는 500통 내지 1,000통의 배럴을 이용해 만든 5년산 위스키로 세계에서 가장 많이 팔리는 에번 윌리엄스 브랜드 가운데 하나"라며 "버번위스키 애호가가 아니라면 아마도 조금 스파이시하고 조금 페퍼리peppery하게 느껴질 거예요."라고 했다. 이어 그는 싱글 배럴 빈티지Single Barrel Vintage를 내보이면서 "보통 하나의 배럴에서 180~200병의 위스키가 만들어지는데, 이 위스키는 2009년부터 8년 동안 숙

에번 윌리엄스 버번 체험관의 시음 위스키   위스키를 시음하는 투어 가이드

성시킨 싱글 배럴 위스키"라고 설명했다. 실제로 병 라벨을 보니 "2009년 오크통에 넣었음."이라고 빈티지('제조 연도'를 뜻함)가 적혀 있었다.

세번째 위스키는 에번 윌리엄스 마스터 브랜드Evan Williams Master Blend였는데, 이 위스키에는 에번 윌리엄즈 제품 다섯 가지를 섞어 만든 신제품이라는 설명이 더해졌다. 그리고 네번째로 나온 에번 윌리엄스 12년산Evan Williams 12 Years은 "75~100통의 배럴로 만들어진 스몰 배치라 가격이 비싼 편"이라고 했다. 게다가 알코올 도수도 50.5도로 조금 높은 편이라고. 그런데 내 생각에 이 정도면 '스몰 배치'라고 부르기는 좀 그렇다. 하지만 스몰 배치 위스키에 대한 뚜렷한 규정은 없으니 일반 위스키보다 적은 수의 배럴로 만들면 그냥 '스몰 배치'라고 불러도 무관할 듯도 싶었다.

가이드는 스몰 배치에 대한 이야기를 이어가면서 "일반적으로 배럴 오크통은 숙성고의 위, 아래, 중간 등 여러 곳에 보관되는데, 중간 부분에 있는 배럴은 온도 변화의 영향을 덜 받기 때문에 위스키의 맛에 일관성이 있어 숙성고의 중간 부분을 허니 스폿honey spot, 스윗 스폿sweet spot이라고 부른다.”며 “이곳에 보관된 오크통을 허니 배럴honey barrel, 스윗 배럴sweet barrel, 또는 슈가 배럴sugar barrel이라고 하고, 스몰 배치 위스키는 이런 허니 배럴의 위스키로 만든다.”는 설명을 덧붙였다.

그런데 가만히 보니 가이드도 투어 참가자들과 함께 연신 위스키를 들이키고 있는 게 아닌가. 그 모습을 보고 있노라니 '투어 가이드도 만만치 않은 직업이구나' 하는 생각과 함께 위스키를 좋아하는 사람들에게는 '꿀직업'일 것 같다는 생각도 동시에 들었다. 날마다 맛있는 위스키를 마음껏 맛볼 수 있으니까.

루이빌 시내에서
칵테일 한 잔

루이빌 시내에서 하룻밤 묵었더니 아침이 여유롭게 다가왔다. 게다가 오늘은 차를 몰고 돌아다닐 일도 없어 모처럼 여유로운 아침 식사를 마치고 밖으로 나갔더니 길 양쪽에 깃발들이 가지런히 꽂혀 있었다. 궁금한 마음에 하나씩 들여다보니 먼저 "버번 지구 Bourbon District"라고 적힌 깃발이 눈에 들어온다. 다른 깃발을 보니 "빠른 말들과 느린 음료수의 땅"이라고 적혀 있는데, 여기서 '빠른 말'은 '켄터키 더비', 그리고 '느린 음료수'는 '버번위스키'를 말하는 것이니 이는 '켄터키 더비와 버번의 땅'이라는 뜻이 된다. 또 다른 깃발에는 전설적인 권투 영웅인 무하마드 알리Muhammad Ali의 얼굴이 그려져 있었다. '아! 알리가 루이빌에서 태어났군!' 이건 모르고 있었던 사실이었는데, 오늘 새로운 걸 하나 배운 셈이다. 조금 더 발걸음을 옮기자 "루이빌, 슬러거slugger의 고향"이라고

루이빌 시내에 걸려 있는 깃발

적혀 있는 깃발도 보인다. 원래 슬러거는 영어로 '강타자'라는 뜻이지만, 실은 루이빌 시내에 야구 방망이를 만드는 유명한 공장인 슬러거가 있기 때문에 붙은 것이다. 내친김에 나도 루이빌 슬러거 Louisville Slugger 공장을 찾아갔는데, 아마도 야구 애호가가 루이빌을 방문했다면 가장 먼저 이곳에 들렀을 것이다. 그러고 보니 루이빌은 상징적인 문화자본이 참 많은 도시인 것 같다.

루이빌 슬러거 공장의 외관

　슬슬 점심시간이 다가오지만 아침을 두둑이 먹어둬서 그런지 밥 생각은 별로 없다. 그렇다면 오랜만에 낮술을 한잔 하는 것도 나쁘지 않을 것 같아 메인 스트리트에 있는 푸르프 온 메인Proof on Main을 찾아갔다. 바 앞에 앉자 젊은 바텐더가 메뉴를 가져다주면서 자신은 원래 아일랜드 출신인데, 루이빌에서 자랐고, 바텐더를 시작한 지는 4년이 되었다고 소개했다. 이 정도 경력이면 맛있는 칵테일을 만들어낼 것 같아 민트 줄렙을 한 잔 달라고 했다. '켄터키 루이빌에서 마시는 민트 줄렙이라!' 그 맛이 어떨지 무척 기대됐다.

　잠시 후 민트 줄렙이 주석잔에 담겨져 나왔는데, 그 모양새는 딱 '술빙수'였다. 그런데 버번이 얼마나 들어갔는지 궁금하여 바텐더에게 물어보자 20온스가 들어갔다고 했다. 빨대로 첫 모금을 마셔보니 위스키의 풍미가 강하게 치고 올라오더니 서서히 얼음이 녹으면서 칵테일의 균형감이 살아났다.

오랜만에 느끼는 정오의 한가로움이다. 게다가 여기에 칵테일 한 잔이 더 해지니 마치 여유로운 휴가를 떠나온 느낌이다. 이번에는 색다른 칵테일을 맛보고 싶어 버펄로 트레이스가 들어간 스모크 링스Smoke Rings를 달라고 했다. 그러자 바텐더는 내 앞에서 텀블러를 요란스럽게 흔들어대더니 뚝딱하고 칵테일 한 잔을 만들어냈다. 다시 바텐더에게 "버펄로 트레이시가 얼마나 들어갔나요?"라고 물어보니 이번에도 20온스 들어갔다고 했다. 그런데 오늘은 이상하게도 칵테일 두 잔밖에 마시지 않았는데도 약간 알딸딸한 느낌이 들어 '그럴 리가 없는데' 하면서 다시 메뉴를 들여다보았더니 아니나 다를까 압생트absinthe가 들어가 있었다. '아침부터 압생트라. 어쩐지……' 나도 모르게 헛웃음이 나왔다. 어쨌든 압생트 덕분에 술에 탄력이 붙었다고나 할까? 그렇다면 한 잔 더 해야겠다.

다음 칵테일은 온 레이지언 로드On Ragian Road를 시켰다. 그런데 좀 전에 마신 칵테일도 그렇고, 이번 칵테일도 이름이 낯설어 그 연유를 물어보니 내가 주문한 칵테일 모두 이곳 바텐더들이 개발한 것이라며 칵테일 이름 옆에 바텐더의 이름을 적어 놓았다고 하는 것이다. 그리고 이번 칵테일의 레시피는 "우드포드 리저브 위스키에 에스프레소와 앙고스투라 비터스Angostura Bitters를 넣어 만들었다."고 설명하는데, 빈속이라 그런가 아니면 낮술이라 그런지 서서

1 루이빌 메인 스트리트의 푸르프 온 메인 바의 내부 모습
2 버펄로 트레이스가 들어간 스모크 링스 칵테일
3 푸르프 온 메인 바의 칵테일 메뉴
4 주석잔에 담긴 민트 줄렙 칵테일
5 우드포드 리저브로 만든 온 레이지언 로드 칵테일

히 취기가 올라오는 게 느껴졌다. 계속 이렇게 마시다간 칵테일로 취할 것 같기도 하고, 잠시 후 엔젤스 엔비^{Angel's Envy} 증류소도 들러야 하니 이즈음에서 멈추는 게 좋을 듯싶었다.

계산을 마치고 바에서 나왔다. 엔젤스 엔비까지는 이제 메인 스트리트를 따라 걸어가기만 하면 됐다. 하지만 엔젤스 엔비까지 조금 거리가 있어 택시를 타고 갈까 하다 그냥 걸어가기로 했다. 아마도 옛날 사람들도 낮술을 한잔하고 메인 스트리트를 거리를 오갔을 터이니 말이다.

삼대三代로 이어지는 신생 증류소,
엔젤스 엔비

루이빌 시내에 있는 증류소답게 엔젤스 엔비의 겉모습은 마치 오피스 빌딩같이 생겼고, 건물 안쪽도 북카페처럼 깔끔하게 꾸며져 있었는데, 알고 보니 1902년에 지어진 건물을 증류소로 개축한 것이라고 한다. 오늘 투어는 점잖게 생긴 중년 남자가 맡았다. 그는 열 명 남짓 되는 참가자들에게 웃으며 인사를 건네더니 "엔젤스 엔비 증류소는 2013년에 만들어졌으며, 창업자인 링컨 앤더슨 Lincoln Anderson은 '마스터 브랜더master blender', '마스터 테스터master tester', 또는 '엔젤스 앤비 증류소의 할아버지'라고 불린다."면서 "과거 링컨 앤더슨은 우드퍼드 리저브나 잭 대니얼스 젠틀맨스 잭 Jack Daniel's Gentleman's Jack과 같은 프리미엄 위스키를 만든 버번위스키의 장인이었고, 현재 그의 아들과 손자들이 대대로 증류소를 이어오고 있다."고 설명해주었다. 사실 아까부터 벽에 걸려 있는 캐

1 엔젤스 앤비 증류소의 위스키
2 엔젤스 앤비 증류소의 방문자 센터
3 엔젤스 앤비 증류소 가문의 캐리커처

리커처의 정체가 궁금했는데, 설명을 들으니 그들이 누군지 짐작
할 수 있었다. 가장 왼쪽에 있는 사람이 링컨 앤더슨이고, 그 옆에
있는 사람들이 그의 아들과 손자 여섯일 터였다. 그리고 캐리커처
아래쪽에는 '가족 경영의 증류소'라고 적힌 문장이 보였다.

　우리는 엔젤스 엔비의 창업 이야기를 듣고 나서 가이드를 따라
증류소 시설이 있는 곳으로 발걸음을 옮겼는데, 이곳도 다른 증

류소와 달리 발효조와 증류기가 층으로 연결되어 있고, 설비들도 모두 새것 같은 느낌이었다. 가이드는 당화조 앞에 서서 "모든 버번은 위스키이지만 모든 위스키가 버번은 아닙니다."라고 말하더니 투어 참가자들에게 "버번은 어디서 만들죠?"라고 물어본다. 그래서 내가 바로 미국 아니냐고 대답하자 가이드가 맞다고 하면서 "그럼 버번에는 옥수수가 얼마나 들어가나요?"라고 재차 질문하기에 내가 다시 "51퍼센트 이상이죠."라고 하자 그가 "그렇죠."라고 하면서 고개를 끄덕인다. 이어지는 질문에도 내가 척척 대답하니 가이드의 표정이 '위스키에 관해 꽤 많이 알고 있는데!' 하며 신기해하는 느낌이었다. 그런데 곰곰이 생각해보니 지금 내가 스포일러 역할을 하면서 가이드를 난처하게 하는 것 같아 이제 그만 입을 다물기로 했다. 그는 이어 질문을 몇 개 더 던지고 나서 "버번위스키는 새로 차링charring(오크통 안쪽을 태우는 것)한 오크통을 사용해야 하고, 숙성을 마친 버번에는 색소나 감미료 같은 것을 넣을 수 없습니다. 그리고 버번위스키는 오크통에서 1년과 하루 이상 숙성시키면 '켄터키 스트레이트 버번'이라고 부를 수 있다."고 알려주었다. 그러니까 가이드의 말에 따르면, 스트레이트 버번의 '2년 이상 숙성' 규정에서 '2년'은 만으로 꽉 채운 2년이 아니라 햇수로 2년이라는 것을 알 수 있다. 가이드는 이에 더해 "엔젤스 엔비의 매시빌은 우드포드 리저브와 똑같은 옥수수 72퍼센트, 호밀 18퍼센트, 맥아 보리 10퍼센트"라고 설명했다. 우드퍼드 리저브와 같은

1 엔젤스 앤비 위스키의 매시빌
2 엔젤스 앤비 증류소의 내부 모습
3 엔젤스 앤비 증류소의 스피릿 세이프

매시빌이다. 이게 왜 그런지는 링컨 앤더슨의 과거 이력을 알면 쉽게 알 수 있다.

이어 가이드는 발효조를 가리키면서 "곡물을 넣고 4~5일 정도 지나면 맥주가 만들어지죠."라고 말하면서 사람들에게 안쪽에 손을 넣어보라고 했다. 그가 시키는 대로 손을 뻗어보니 열기와 함께 맥주 향도 느껴지길래 내가 "냄새도 올라오는데요."라고 말하자 그는 "그럼 맛보게 해줄게요."라고 하면서 발효조 안에서 맥주를 꺼내 사람들에게 맛볼 수 있도록 조금씩 나누어 주었다. 맛을 보니 달콤한 맛이 느껴졌다. 가이드의 말에 따르면 맥주를 보관하는 비어 웰beer well에 1만 3,555갤런의 맥주가 들어 있으며, 이걸 증류하면 2,000갤런, 즉 38~40배럴에 해당하는 양의 화이트 독이 만들어진다고 했다. 그러니까 맥주를 증류하면 그 양이 약 1/7로 줄어든다는 말이다.

다시 가이드를 따라가자 커다란 증류기가 눈에 들어오고, 그 앞에는 멋스럽게 생긴 '스피릿 세이프spirit safe'가 세워져 있다. 스피릿 세이프란 스피릿이 지나가는 곳에 설치된 자그마한 유리 상자 닮은 장치를 말하는데, 그 안에 기다란 액체비중계가 들어 있어 밖에서 스피릿의 상태를 확인할 수 있으나 주세酒稅를 매기기 전에는 스피릿을 함부로 꺼낼 수 없도록 자물쇠가 채워져 있다. 그래서 '스피릿 금고'라는 이름이 붙은 것이다. 엔젤스 엔비의 스피릿 세이프는 위쪽은 엔젤스 엔비 위스키병 모양을 하고 있고, 아래쪽에는 천사의 날개가 그려져 있는 게 인상적이었다.

이번에는 오크통이 보관된 곳으로 장소를 옮겼다. 그런데 가이드로부터 위스키 숙성에 관한 이야기를 듣다 보니 한쪽 벽에 '추가 숙성wood finishing'(한 오크통에서 숙성을 마친 위스키를 다른 오크통에서 다시 한번 재숙성시키는 것)이라 적힌 문구가 눈에 들어왔다. 그렇다면 어째서 엔젤스 엔비 증류소에서 유독 추가 숙성을 강조하고 있는 것일까? 그건 엔젤스 엔비 증류소가 아직 신생 증류소인지라 지금은 다른 증류소에서 위스키 원액을 가져와 다시 포트 와인이나

럼 캐스크에서 추가 숙성시켜 '엔젤스 엔비'라는 이름으로 위스키를 출시하고 있기 때문이다. 오크통 이야기가 나온 김에 가이드에게 "왜 버번은 새 오크통을 사용하나요?"라고 물어보자 그는 잠시 머뭇거리더니 "사람들이 이렇게 말하지는 않지만, 사실 정치적인 것이죠. 1960년대에 쿠퍼들의 힘이 강해서 그렇게 된 거예요. 그게 맞아요."라는 답을 들려준다. 렉싱턴 시내 증류소의 가이드로부터 들었던 답과 비슷한 맥락이었는데, 그의 말을 듣고 나니 술맛 또한 장인의 손에 의해 결정되는 것만은 아닌 것 같아 조금 씁쓸한 기분이 들었다. 다른 세상사처럼.

테이스팅 룸도 매우 근사했다. 커다란 창문 너머로는 거리의 모습이 보이고, 오크 원목을 잘라 만든 탁자도 색다른 느낌이었다. 시음 위스키는 '엔젤스 엔비 증류소의 플래그십 위스키'라고 할 수 있는 엔젤스 엔비 한 병만 나왔다. 병에 붙은 라벨을 보니 '링컨 앤더슨의 셀러로부터'라는 글과 함께 '포트 와인 배럴에서 추가 숙성되었음.'이라고 적혀 있다.

가이드는 먼저 위스키를 코에 대고 향을 맡아보고 나더니 "버번위스키는 세 번에 걸쳐 마신다."고 하면서 "첫 모금은 8에서 10초 정도 입 안 전체를 코팅하듯 이리저리 돌리면서 맛보면 되는데 켄터키에서는 이를 '켄터키 츄Kentucky chew'라고 한다."고 알려주었다. 이처럼 켄터키에서는 '켄터키 허그'와 함께 '켄터키 츄'라는 말도 많이 사용하는데, 두 단어의 뉘앙스가 조금 다르지만 모

엔젤스 앤비 증류소의 테이스팅 룸

두 버번위스키의 '첫 모금'에 관한 표현이라고 이해하면 된다. 그는 버번의 시음법에 대한 이야기를 이어가면서 "두 모금째는 위스키를 입 안에서 조금 더 길게 머물고 있다가 자연스럽게 들여 마시고, 세번째는 위스키에서 어떤 풍미가 느껴지는지 음미한 다음, 얼음 조각이나 물을 조금 넣으면서 맛이 어떻게 변하는지 실험해보는 것도 좋다."고 했다. 그러고 나서는 "물을 넣으니까 조금 더 부드럽고 바닐라의 달콤한 맛이 나지 않나요?"라고 동의를 구하더니 갑자기 나에게 한국말로 '치어스'는 어떻게 말하는지를 묻는다. 그래서 내가 한국에선 '건배'라고 한다고 알려주자 모두를 가이드를 따라 "건배"를 외치면서 위스키를 들이켰다.

　가이드는 "건물 안에 멋진 칵테일 바가 있으니 술 한잔 하고 싶으면 한번 가보라."고 했다. 나는 그의 말을 듣고 바로 아래층으로 내려갔다. 이럴 땐 선생님 말을 잘 듣는 착한 학생 같다. 바는 그리 크지 않았지만 아담하고 깔끔하여 위스키 한잔 즐기기에는 딱 좋았다. 메뉴를 훑어보니 'A Cruise to Blush'라는 이름의 칵테일이 눈에 띄어 그걸 한 잔 시켰다. 아마도 '이 칵테일을 한 잔 하면 얼굴이 살짝 붉어진다'는 뜻일 듯싶은데, '크루즈' 칵테일을 마시다 보니 몇 년 전 북유럽 크루즈 여행을 갔던 때의 기억이 떠오르면서, 잠시나마 어디론가 훌쩍 떠나고 싶다는 생각이 밀려들었다. 그래서 잠시 켄터키를 벗어나기로 결심했다. 하지만 갑자기 무턱대고 이런 생각을 한 건 아니다. 사실 미국 위스키 여행계획을 세우면서 내 나름대로 여행 일정을 '1부 켄터키'와 '2부 테네시'로 나누고, 그 중간에 멤피스를 다녀온다는 계획을 세워두었다. 계기가 되어 그 계획을 실행하려는 것뿐이다. 멤피스는 루이빌에서 600킬로미터 정도 떨어져 있는 곳이지만 땅덩어리가 큰 미국에서는 그리 먼 거리는 아니니 잠시 휴가 떠나는 기분으로 갔다 오면 될 듯했다. 멤피스에 가서는 "러브 미 텐더Love Me Tender"의 주인공인 엘비스 프레슬리Elvis Presley 박물관 그레이스랜드Graceland도 구경하고, 저녁에는 멤피스의 번화가인 비엘 거리Beale Street에 가서 로큰롤 음악을 들으며 맥주를 한 잔 하면 좋을 듯싶었다. 그러면 다시 위스키가 그리워질 것 같았다.

가장 오래된 테네시 증류소,
조지 디켈

계획대로 멤피스 여행을 마치고 다시 내슈빌로 돌아왔다. 이제부터는 테네시 위스키 여행이다. 여느 때처럼 고속도로를 빠져나와 한동안 꼬불꼬불한 시골길을 따라가자 저 멀리 커다란 건물에서 흰 연기가 모락모락 피어오르고 있고, 도로 옆으로는 시냇물이 졸졸 흐르고 있어 마치 자연 속에 들어와 있는 느낌이 들었다. 게다가 보슬비가 내리고 있어서 그런지 향긋한 풀내음도 진하게 올라왔다.

방문자 센터는 작고 아담했다. 그런데 방문객이 나밖에 없어 이러다 혼자 투어를 하는 게 아닐까 하는 걱정이 들었으나 다행히 투어 시작 전에 두 명의 청년이 합류하여 셋이서 증류소 탐방을 하게 되었다. 가이드는 먼저 우리를 데리고 조지 디켈의 역사를 전시해 놓은 자그마한 방 안으로 들어갔다. 한쪽 벽면을 보니 다음과 같

1 조지 디켈 증류소로 가는 차 안에서 바라 본 풍광
2 조지 디켈 증류소의 전경

은 설명문이 적혀 있었다. "조지 디켈은 1818년 독일에서 태어났으며, 26살 때 미국으로 건너와 1870년부터 케스케이드 할로Cascade Hollow에서 케스케이드 테네스 위스키를 만들기 시작하였다. 그 후 1894년에 그가 세상을 떠나자 위스키 이름이 지금의 조지 디켈 테네시 위스키George Dickel Tennessee Whisky로 바뀌었으며, 증류소는 잠시 금주법 때 잠시 문을 닫았다가 1958년 옛 증류소 옆에 새 증류소를 재건축하고 다시 위스키를 만들기 시작하였다." 이런 오랜 역사를 가진 조지 디켈이지만 현재 증류소의 소유자는 디아지오다.

다시 밖으로 나와 위스키 제조시설이 있는 건물로 들어갔다. 가이드는 "이곳에서는 사진 촬영을 할 수 없다."고 말하고서는 테네시 위스키의 제조과정에 관한 이야기를 풀어놓았다. 그의 설명에 따르면 "테네시 위스키는 버번위스키와 달리 '차콜 멜로잉Charcoal Mellowing'이라는 과정을 거친다."며 "그 공정은 먼저 사탕단풍나무를 태워 숯을 만든 다음, 이를 잘게 부숴 커다란 금속 여과통에 채워 놓고 증류액을 서서히 통과시키면 테네시 위스키를 위한 스피릿이 만들어진다고."고 설명했다. 이어 그는 "디켈 증류소에서는 다른 테네시 증류소와 달리 차콜 멜로잉을 하기 전에 먼저 스피릿을 냉각시킨다."며 그 이유는 "과거 조지 딕켈이 겨울에 차콜 멜로잉을 한 적이 있는데, 그때 만들어진 위스키의 맛이 좋아 지금도 조지 디켈 증류소에서는 계속 이 방식을 고수하고 있다."고 말했다. 여기서 내가 소개하고 싶은 또 한 가지 흥미로운 점은 위

1 조지 디켈 증류소의 방문자 센터
2 조지 디켈 증류소의 차콜 멜로잉에 사용되는 사탕단풍나무

스키의 영어 표기법이다. 일반적으로 위스키는 스코틀랜드에서는 whisky, 그리고 아일랜드와 미국에서는 whiskey라고 부르지만, 조지 디켈 증류소에서는 whisky로 표기하고 있다는 것이다. 그 연유에 대해서 가이드는 "과거 조지 디켈 본인이 만든 위스키가 스카치위스키만큼 훌륭하다는 것을 보여주기 위해 처음부터 whisky라는 말을 사용했기 때문"이라고 했다.

뭐니뭐니 해도 증류소 투어에서 가장 기다려지는 건 시음 시간이다. 가이드가 먼저 내놓은 위스키는 조지 디켈 No. 1 화이트 콘 위스키George Dickel No. 1 White Corn Whisky였다. 이 위스키는 이름 그대로 조지 디켈 증류소의 매시빌(옥수수 84퍼센트, 호밀 8퍼센트, 발아 보리 8퍼센트)로 만들어진 콘 위스키의 스피릿이다. 그 모양새는 딱 우리나라 소주를 닮았는데, 맛을 보니 먼저 옥수수의 풍미가 강하게 올라오더니 가볍게 베리와 바닐라의 맛도 느껴졌다.

다음으로 나온 위스키는 '조지 디켈 증류소의 시그니처 위스키'인 조지 디켈 No. 8^{George Dickel No. 8}이었다. 가이드는 이 위스키를 가리키며 "조지 디켈 증류소에서 만들어진 위스키 가운데 가장 유명한 제품"이라며 "캐러멜, 나무, 사탕 나무와 버터 바른 옥수수의 풍미가 드러나는 게 특징"이라고 설명했다. 이어 조지 디켈 No. 12^{George Dickel No. 12}를 맛보았다. 가이드의 말로는"조금 더 오랜 숙성을 거친 위스키들을 섞어 만든 위스키"라고 한다. 한 모금 하니 역시나 맛의 깊이가 달랐다. 가이드는 끝으로 나온 조지 디켈 배럴 셀렉트 위스키^{George Dickel Barrel Select Whisky}을 가리키며 "10통의 배럴로 만든 스몰 배치 위스키로 10년에서 12년 숙성된 위스키를 섞어 병에 넣은 것"이라며 "오늘 맛본 위스키들 중 가장 고급 위스키"라고 힘주어 말했다.

위스키 테이스팅을 끝내고 잠시 위스키 매장에 들려 조금 전에

조지 디켈 증류소의 시음 위스키

조지 디켈 17

마셨던 조지 디켈 배럴 셀렉트와 이보다 고가^{高價} 위스키인 조지 디켈 17년산을 사가지고 나오면서 라벨을 슬쩍 들여다보니 조지 디켈의 얼굴 모습과 함께 "추운 겨울에 만든 위스키가 보다 부드럽다. 조지 디켈 증류소에서는 이 전통을 지켜가고 있다."는 문장이 적혀 있었다.

테네시 위스키를 전 세계에 알린
잭 대니얼스 증류소

조지 디켈 증류소를 나와 20~30분 정도 차를 달리자 잭 대니얼스 증류소가 나타났는데, 첫 인상은 역시나 '크다'였다. 주차장도 이제껏 다녀본 증류소 중에서 가장 넓고, 방문자 센터도 만만치 않게 컸다. 볼 것도 꽤 많았다. 창업자 잭 대니얼의 젊은 시절 사진도 여러 장 걸려 있고, 옛날에 사용하던 잭 대니얼스 빈티지 위스키 병들도 여러 병 전시되어 있었다. 그리고 한쪽 벽에 세계 지도를 걸어놓고, 잭 대니얼스가 수출되는 나라들을 압핀으로 표시해 두었다. 물론 한국 땅에도 여러 개의 압핀이 꽂혀 있었다. 나도 대학 시절 잭 대니얼스를 즐겨 마셨는데, 그때는 주로 콜라와 얼음을 섞어 마셨다. 그래서 지금도 잭 대니얼스는 잭 콕Jack cock 으로 마시곤 한다. 이런 걸 보면 '추억의 맛'이라는 게 참 무서운 것 같다.

　잭 대니얼스에서는 1시간 30분짜리 투어를 신청하였다. 증류

잭 대니얼스 증류소의 방문자 센터

소를 돌아보고 다섯 가지 위스키를 시음할 수 있는 프로그램이다, 요금은 17불이었는데, 오늘은 아침 시간인데도 투어 참가자들이 제법 있었다. 특히 연로하신 분들이 많았고, 투어 가이드도 지금껏 만난 가이드 중에 가장 나이가 들어보이는 분이었다. 가이드는 먼저 "잭 대니얼스가 위치한 린치버그Lynchburg는 술 판매가 금지된 드라이 카운티dry county"라는 이야길 들려주었다. 그런데 이 말을 듣고 나니 '참 요상하다'는 생각이 들었다. 이렇게 커다란 증류소가 있는데 마을에 술을 파는 곳이 한 군데도 없다니 말이다.

다함께 이동하기 위해 건물 밖으로 나오자 마침 나무처럼 보이는 것을 가득 실은 커다란 트럭이 우리 앞을 지나가는데 가이드는 그걸 가리키며 저게 바로 테네시 위스키를 만드는 사탕단풍나무라고 말하고는 다시 발걸음을 옮겼다. 잠시 후 도착한 곳은 땔감용

1 잭 대니얼스 증류소의 차콜 멜로잉에 사용되는 사탕단풍나무
2 차콜 멜로잉 과정을 보여주는 영상

사탕단풍나무가 쌓여 있는 자그마한 공터였는데, 우리는 이곳에서 자그마한 TV 모니터를 통해 차콜 멜로잉에 관한 영상을 보고 천연 동굴 샘이 있는 곳으로 이동했다. 가이드는 "이 주변에 린치버그 최초의 증류소가 있었다."면서 "잭 대니얼은 1875년에 다른 곳에 증류소를 만들었다가 1887년 지금의 증류소 부지를 사들여

1 잭 대니얼의 동상과 잭 대니얼스 증류소의 전경
2 대니얼스 증류소의 숙성고

새 증류소를 지었다."고 설명했다. 샘물 앞에는 잭 대니얼의 동상
이 세워져 있는데, 아주 자신감 넘치는 모습이 인상적이었다.

　다시 가이드를 따라 10분 정도 걸어가자 위스키 제조시설이 있
는 커다란 건물이 나타났다. 이곳도 조지 디켈 증류소처럼 '촬영금
지구역'이라고 했다. 가이드는 먼저 "잭 대니얼스의 매시빌은 옥수

수 80퍼센트, 보리 12퍼센트, 호밀 8퍼센트"이라고 설명하면서 테네시 위스키의 공정에 관한 이야기를 이어갔는데, 마침 우리 앞에 커다란 발효조가 있어 안으로 코를 들이대었더니 숨을 쉬기 힘들 정도로 발효가 많이 진행된 상태였다. 아니나 다를까, 한 여성이 발효조 안으로 얼굴을 내밀더니 "우아!"하는 소리와 함께 마구 기침을 해댔다. 가이드는 그 모습을 보더니 "호흡기에 문제가 있으면 가까이 가지 말라."며 "잭 대니얼스 증류소에는 이런 대형 발효조가 64개나 있다."고 알려주었다.

건물 안에는 차콜 멜로잉에 사용되는 커다란 금속 통도 꽤 많았다. 가이드는 금속 여과통을 하나 열어 보이면서 "여기 층층이 쌓여 있는 숯이 보이시죠? 이게 바로 스피릿을 여과시키는 장치인데요, 증류를 마친 스피릿을 이곳에 넣고 4~5일 동안 천천히 통과시키면 테네시 위스키 특유의 스피릿이 나오죠."라며 차콜 멜로잉에 관한 자세한 설명을 들려주었다. 이어 참가자들은 증류 시설을 모두 구경한 후 다른 곳으로 장소를 옮겨 잭 대니얼의 인생사에 관한 이야기를 들었고, 끝으로 숙성고를 돌아본 뒤 다시 방문자 센터가 있는 건물로 되돌아왔다.

테이블 위를 보니 다섯 가지 위스키가 놓여 있다. 가이드는 먼저 '잭 대니얼스의 플래그십 위스키'라고 할 수 있는 잭 대니얼스 올드 No. 7을 선보였다. 그리고 이어 이보다 조금 더 고급한 위스키라고 할 수 있는 잭 대니얼스 젠틀맨 잭Jack Daniel's Gentleman Jack을 내

놓았는데, 젠틀맨 잭은 두 차례의 차콜 멜로잉 과정을 거쳤기 때문인지 맛이 더욱 부드러웠다. 세번째로 나온 싱글 배럴 셀렉트Single Barrel Select는 프리미엄급의 싱글 배럴 위스키라 가격이 조금 더 나간다. 그리고 가장 끝에 나온 잭 대니얼스 테네시 허니Jack Daniel's Tennessee Honey와 잭 대니얼스 테네시 파이어Jack Daniel's Tennessee Fire는 잭 대니얼스 올드 No. 7에 꿀과 계피를 넣어 만든 리큐르다. 알코올 도수는 모두 35도로 그리 가벼운 술은 아니지만, 스트레이트로 마셔도 좋고, 얼음을 넣거나 칵테일로 만들어 마시면 색다른 맛이 자아낸다. 아니면 오늘처럼 위스키를 여러 잔 마시고 나서 입가심용으로 마셔도 좋다.

위스키 테이스팅을 마치고 매장을 돌아보다 보니 유독 도수 65.25도의 싱글 배럴 셀렉트 배럴 푸르프Single Barrel Select Barrel Proof가 눈에 띄어 바로 두 병을 사가지고 나왔다. 그리고 며칠 후 한국에 돌아오자마자 친한 후배들을 불러 한 병을 나누어 마셨는데, 이들의 첫 반응은 하나같이 "으악, 세다!"였다. 그러면서도 이들이 이구동성으로 한 말은 "그런데 맛있는데요."라는 것이었다. "이 위스키를 마시고 나서 미국 위스키에 대한 생각이 바뀌었다"고 말한 후배도 있었다. 그렇다면 한 나라의 문화를 받아들이는 태도까지 바뀌었다는 것인데, 이래서 술은 좋은 걸 마셔야 하는 법이다.

1 잭 대니얼스 증류소의 시음 위스키들
2 잭 대니얼스 증류소의 위스키 매장
3 잭틀맨 잭 위스키
4 잭 대니얼스 싱글 배럴 셀렉트 배럴 푸르프 위스키

중부 테네시의 크래프트 증류소,
레퍼스 포크

어제는 역사가 오래된 기업형 증류소 두 곳을 다녀왔으니 오늘과 내일은 자그마한 신생 크래프트 증류소를 몇 군데 돌아볼 계획을 세웠다. 먼저 찾아간 곳은 내슈빌에서 자동차로 40분 거리에 있는 레퍼스 포크 증류소Lepers Fork Distillery였는데, 그 모습은 증류소라기보다는 '초원 위의 통나무집'을 연상시키는 것이었다. 안으로 들어가자 자그마한 공간에 위스키 매장과 테이스팅 룸이 모두 갖추어져 있었다.

가이드는 나이 지긋한 남성이었다. 그는 먼저 "레퍼스 포크 증류소가 있는 중부 테네시Middle Tennessee는 예로부터 증류 전통이 강한 곳"이라며 "오늘날 이곳 지역의 증류소들이 1850년대의 증류 문화를 되살리려고 노력을 하고 있다."고 말했다. 그리고 "지금 우리가 서 있는 이곳 통나무집은 200년 전에 지어진 것이며, 레퍼

1 통나무집 모습의 레퍼스 포크 증류소
2 레퍼스 포크 매장의 모습

스포크 증류소는 2016년 리 케네디Lee Kennedy 부부가 만든 가족 증류소"라고 기본적인 정보를 알려주었다. 이어 그를 따라 통나무 집 뒷문을 빠져나와 또 다른 건물 안으로 들어가자 학교 강당처럼 생긴 공간에 당화조, 발효조, 증류기가 한 곳에 모여 있는 게 보였다. 가이드는 "이곳에 1,000갤런짜리 당화조 5개와 발효조 1개가 있다."면서 "레퍼스 포크 증류소에서는 1년에 500배럴의 위스키

레퍼스 포크 증류소의 내부 모습

를 생산하고 있으며, 모든 재료는 지역에서 나는 곡물을 사용하여 지역 사회에 공헌하려고 한다."고 강조하듯 말했다. 역시 크래프트 증류소다운 철학이다.

레퍼스 포크의 테이스팅 룸은 자그마한 카페처럼 꾸며 놓고 있었다. 가이드는 먼저 올드 나체스 트레이스 화이트 위스키Old Natchez Trace White Whiskey를 내놓았다. 이건 이름 그대로 테네시 위스키의 스피릿이다. 매시빌은 "옥수수 70퍼센트, 호밀 22퍼센트, 발아 보리 8퍼센트"라고 하는데, 차콜 멜로잉을 거쳐 맛이 부드럽고 깔끔하게 느껴졌다. 다음으로 나온 건 라이 화이트 위스키Rye White Whiskey였다. 이 위스키는 조금 전에 마신 위스키와 정반대로 "호밀 70퍼센트, 옥수수 22퍼센트, 발아 보리 8퍼센트로 만들어졌다." 고 했다. 한 모금을 목 안쪽으로 넘기니 역시나 라이 위스키 특유의 스파이시한 맛이 도드라졌다. 그런데 갑자기 가이드가 테네시 위스키의 시음법을 알려주겠다고 하면서 "먼저 위스키 향을 맡고 나서 위스키에 물을 한두 방을 떨어뜨린 다음, 위스키를 입에 넣고 세 번 하, 하, 하 해보라."고 하는 것이다. 나도 그를 따라 '하, 하, 하' 해보았는데, '이건 뭐지?' 하는 느낌이었지만, 재미는 있었다.

끝으로 맛본 위스키는 코넬 헌터스 셀렉트 배럴 테네시 버번위 스키Colonel Hunter's Select Barrel Tennessee Bourbon Whiskey였다. 이건 옥수수 84퍼센트, 호밀 8퍼센트, 발아 보리 8퍼센트로 만든 콘 위스키라고 하는데 가이드로부터 "과거 이 건물에서 살았던 퇴역 군인인 헌터 중령Colonel Hunter을 기념하기 위해 만든 것"이라는 설명을 들을 수 있었다. 가이드의 말로는 그의 집안에서 위스키를 만들면서 살았 다고 하는데, 아마도 내 생각에는 그가 문샤이너였을 것 같았다.

레퍼스 포크의 테이스팅 룸

레퍼스 포크 위스키를 시음하는 저자의 모습

옛 문샤인의 전통을 이어가는 서던
프라이드 증류소

다음 목적지인 서던 프라이드Southern Pride 증류소는 내슈빌에서
두 시간 정도 걸리는 곳에 있어 찾아가기가 만만치 않았다. 물론
테네시 위스키 트레일을 보면 이보다 더 먼 거리에 있는 증류소도
여럿 있지만, 이번 여행길에서는 서던 프라이드 증류소까지만 다
녀오기로 했다.

증류소 가는 길은 고즈넉했다. 한동안 시골 여행하는 기분으로
길을 따라가다 보니 드넓은 초원 위에 자그마한 증류소 건물이 보
였다. 안으로 들어가자 점잖은 인상의 신사 한 분이 나오시길래 그
에게 인사를 건네면서 "위스키 투어를 할 수 있나요?"라고 물어보
았다. 그러자 그는 "그럼요."라고 대답하고는 나보고 "안으로 들어
오세요."라고 하는데, 사실 이곳은 투어라고 부르기도 민망할 정
도로 가내 수공업 수준의 증류소였다. 발효조도 지금까지 본 것

1 서던 프라이드 증류소로 가는 길
2 서던 프라이드 증류소의 외관

1　서던 프라이드의 내부 모습
2　서던 프라이드의 숙성고

중에 가장 작고, 증류기도 깜찍하리만큼 조그맣기 때문이었다.

　　주인은 "오랫동안 잭 대니얼스에서 일하다가 2012년 증류소의 문을 열었다."며 "당시 테네시 주의 증류소 설립 규제가 심해서 서류 작업 때문에 애를 먹었다."는 일화를 들려주고는 쓴웃음을 지어 보였다. 그에게 "그럼 왜 이곳에서 시작했나요?"고 물어보자 "물이 좋아서요."라는 답이 돌아왔다. 역시 좋은 술을 만들려면 좋은 물이 있어야 한다는 것을 다시 한번 깨닫는 순간이었다. 숙성고도 바로 옆방에 있었는데, 수십 통의 배럴이 차곡차곡 쌓여 있는 모습을 보니 조만간 제대로 숙성된 위스키가 나올 것 같았다.

주인은 "시음을 하자."며 나를 자그마한 바가 있는 곳으로 데려갔다. 내가 자리를 잡고 앉자 그는 "서던 프라이드에서는 전통 문샤인을 만드는 데 주력하고 있으며, 특히 너무 속이 타들어 가는 문샤인이 아니라 마시기 편한 문샤인을 만들려고 노력한다."면서 "재료는 옥수수 80퍼센트와 보리 20퍼센트를 사용하고 있으며, 부드러운 풍미의 문샤인을 만들기 위해 두 번의 증류 과정을 거친다."고 자신들만의 비법을 설명했다. 그는 먼저 오리지널 문샤인을 내놓았다. 맛을 보니 아주 깔끔한데다가 생김새가 우리 나라 전통 소주와 꼭 닮아 "한국에도 문샤인 같은 게 있다."라고 했더니 무슨 재료로 만드는지 물어보는 것이다. 그래서 "한국에서는 주로 쌀로 만든다."고 알려주었다. 이어 서던 프라이드 디스틸러리 테네시 위스키Southern Pride Distillery Tennessee Whiskey를 맛보았는데, 병 라벨을 보니 "테네시 스프링워터로 만들어졌음."이라고 적혀 있는 걸 보아 아까 '물이 좋다'는 것은 바로 이 샘물을 말하는 것 같았다.

이어 복숭아, 사과, 블랙베리, 풋사과, 계피 등이 들어간 다양한 종류의 문샤인이 나왔다. 주인은 "문샤인 위스키를 하나씩 맛보라."면서 한 잔씩 따라주었는데, 내 입맛에는 시나몬이 가장 잘 맞아 주인에게 이건 어떻게 만드는지를 물어보았더니 시나몬 농축

서던 프라이드 증류소의 문샤인   서던 프라이드 증류소의 시나몬 위스키

액을 사용하여 만든다는 담백한 답이 돌아왔다. 이어 그는 "최근 미국에서는 서던 프라이드 같은 자그마한 증류소들이 많이 늘어나 이제는 1,500곳이나 되었어요. 맥주처럼 말이죠. 그리고 잘 아시겠지만 30년 전에는 미국 사람들 모두 밀러 라이트나 버드와이저와 같은 값싼 맥주를 마셨으나 지금은 크래프트 맥주가 대세죠. 위스키도 마찬가지고요."라는 말을 덧붙였다. 그의 말마따나 지금은 전 세계적으로 '크래프트 시대'다. 그래서 나도 오래전부터 유럽, 미국, 일본, 중국, 대만, 홍콩 등 여러 나라를 돌아다니면서 많은 크래프트 맥주를 맛보았고, 자그마한 위스키 증류소들도 많이 다녀보았는데, 역시 내 취향은 '크래프트'라는 걸 확인할 수 있었다.

시음이 모두 끝나자 주인이 "버번 트레일 패스포트 있나요?"라고 내게 물어보더니 "도장을 모두 받으면 기념으로 티셔츠를 받을 수 있다."고 귀띔해준다. 물론 나도 이 사실을 알고 있었지만 자상하게 챙겨주는 마음이 고마웠다. 그가 한국 사람이 방문한 것은 처음이라고 해서 내가 "제 책이 나오면 또 다른 한국 사람이 올지 모르죠."라고 했더니 "그러면 좋죠."라고 하면서 씩 웃어주었다.

가족사에 취하고 싶은
넬슨스 그린 브라이어 증류소

오늘은 미국 위스키 여행을 마무리하는 날이라 가벼운 마음으로 내슈빌 다운타운에 있는 증류소 두 곳을 다녀오기로 했다. 먼저 찾아간 곳은 넬슨스 그린 브라이어 증류소Nelson's Green Brier Distillery 였는데, 이곳은 증류소 탄생에 얽힌 일화가 매우 흥미로운 곳이다.

　때는 2006년으로 거슬러 올라간다. 당시 대학을 갓 졸업한 앤디 & 찰리 넬슨Andy & Charlie Nelson 형제는 아버지와 함께 내슈빌 그린브라이어Green Brier에 있는 정육점을 향해 가고 있었다. 그런데 도중에 자동차 연료가 거의 바닥 나 잠시 차에서 내렸다가 길거리에서 자그마한 표식을 보고 깜짝 놀랐다. 그곳에 자신들의 선조인 찰스 넬슨Charles Nelson의 위스키 증류소에 관한 글이 적혀 있었기 때문이다. 물론 두 형제도 어릴 적에 자신들의 할아버지가 만든 증류소의 이야기를 들은 적이 있었지만, 그건 그저 문샤인 정도로만

1 넬슨스 그린 브라이어 증류소의 앤디&찰스 넬슨 형제
2 넬슨스 그린 브라이어 증류소의 외관
3 넬슨스 그린 브라이어 증류소의 위스키 매장

생각했었다. 이들은 증류소에 관한 자세한 이야기를 듣고 싶어 지근거리에 있는 정육점에 가서 주인에게 옛 증류소에 대해 물어보았다. 그러자 그는 도로 건너편 건물을 가리키면서 "저기에 넬슨스 그린 브라이어 증류소가 있었어요."라고 알려주었다.

　그 후 두 형제는 오랜 숙고 끝에 한때 위스키 계[界]의 거물이었던 넬슨스 그린 브라이어 증류소를 재건하기로 마음을 먹었다는 게 이 일화의 끝이다. 가끔 이런 이야기를 듣다 보면 '우연'이 '필연'이

되는 경우가 '필연적으로' 있음을 확인하게 된다. 이제 보다 먼 과거로 돌아가 보자.

이들의 선조인 찰스 넬슨은 1870년 멤피스 시내에 증류소를 세웠으며, 당시 찰스 넬슨스 증류소는 약 30가지의 위스키를 생산할 정도로 규모가 컸다. 하지만 그가 세상을 떠나고 나서 그의 부인인 루이자 넬슨Louisa Nelson이 증류소를 맡아 운영을 하다가 1909년 금주법이라는 철퇴를 맞고 문을 닫았다.

그 후 넬슨스 그린 브라이어 증류소가 다시 위스키의 역사 속에 등장한 것은 2009년이었다. 바로 찰스 넬슨의 5대손인 앤디 넬슨과 찰리 넬슨스 형제가 원래 찰스 넬슨 증류소가 있었던 그린 브라이어에서 약 30마일 떨어진 내슈빌 다운타운에 새로운 증류소의 문을 연 것이다.

그린 브라이어 증류소는 내슈빌 시내에 있어 그리 찾기 어렵지 않았다. 큰 도로에서 살짝 안쪽 길로 들어가자 허름한 1층짜리 건물이 보이는데, 외관만 보면 그저 허름한 창고 모양새를 하고 있다. 하지만 건물 안으로 들어가면 위스키 매장과 전시 공간이 들어서 있고, 자그마한 바를 지나 문을 열고 들어가면 증류소 시설이 한곳에 자리를 잡고 모여 있다. 숙성고도 바로 옆에 있어 위스키 공정을 모두 돌아보는 데는 10분도 채 걸리지 않았다. 역시 크래프트 증류소는 단출하고 소박해서 좋다. 이제 위스키만 맛보면 된다.

바 테이블에 둘러앉자 젊은 여성 가이드가 먼저 넬슨스 그린브

1 넬슨스 그린 브라이어 증류소의 내부 모습
2 넬슨스 그린 브라이어 증류소의 숙성고

라이어 테네시 화이트 위스키Nelson's Greenbrier White Tennessee Whiskey
를 내놓으며 "보통 화이트 위스키를 만드는 데는 5일이 걸리는데,
지금 여러분들이 마시고 있는 건 바로 오늘 나온 싱싱한 위스키"라
고 말하며 웃음을 짓더니 "이건 옥수수 70퍼센트, 호밀 16퍼센트,
보리 14퍼센트로 만들어진 화이트 콘 위스키"라고 기본적인 레시
피 정보를 알려주었다. 다음으로 나온 넬슨스 퍼스트 108 테네시

위스키Nelson's First 108 Tennessee Whiskey는 "옛 방식을 따라 호밀 대신 밀로 만들어졌으며, '108'이라는 숫자는 '금주법으로 문을 닫은 지 108년이 되는 해에 108개의 배럴에 담긴 위스키로 만들었다'는 뜻"이라고 설명했다.

이어 '넬슨스 그린 브라이어의 플래그십 위스키'라고 할 수 있는 두 가지 종류의 벨 미드Belle Meade가 나왔다. 이 가운데 먼저 시음한 위스키는 벨 미드 사워 매시 스트레이트 버번 위스키Belle Meade Sour Mash Straight Bourbon Whiskey이었다. 가이드에 따르면 이 위스키는 "과거 찰스 넬슨스 증류소의 베스트셀러였던 벨 미드를 복원한 것이며, 금주법 이전의 레시피를 따라 옥수수 64퍼센트, 호밀 30퍼센트, 발아 보리 6퍼센트를 만들어 6년 이상 숙성한 것"이라고 했다. 이런 걸 보면 1920년 이전에는 호밀의 함유량이 지금보다 더 높았다는 것을 알 수 있다. 역시나 한 모금 마셔보니 호밀의 싸한 맛이 강하게 느껴지는 게 내 입맛에는 아주 잘 맞았다.

이어 맛을 본 위스키는 벨 미드 XO 버번Belle Meade XO Bourbon였다. 이건 코냑 캐스크에서 추가 숙성을 한 위스키다. 고급 코냑의 상징이라고 할 수 있는 'XO'라는 이름이 붙은 것도 그 때문이다. 보통 코냑은 숙성 연도에 따라 VSVery Special, VSOPVery Superior Old Pale, XOExtra Old로 나뉘며, 최소 숙성 년도는 VS가 2년, 그리고 VSOP와 XO는 각각 4년, 6년이다. 그렇다면 벨 미드 XO 버번에는 6년 이상 숙성한 코냑이 아주 조금이나마 들어 있다는 이야기다.

루이사스 리큐르   벨 미드 위스키

    끝으로 넬슨 브라이언 부인의 이름을 딴 '루이사스Louisa's'를 마셨는데, 이건 커피, 캐러멜, 호두가 들어간 리큐르다. 맛도 달콤하고, 알코올 도수도 20도밖에 되지 않아 마무리 술로 딱 좋았다.

    그렇다면 넬슨스 그린 브라이어 증류소에 대한 총평은? 한 마디로 "위스키도 훌륭했지만, 무엇보다도 애틋하면서도 돈독한 가족사家族史에 취하고 싶은 증류소였다."고 말하고 싶다.

실험정신이 돋보이는
코사이어 증류소

넬슨스 브라이어 증류소를 나오니 바로 옆에 기다란 2층짜리 빨간 벽돌 건물이 보였다. 하지만 밖에서 보면 이곳이 무슨 목적으로 지은 건물인지 전혀 감히 오지 않았는데, 알고 보니 19세기 말에는 면화 공장으로 쓰였고, 20세기 초에는 자동차 매장으로 사용되었다는 것이다. 그렇다면 지금은 무엇을 하는 곳일까? 그건 건물 한쪽 끝에 세워진 자그마한 안내판을 보고서 알 수 있었다. 바로 '코사이어 디스틸러리 & 비어 랩Corsair Distillery & Beer Lab'이다. 증류소와 양조장이라! 이름만 보고 있어도 마음이 절로 흐뭇해졌다. 아마도 방앗간을 지나는 참새의 마음이 이랬을 것 같다.

건물 안으로 들어가자 옛날 자동차매장의 모습이 그대로 남아있고, 복도에는 옛 기계들이 전시되어 있지만 술과 관련된 곳은 보이지 않아 '참 희한한 곳이네'라고 생각하며 안쪽 깊숙이 들어가

1 코사이어 증류소의 외관
2 코사이어 디스틸러리 & 비어 랩의 선간판

보았다. 그랬더니 자그마한 코사이어 펍이 자리 잡고 있다. 맥주 종류도 꽤 많았다. 게다가 통통 튀듯 발랄한 젊은 웨이트리스도 무척 마음에 들어 바로 맥주 한 잔을 시켰다. 아마도 오늘 증류소 투어가 없었더라면 이곳에서 밤늦도록 컨트리 음악을 들으면서 맥주를 즐겼을 것이다.

잠시 후 수염이 덥수룩하게 기른 젊은 남자가 팝 안으로 들어오더니 "위스키 투어를 시작한다."고 했다. 나는 잽싸게 잔을 비우고 일어났다. 그러자 내 옆에서 맥주를 마시고 있던 젊은 연인들도 자리에서 일어났다. 가이드를 따라 다시 어둠컴컴한 복도를 지나자 허름한 창고 같은 게 하나 보였다. 아니 여기서 위스키를 만든다고? 사실 처음에는 어딘가 허술해 보이는 증류소의 모습에 잠시 당황스러웠지만, 왠지 모르게 실험적인 위스키가 나올 것 같은

1 코사이어 증류소의 맥주 펍
2 허름한 창고 모습의 코사이어 증류소

분위기였는데, 내 추측이 틀리지 않았다. 가이드의 말을 들어보니 코사이어 증류소는 2008년 내슈빌 출신의 데이렉 벨Darek Bell과 앤드류 웨버Andrew Webber에 의해 만들어졌으며, 지금까지 위스키를 비롯하여 진, 보드카, 럼, 그리고 압생트 등 28가지 종류의 스피릿을 만들어왔고, 현재는 17가지 스피릿을 생산하고 있다는 것이다. 다만 "술에 관한 법 때문에 위스키를 만드는 공간과 맥주를 만드는 공간을 분리해 놓았다."고 했다. 이 자그마한 공간에서 이렇게 많은 술을 만들고 있다니! 참으로 놀랍고 신기했다.

우리는 가이드로부터 위스키 제조과정에 관한 이야기를 듣고 나서 맥주 펍 옆에 붙어 있는 자그마한 바 안으로 들어갔다. 이곳에서는 어떤 위스키가 나올지 침이 마를 정도로 궁금했다. 가이드가 먼저 선보인 위스키는 '코사이어 라이마게돈Corsair Ryemagaddon'이라는 이름의 위스키였다. 라이마게돈? 위스키 이름이 참 재미있다. 가이드의 말에 따르면 "이 위스키는 라이 맥아, 초콜릿 라이chocolate rye, 보리 맥아가 주재료이며, 옥수수는 들어가 있지 않다."고 했다. 그래서 위스키 이름이 '호밀Rye'과 '아마게돈Amagaddon'을 합한 '라이마게돈'이 된 것이다. 한 모금 마셔보니 다크 초콜릿과 후추의 맛이 올라오는 게 맛도 이름처럼 꽤나 독특했다. 두번째로 나온 위스키는 '코사이어 퀴노아Corsair Quinoa'였다. 이 위스키는 발아 보리 80퍼센트와 퀴노아 20퍼센트로 만들어졌다는데, "퀴노아에 당분이 많이 함유되어 있지 않아 퀴노아를 20퍼센트만 사용했다"고 설명한다. 퀴노아가 들어간 위스키는 여기서 처음 맛보았다. 역시 크래프트 증류소다운 레시피다.

세번째로 맛본 위스키는 알코올 도수 50도의 '코사이어 오트레이지Corsair Oatrage'였다. 가이드는 "발아 오트밀, 여섯 줄 보리 몰트, 커피 보리 몰트가 위스키의 주재료"라고 알려주었는데, 영어의 '오트밀oats'과 '아웃레이지outrage(분노)'를 합쳐 만든 위스키의 이름도

코사이어 증류소의 테이스팅 룸　　　　코사이어 증류소의 시음 위스키

흥미롭고, 블랙커피의 풍미가 나는 것도 매우 색다른 느낌이었다. 이어 네번째로 나온 위스키는 '코사이어 트리플 스모크Corsair Triple Smoke'다. 이 위스키는 설명에 따르면 이탄과 체리우드cheerywood, 그리고 비치우드beachwood로 스모크 처리한 보리를 사용하여 만들었다고 한다. 맛을 보니 이탄 향과 함께 바비큐의 맛도 살짝 얼굴을 내민다. 마치 미국 땅에서 아일라 위스키를 마시는 기분이라고나 할까? "재미있네!"라는 감탄사가 절로 나오는 맛이었다.

시음을 하면서 탁자에 놓여 있는 위스키 리스트를 보니 지금 바에서 마실 수 있는 위스키 종류가 여덟 가지나 되었다. 게다가 맥주의 주재료인 홉을 넣은 위스키도 있어 가이드에게 "여긴 맥주와 위스키 재료를 아주 활용을 잘 하는 것 같은데요."라고 하니 가이드가 "바로 그거죠."라고 맞장구를 친다. 어쨌든 코사이어는 창의적인 발상이 무척 마음에 드는 증류소였다. 그래서 이 증류소에

'spirit of innovation'이라는 명칭을 붙여주었다. 혁신적인 '정신'으로 '스피릿'을 만들고 있으니까.

투어를 함께한 두 연인과도 인사를 나누었는데, 남자는 영국 사람이고, 여성은 아일랜드 출신이라고 한다. 그리고 두 사람 모두 영국 랭커스터Lancaster에서 도시계획자로 일하고 있고, 함께 60개 나라를 여행했다고 자신들을 소개하기에 나도 "지금까지 130개 나라를 다녔고, 지금 위스키 여행을 하고 있다."고 알려주었다. 이들은 며칠간 내슈빌에서 지내다가 멤피스와 뉴올리언스로 여행을 갈 예정이라고 했다. 나는 두 연인에게 내가 경험했던 멤피스와 뉴올리언스의 분위기에 대해 말해주면서 "지금 위스키 책을 쓰고 있다."고 했더니 고맙게도 "그럼 미리 위스키 책의 출판을 축하합니다!"라고 하면서 뜻밖의 건배를 제안했다.

나는 세 사람에게 "감사합니다."라고 인사의 말을 전하고 넷이서 함께 "치어스!"를 외치며 겨울 위스키 여행의 막을 내렸다.

에필로그

위스키가 치료해주지 못한다면
그 무엇도 우리를 치료해줄 수 없다.

−아일랜드 속담

지난 20여 년간 여행에 이골이 날 정도로 많은 나라를 돌아다녔지만 술 여행은 이번이 네번째였다. 2008년도에 유럽으로 맥주 여행을 다녀와 『유럽맥주견문록』 책을 냈고, 2019년에 다시 한 달이 넘도록 유럽 크래프트 맥주를 마시러 벨기에, 프랑스, 이탈리아에 다녀왔다. 그리고 지난 몇 년 동안엔 우리 나라 막걸리 탐구를 위해 전국을 돌아다녔다.

물론 전 세계를 돌아다니면서 여행길에 잠시 양조장이나 증류소에 들른 적은 많았다. 유럽과 미국, 호주, 칠레, 남아공에서는 지역 와이너리에 들러 수많은 와인을 맛보았고, 유럽, 미국, 아시아 각국의 맥주 양조장뿐 아니라 전통 아프리카 맥주가 궁금하여 탄자니아 맥주 양조장에도 가보았으며, 쿠바에서는 가장 오래된 럼 증류소에도 들러보았다. 그리고 일본에서는 홋카이도에 있는 닛

카^{Nikka} 요이치^{余市} 증류소부터 산토리^{Santory} 야마자키^{山崎} 증류소와 산토리 하쿠슈^{白州} 증류소에 이르기까지 많은 위스키 증류소를 돌아보았고, 미국에서는 자그마한 크래프트 위스키 증류소들을 찾아 여러 번 가본 적이 있었다. 그러나 오로지 '위스키만을 위한 여행'은 이번이 처음이었다.

사실 술이나 음식을 주제로 여행을 하는 것은 그리 쉬운 일이 아니다. 위스키는 더욱 그렇다. 하루도 빠짐없이 증류소와 바를 찾아다니면서 위스키를 마셔야 했으니까 말이다. "그렇다면 그런 여행을 왜 하세요?"라고 누군가가 물어본다면, 나는 이렇게 대답할 것 같다. "일단 가보세요. 좋은 게 더 많으니까요."라고. 그 과정이 아무리 힘들고 고되건 간에 말이다. 그래서 또 다시 그런 여행을 계획하게 된다.

이번 위스키 여행에서는 스카치, 아이리시, 그리고 미국 위스키의 테루아^{terroir}를 느끼고 싶었다. 그런데 위스키 여행을 마치고 나서 든 생각은 술에는 테루아를 넘어선 뭔가가 있다는 것이었다. 뭐랄까, 지역마다 서로 다른 독특한 풍광과 인상이랄까? 아니면 그 지역 나름의 술 문화와 역사라고 할까? 어쨌든 이 모든 것을 오감^{伍感}으로 느끼며 몸으로 체득하고 온 것이 이번 위스키 여행의 보람이자 커다란 소득이었다. 그건 '위스키 로드'에서만 경험할 수 있는 것이었으니까.

그리고 이번 위스키 여행은 마치 위스키의 다채로운 맛과 향처럼 다사다난했다. 실제로 위스키 증류소를 찾아가기 위해 걷다가 뛰었고, 자전거를 타기도 했고, 버스, 택시, 기차도 여러 번 갈아탔으며, 비행기도 국제선과 국내선뿐 아니라 자그마한 경비행기까지 타보았고, 렌트카도 몰아보았다. 그러면서 초원, 산, 강, 호수, 바다도 실컷 구경했고, 도시, 시골, 섬마을 여러 곳을 돌아다니며 부드러운 맛의 위스키로부터 강하고 센 성격을 드러내는 위스키까지 두루 맛보았다. 그래서 지금도 위스키가 진열되어 있는 벽장을 바라보고 있노라면 스코틀랜드, 아일랜드, 미국의 증류소와 바, 그리고 증류소를 찾아가던 길이 떠오른다.

글을 마치고 나니 내가 꽤 유별난 것 같다. 맛난 것이 있으면 어디든 간에, 그리고 어떻게든 찾아가니까 말이다. 집요하다고나 할까? 돌이켜보면 이런 집요함은 꽤 오래된 것 같은데, 이번 위스키 여행길이 나와 참 잘 맞았던 것은 오랜 세월 동안 또 다른 '집요함의 미학'을 지켜온 세계 곳곳의 증류소를 찾아가고, 그 집요함의 산물인 위스키를 실컷 마셔보았다는 것이다. 그러니 이번 여행길에서 이러한 나의 기질이 여실히 드러날 수밖에 없었을 것이고, 게다가 그 대상이 음식이나 술이었기 때문에 내가 좀 더 유별나게 보였을지 모르겠지만, 사실 누구나가 자신이 아주 좋아하는 것이 있거나 아니면 한 분야를 깊이 파고든 경험이 있는 사람이라면 충분히 이해할 수 있는 대목일 것 같다. 그래서 그 길은 취미의 길을 너머 고행의 길이었으며, 어쩌면 나를 찾아가는 구도의 길이었을지 모른다.어쨌든 이번 '위스키 로드'는 이런 내 모습이 고스란히 담긴 여행기 같다. 나와 닮은 여행기. 그래서 꽤나 힘든 여행이었지만 그만큼 보람도 있었고 기억에 많이 남는 건지 모르겠다.

　이 책이 나오면 또다시 스코틀랜드, 아일랜드, 그리고 미국으로 위스키 여행을 떠나고 싶다. 그런데 아마도 그 여행길은 또 다른 모습이 될 것이다. 풍광도, 날씨도, 만나는 사람도. 마치 위스키의 맛이 저마다 다른 것처럼.

　슬란자바 Slàinte Mhath !

이기중

서강대 경제학과를 졸업하고 종교학과 대학원에서 석사학위를 받았으며, 미국 템플대학에서 영화와 영상인류학을 전공하고 석사학위와 박사학위를 받았다. 다큐멘터리 영화 《Wedding Through Camera Eyes》로 미국인류학회에서 수상했다. 인도네시아 국제이슬람대학교[UIII] 방문학자를 지냈고, 현재 전남대 문화인류고고학과 교수와 서울대 인류학과 겸임교수로 재직 중이며, 한국시각인류학회 회장과 한국국제민족지영화제[KIEFF] 집행위원장을 맡고 있다. 『북극의 나눅』, 『렌즈 속의 인류』, 『시네마 베리테』, 『동유럽에서 보헤미안을 만나다』, 『북유럽 백야 여행』, 『남아공 무지개 나라를 가다』, 『유럽 맥주 견문록』, 『맥주 수첩』, 『크래프트 비어 펍 크롤』, 『일본, 국수에 탐닉하다』, 『위스키에 대해 꼭 알고 싶은 것들』 등 인류학, 영화, 미디어, 여행, 음식에 관한 다수의 책과 논문을 펴냈다.

위스키 로드

1판 1쇄 찍음 2024년 2월 16일
1판 1쇄 펴냄 2024년 2월 23일

지은이   이기중
펴낸이   정성원·심민규
펴낸곳   도서출판 눌민

출판등록 2013. 2. 28 제2022-000035호
주소   서울시 강북구 인수봉로37길 12, A-301호 (01095)
전화   (02) 332-2486   팩스   (02) 332-2487
이메일   nulminbooks@gmail.com
인스타그램·페이스북 nulminbooks

ISBN 979-11-87750-70-3 03810